茅盾研究
八十年書系

錢振綱・鍾桂松◎主編

丁爾綱◎著

47

茅盾：翰墨人生八十秋（上）

花木蘭文化出版社

國家圖書館出版品預行編目資料

茅盾：翰墨人生八十秋（上）／丁爾綱 著 — 初版 — 新北市：
花木蘭文化出版社，2014〔民 103〕
目 4+192 面；19×26 公分
（茅盾研究八十年書系；第 47 冊）
ISBN：978-986-322-737-3（精裝）
1. 沈德鴻　2. 中國當代文學　3. 文學評論
820.908　　　　　　　　　　　　　　　103010660

中國茅盾研究會《茅盾研究八十年書系》編委會

主　　編：錢振綱　鍾桂松

副主編：許建輝　王中忱　李　玲

特邀顧問：

邵伯周　孫中田　莊鍾慶　丁爾綱　萬樹玉　李　岫

王嘉良　李廣德　翟德耀　李庶長　高利克　唐金海

茅盾研究八十年書系
第四七冊

ISBN：978-986-322-737-3

茅盾：翰墨人生八十秋（上）

本書據長江文藝出版社 2000 年 12 月版重印　　　　　·

作　　者　丁爾綱
主　　編　錢振綱　鍾桂松
總 編 輯　杜潔祥
副總編輯　楊嘉樂
編　　輯　許郁翎
出　　版　花木蘭文化出版社
社　　長　高小娟
聯絡地址　235 新北市中和區中安街七二號十三樓
　　　　　電話：02-2923-1455／傳真：02-2923-1452
網　　址　http://www.huamulan.tw 信箱 hml810518@gmail.com
印　　刷　普羅文化出版廣告事業
初　　版　2014 年 7 月
定　　價　60 冊（精裝）新台幣 120,000 元

茅盾：翰墨人生八十秋（上）

丁爾綱　著

作者簡介

丁爾綱，1933 年出生山東省龍口市。是享受國務院特殊津貼的中國現當代文學史家。曾任中國現代文學研究會、當代文學研究會、少數民族文學研究會、魯迅研究會、丁玲研究會理事、常務理事或副會長。茅盾研究會發起人之一，常務理事、副秘書長、顧問。出版論著：《丁爾綱新時期文論選集》（上、下）、《新時期文學思潮論》、《魯迅小說講話》、《山東當代作家論》（主編、主要作者）。茅盾研究論著有傳記系列：《茅盾評傳》、《茅盾翰墨人生八十秋》、《茅盾 孔德沚》、《茅盾人格》（合作）；作品研究系列：《茅盾作品淺論》、《茅盾散文欣賞》、《茅盾的藝術世界》。參與編輯 40 卷本的《茅盾全集》，任《茅盾全集》編輯室副主任，負責校勘、注釋第 11 卷、第 27 卷，是《全集》審定稿小組成員之一。主編、參考高校教材：《中國現代文學史》（上、下）、《中國當代文學史》（上、中、下）、《少數民族文學作品選講》、《中國現代文學作品選講》（上、下）、《中國當代文學作品選講》（上、下）。在國內外發表學術論文數百篇。

提　　要

　　此書是丁爾綱著《茅盾評傳》的姐妹篇。它以讀書生涯為主線，開掘茅盾的思想發展、文學道理額深層內涵。著重寫他博覽全書，獲得了西文與國學、民主主義與馬克思主義、西方文學與中國文學三大思想文化參照系。他刻苦攻讀，借鑒吸納，推動自己的思想發展與社會實踐；形成了極具個性的世界觀、人生觀、價值觀與美學觀。他把學習認知、實踐經歷、生活積累、思想昇華所得有機結合起來，以形象思維方式結晶成文學作品。其讀書生活的重要側面還包括讀別人的文字，沙裏淘金，從而致力理論批評、編報編書編刊、譯文譯書以及文學史著述。茅盾這種借鑒別人的間接實踐經驗與文化昇華、把它自己的直接實踐經驗與文化昇華有機結合的讀書生涯。已臻於以下境界：知與行完美結合，溯本窮源與博古通今完美結合，讀與寫完美結合。這是「五四」文化偉人和文學大師茅盾留給歷史的一筆豐富的文化遺產；迄今仍然照耀著後來者讀書生涯和人生道路。

目

次

書　影

复工條件

一　公司應無條件正式公布承認工會

　甲　工會有永遠代表工人全權

　乙　須從經府依持工會每月至少五百元

二　增加工资男女一律分別數項如下

　A．屬于印刷兩者（甲工資最低標準—每字工
　十元—二支二十元 乙加薪標準—每字年
　加一次到最少改增加五元 丙日下一律增加

上海之沈雁冰同志提議通過

說明

一九三五年八月商務印
书馆第一次大罷工时期，經
工会联合提出，由沈雁冰同
志来笔起稿的复工条件複
制照片。

无大三年商务印书馆
经理部自北京寄来，此
稿由北京图书馆收上。

1925年8月22日至27日商務印書館在「五卅」失敗後舉行大罷工並取得勝利。

茅盾作爲該館黨組織負責人參預領導罷工委員會及其臨時黨團，是談判代表之一。

這是他1925年9月4日起草的復工條件，手稿第一頁原件存北京圖書館。

1963 年 5 月 24 日《致張僖》信談《關於曹雪芹》一文第三次修改稿。

1963 年 5 月 24 日《致作協打字員》便箋，提出打印《關於曹雪芹》一文時的注意事項。

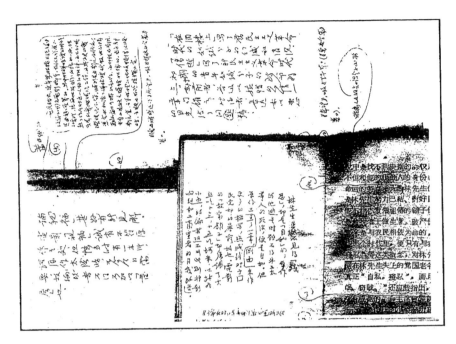

　　1963 年 12 月 19 日至 23 日，審閱中國人民大學講師王積賢著《中國現代文學史講授提綱》（油印稿）所寫的批語之一部分。

　　1963 年 12 月 23 日，《致王積賢》信。

　　這是批閱王積賢此前送來的《中國現代文學史講授提綱》後所提的總的意見。

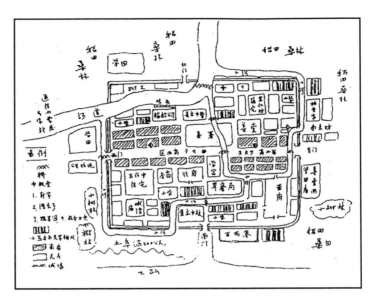

1973 年 10 月決定續寫《霜葉紅似二月花》，起草大綱時親手畫的
小說中人物生活環境圖。

1972 年元旦作《一剪梅》自題手跡。

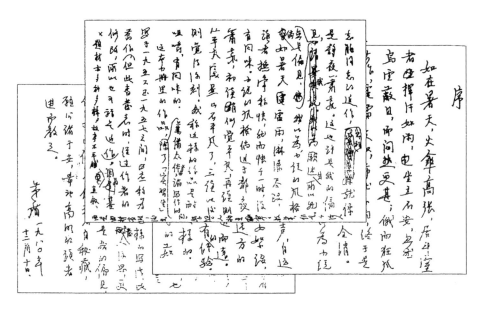

1980 年 12 月 10 日，逝世前 108 天，爲茹志鵑短篇集《草原上的小路》作序的手稿，這是茅盾文學評論的絕筆之作。

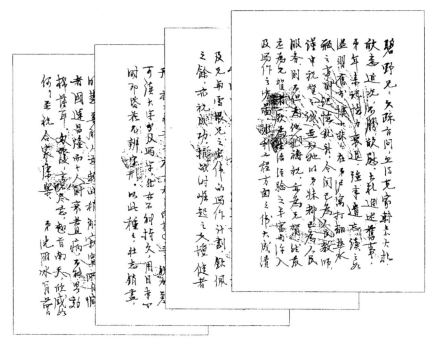

1974 年 8 月 24 日《致碧野》信，談及碧野創作水利工程題材的作品問題。

卷首語

　　文化名人共具高超的文化品格。但其最具魅力的內涵，總是其特具的異彩。茅盾是政治家與文學家完美結合的「五四」前驅和文壇主將，與同代文學大家相比，既具超前的革命啟蒙閱歷，又具學貫中西、博古通今、理論批評與文學創作多元並舉的生命追求與實踐建樹；當我們踏進他已逝的人生之旅，定會感到深邃遼闊，勝若淵海。他一方面總攬時代風雲，馳騁政壇文壇，另方面則埋頭書齋燈下，與古人洋人對話，他所攀登的兩種截然不同的精神境界，結合得那樣水乳交融，彷彿渾然天成。

　　在從「五四」直貫改革開放新時期的漫長歷史中，茅盾是不可重複、不能取代的獨特的一位。若想窺其堂奧，殊非易事。

　　七十年代末，我曾有幸到敦煌莫高窟參觀了四天。當時敦煌研究所剛剛復甦，來的又是各地學者，就由幾位研究員、副研究員親自講解。遠遠望去，莫高窟依山順勢，由低而高，層巒疊嶂，蜂房般密，但又巍峨壯闊，充滿了神秘色彩。「導遊」引我們由底層依次進入一處處洞窟。撲面而來的都是中、左、右、上四維結構，琳琅輝煌、古樸肅穆，既莊嚴又富人情味的佛教壁畫，擁簇著眼觀鼻、鼻觀心的佛祖雕塑。那超凡脫俗、神馳九霄的佛光仙霞，頓時令人鄙吝全消！一洞又一洞，行行且行行，若無研究員講解，也許會覺得小異而大同，感受不過爾爾。但這幾位研究員都是敦煌學專家，他們透過畫面形象，給我們揭示了無限深廣、無限博大的天人感應、神人合一、自然純淨的精神世界。及至我們攀到莫高窟頂峰，頓生扶搖九重天，一覽眾山小之感！

　　這次攬勝，極大地震撼了我的心靈。此後當我再次面對茅盾的人生旅程

和心靈世界時，總能喚起瞻仰莫高窟時類似的心靈感受。我覺得，茅盾的畢生建樹及其所揭示的歷史人文精神，也像是一座莫高窟！

茅盾漫長的翰墨生涯令人深深感動，茅盾更加漫長的心靈歷程則令人感慨萬千。時至今日我們依然能聽得見他們喘息與心跳，感受得到他激揚、熱切、困惑與苦悶的目光。我們能夠踏著他的足跡觀賞品味他最後的輝煌，也能感知他人生的艱難與崎嶇。我們當中，許多人是他這段漫漫人生路的同行者，許多人還可能是他的追隨者與仰慕者。

改革開放新時期，茅盾以耄耋之年，殘燭之軀，一邊在文學領域撥亂反正，正本清源，打掃「文革」製造的斷壁殘垣；一邊戰勝病魔，用枯槁的手，奮如椽大筆，融歷史風雲於筆端，把垂危生命凝成三大卷回憶錄，捧給他終生為之服務的親人般的讀者！在生命最後一息，他「自知病將不起，在這最後的時刻」，他口授了兩份遺書：致黨中央，要求恢復黨籍；致中國作協書記處，獻出畢生節省下的全部稿酬，建立獎勵長篇小說文藝基金。我們彷彿置身於他的病榻旁，聽他用游絲般微弱氣息，呼喚親人索紙索筆，扳著手指歷數時日，要寫完他那部三大卷遺著。彷彿目睹他慢慢閉上雙眼，走完他鞠躬盡瘁、死而後已的偉大人生！

胡耀邦同志代表中共中央，為茅盾「蓋棺論定」：「我國現代進步文化的先驅者，偉大的革命文學家和中國共產黨最早的黨員之一。」「為中國革命事業、中國新興的革命文學事業並奮鬥了一生的卓越的無產階級文化戰士！」

茅盾的一生是傑出的政治家與偉大的文學家有機結合的獨特人生，他從「以天下為己任」始，以為共產主義畢生奮鬥的人生目標之實現終，在他的人生旅程中，其文學色彩與政治色彩，是一紙兩面的有機體。正是這種獨特的人生經歷，使他成了中國現代文學史上社會剖析小說流派的鼻祖。設若失卻政治色彩，也就失卻了茅盾藝術世界與典型人物畫廊那爛漫的美學光輝，及其折射的時代壯潮那鮮活的生命力！這是一個客觀的歷史與真實的存在，即使我們和他的取向歧異甚至背離，我們無法也不應該無視或不承認這已逝的歷史的真實。否則，茅盾也就不成其為茅盾了！在世紀之交和二十世紀世界文壇，茅盾是一個與人迥異，不可重複，也難以取代的，已有穩固歷史地位並且當之無愧的文學大師。我們沿著他的歷史足跡尋源攬勝，定會山陰道上，美不勝收。

任何文化遺產，都靠紮紮實實的歷史積澱而成。一部人類文化史，不論

多麼傲岸輝煌，又都是一草一木一磚一石的精心傑作。艱辛的耕耘，換來豐碩的收穫。面對今日的收穫，決不可忘記耕耘的艱辛。後人天然地是前人收穫的繼承者、享受者；有責任用眼耳鼻舌心去體驗前人和理解前人。這也是我們自身寶貴的生命體驗、社會認知的血肉相連的有機環節。對此我們別無選擇。要緊的是積極攝取，去蕪存菁，消化滋哺，以養我們代代相因的無盡的身體！

茅盾是過來人，也是我們的先行者。當年他如何完成這人類文化的新陳代謝進程呢？這裡我想引荐兩位茅盾的同代人，他們都是茅盾人生之旅的目擊者。

第一位是茅盾的晚輩。他就是文化部長任上茅盾的秘書之一孫嘉瑞。孫先生有段真實動人的回憶文字：[註1]

> 我看見他除公務之外，很少私人應酬、交往，也難得參加幾次娛樂活動，他的全部業餘時間，幾乎都花在讀書上。似乎讀書就是他唯一的嗜好，從早到晚，讀書不輟。可以毫不誇張地說：他就是生活在書的海洋裡。他的書房裡藏滿架的書；此外，辦公室、客廳、臥室也都是滿櫥滿架的書。枕邊、桌上散放著的還是書。就連廁所一角的方凳上也堆著高高的書堆。家中豐富的藏書，還不能滿足他博覽群籍的需要，還經常開出長長的書目單從北京圖書館借閱。中國書店也不時將搜購到的稀本古籍送來供他選購。他看書很快，借來一批批書，很快又一批批按期歸還了。……書籍、報刊是他貫通古今、觸連中外的「神經」，對客觀形勢和社會動態，隨時都瞭如指掌。……

> 每年，他都要廣泛閱讀全國各種文藝刊物上的新作，並作出許多精湛獨到的品評。……

第二位是茅盾的同輩，共同發起文學研究會的「五四」宿將郭紹虞教授。這位畢生從事中國批評史研究的權威，以其遍覓學者治學成就的深湛目光，總結茅盾成功的奧秘道：[註2]

> 茅公所以取得這樣巨大的成就，還有很重要的一點，即他的知

〔註1〕 《青蓮花射香常在》，1981 年 5 月 10 日《光明日報》，《憶茅公》第 449～450 頁。

〔註2〕 《憶茅公》，1981 年《文藝報》第 8 期，《憶茅公》第 35 頁。

識是活的，是活潑潑地存在著的生活，而我的知識大都是歷史上古人流傳下來的，是死的知識，學死的知識易，所以他寫《夜讀偶記》，同樣有講到中國文學批評史的地方，但匠心獨運，別有創見。求活的知識難，因為必須要有豐富的活的知識為基礎，這就使我自慚不如，而對他的成就也就特別欽佩；而尊之為茅公了。

郭紹虞先生以簡潔透徹的文字，道出了茅盾學用一致、知行統一，使學識上升為見識，把時識昇華為史識，昇華為創見的讀書生涯那卓然不群的特徵，和茅盾讀書治學閱人處世的鮮明的文化個性特徵。因此茅盾敢於倡異，敢持異議，敢提創見，敢於標新立異，敢於獨樹一幟，敢於引導文壇學壇新潮流，敢於頂歪風而戰逆浪！這是難與比肩的茅盾獨具的優勢！

茅盾的讀書生涯的人文內涵與治學奧秘，最重要的居核心地位的，不是其豐富多姿、靈活多樣的讀書方法，而是在其之上、總攬閱讀視野的思辨內涵與意義。

因此，我們必須把茅盾的讀書生涯置於廣闊的歷史舞台、時代風雲中從其具體運行進程中，動態地考察與總結茅盾留下的鮮活經驗，和其中包孕的精神遺產。這裡當然也有靈活多樣的讀書方法。但這方法具靈活多變的實踐適應性，能幫助讀者從中借鑒具永久生命力的活東西。這遠比甲乙丙丁、開中藥鋪，條分縷析，單抽出乾巴巴的幾條筋要好！

仰望莫高窟，博大神妙，令人炫目。

仰望茅公，則心馳神往，一如聖境。

一代偉人已逝，無論怎樣的文字都無法表達我們的敬仰，亦無法復現他們豐厚的精神遺存。惟願這本書稿，能讓讀者對茅盾的精神境界和文學建樹有更進一步的了解。吾心足矣！

丁爾綱

第一章 「窮本溯源」西學與國學的「聯姻」──第一個思想文化參照系

交匯點上的弄潮兒

歷史一再證明了存在決定意識、時勢創造英雄是客觀眞理。一大批「五四」先驅，大都是在時代與社會的諸多交匯點上湧現的弄潮兒。

茅盾自然也不例外。自呱呱墜地於浙江桐鄉烏鎮這塊熱土，一系列交匯點，蛛網般聚集在這個用自己的雙眼讀人間這部活書的未來的偉大作家身上。只是他頗需費些歲月，慢慢接受消化這些東西。然而他的確沒辜負歷史與人民的期待。

桐鄉縣與烏鎮的文化歷史，起碼可上溯到七千年前新石器中期馬家濱文化。烏鎮東三里許的譚家灣出土文物，距今六千餘年。屬青銅器時代的《尚書·禹貢》載：「桐地在揚州之域。」春秋時期烏鎮地區是吳越交兵之地。吳駐兵以防越，故名「烏戍」。越疊石以防吳，故名石門鎮。它與烏鎮比鄰。烏鎮石坊是梁昭明太子讀書處。讀書是烏鎮人古老的遺風。

悠久的歷史文化傳統，在民間文學中有美好的投影。《中國民間文學集成·桐鄉縣卷》有：大禹育稻、昭明求學、武則天吃魚、趙匡胤吃告神、乾隆訪麻溪等數不盡的故事。太平天國的故事更是童年茅盾讀過的一部鮮活的歷史。

在烏鎮地區歷史上有四次大戰爭，是階級矛盾與民族矛盾複雜的交匯

點，影響著茅盾思想文化意識的形成：吳越之戰那臥薪嘗膽、十年生聚的堅
韌復仇精神與茅盾的謹言慎行、銳意進取、變革圖新的性格；宋金之戰使北
人南遷之與茅盾性格中所具的北人的厚重與南人的機敏；明嘉靖以來抗倭之
戰之與茅盾的愛國主義精神；太平天國反清之戰之與茅盾的介入人民革命過
程表現出的民主奮鬥精神，這一切影響著茅盾世界觀、人生觀、價值觀與歷
史意識、時代使命感的形成。特別是太平天國農民大革命的影響（李自成就
曾率兵駐桐鄉與清軍血戰），不僅在茅盾作品中有直接反映，而且還有更重要
的一點：茅盾自稱自己血液中保留著「鄉村的『泥土氣息』」，他後來之所以
會參與締造中國共產黨，都與這一切有血緣關係。

茅盾的家庭是在農、商、官交匯點上形成的著名紳縉世家。烏鎮處桐鄉
縣南。車溪河縱貫市區，東西分別為青鎮、烏鎮。這裡是江、浙兩省，湖州、
嘉興、蘇州三州，烏程、歸安、崇德、桐鄉、秀水、吳江、震澤七縣交界的
水陸要衝，農業和工業產品集散地。沈家本是近鄉農民，後遷烏鎮做小買賣。
曾祖父沈煥幼時讀過私塾，而後開一個自產自銷的煙店。30 歲時闖上海、武
漢。41 歲時自開一山貨行發了財，後折本收攤。所餘僅萬把兩銀子。遂棄商
捐官，在廣東梧州代理稅關監督。1897 年底歸隱。三年後病故。

因為兒孫都不成才，所以 1896 年 7 月 4 日茅盾出生時，曾祖父沈煥對他
寄予厚望。親自取小名燕昌，大名德鴻。他希望重長孫能改變門風。因此茅
盾在農、商、官三者交匯的家庭中，未諳世事前長輩已為他準備了「學而優
則仕」的預期前程。

茅盾家世影響中的第二個因素是北人與南人交匯的外祖父家。外祖父陳
我如，其堂弟陳渭卿，都是名醫。陳家本是河南開封人氏。金侵中原北宋南
遷時定居烏鎮。其懸掛的對聯遂有「自南渡以來岐黃傳世」名句。外祖父保
持著北人的耿直，女兒愛珠卻兼有南人的機敏。外祖父極盼有子以繼其業。
外祖母生一男孩後，母子先後夭亡。繼外祖母又生一男孩，不久也夭亡。她
因此受到刺激，神經失常。稍後生了茅盾的母親愛珠，卻又是個女兒！致使
病情加重，外祖父只好把愛珠送到連襟王秀才家寄養。姨父母視愛珠為己女，
姨父教讀、寫、算，姨母教做菜、縫紉、理家。直到 14 歲時被父親召回理家。
這期間茅盾外祖母又生一男孩，即長壽舅舅，她的精神病基本痊癒。但外祖
父身邊徒弟、轎夫、船工、僕婦上下幾十人，外祖母管理不了。14 歲的母親
愛珠便承擔了治家重擔。她興利除弊，把家治理得井然有序。陳大小姐的賢

能聞名遐邇。弟弟從 4 歲起到 12 歲跟姐姐學讀、寫、算，長姊儼若半母！不幸外祖父給兒子定下親事後即與世長辭。長壽舅婚後不久又溘然早逝。按祖俗過繼陳渭卿之孫、陳粟香之子、茅盾的表兄蘊玉為嗣。他大茅盾兩歲，兩人是自小玩耍、讀書的親密伙伴。他資質遠遜茅盾，粟香舅父曾燃香讓他們同時作文，香盡審批，蘊玉的文思文筆均不如茅盾。

茅盾家世影響中最重要的部分是通過父親沈永錫體現出的國學與西學的交匯與結合。父親影響茅盾最大的是其反叛傳統的精神，渴求科學的態度和「以天下為己任」的政治抱負。這些左右著茅盾畢生的奮鬥道路。

茅盾的母親既然名聞遐邇，紳縉派人求親的當然不少。外祖父擇婚頗嚴，均予謝絕。直到 16 歲上本鎮德高望重的老紳士、立志書院山長、舉人盧小菊出面為沈永錫提親，外祖父連八字也不找人看就當面一口答應。他只提了一個條件：因需女兒管家，可以先聘定，兩年後結婚。此事一時傳為佳話。

陳老醫生之所以看中沈永錫，是因為他確有長處。按沈煥的期望，既然兒輩雖多飽讀詩書，既無一中第。只有這孫子 16 歲中了秀才，就嚴屬督促其攻讀八股，希望他中舉。但父親是個務實的人，他對仕途毫無興趣。眼看祖、父兩代，一大家幾十口人坐吃山空，自己作為長孫，必須自謀生路。因此決定跟岳父學醫。經他以學醫與舉業並行不悖為由堅請，沈煥只好答應。這是父親反叛傳統走自己人生道路的第一步。以他的舊學根底，自然學成了儒醫。

父親結婚那年，正值甲午之戰失敗引發了戊戌變法。「百日維新」雖短，但西學的影響卻大。父親和盧小菊（其子盧蓉裳是茅盾的三姑爺爺）之孫茅盾的表叔盧鑒泉，茅盾未來的老師沈聽蕉等朋友，都成了維新派。父親酷愛自然科學，尤其是先進的西學。他從家藏的《古今圖書集成》中找出數學方面的書自學。還自製了一副十分精緻的算籌。只是沒有買書的零用錢。母親嫁妝中有 800 兩填箱銀，父親就用來買書。他據《申報》廣告買了聲光化電、歐美各國政治經濟制度、西醫西藥三大門類一大批新書與報刊。他還想帶母親遊覽滬、杭、蘇等地以開眼界。計劃到杭州進維新變法時成立的新高等學堂；甚至還想赴日本留學。考不取官費就進京師大學堂（北京大學前身）。可惜赴杭州參加壬寅鄉試時患了症疾，只好帶著考前給母親買的《西遊記》、《三國演義》、《東周列國志》、《封神榜》等一大批舊小說返鄉。從此父親疾病纏身，許多抱負均成泡影！

父親臥病在床，仍攻讀小代數、大代數、幾何、微積分等數學與聲、光、化、電等自然科學書。其次就是世界各國歷史、地理書，和留日學生所辦鼓吹革命的報刊。他臥床不起，只能支起雙腿躺著看書。以致後來雙腿再放不平，直到逝世。後來自己不能翻書，茅盾放學回來後就代父親翻書頁。父親所讀的各類書籍，他那刻苦學習的態度，給茅盾影響極大。茅盾晚年身患重病仍手不釋卷，臨終前還不斷讓家人讀書讀報給他聽：茅盾實在是相當充分地繼承了乃父遺風。

父親雖經名醫陳渭卿及岳父的諸弟子反覆診治，仍不見好轉，後請日本醫生，才知所患的是骨癆！他自知去日不多，於是不再讀書，天天跟茅盾講天下大事；講日本因明治維新而成強國；反覆講「大丈夫要以天下為己任」的做人道理。他認為中國非經第二次維新不可，否則將被列強瓜分。而兩者都必然要振興實業，因此讓茅盾和小他兩歲的弟弟沈澤民將來都要成為理工人才。他反覆叮囑茅盾要正確理解自由、平等的意義。還指著譚嗣同的《仁學》讓茅盾將來認真研讀。父親空有抱負卻於 34 歲時英年早逝！千鈞重擔都落在母親雙肩！

母親含著悲苦，恭楷挽聯以明志：「幼誦孔孟之言，長學聲光化電，憂國憂家，斯人斯疾，奈何長才未展，死不瞑目；良人亦即良師，十年互勉互勵，電碎春紅，百身莫贖，從今誓守遺言，管教雙雛。」

第一位老師是母親

母親的話不單是誓言，她本來就是茅盾的啟蒙老師。

茅盾家設有家塾，老師就是他的祖父沈恩培。沈恩培兄妹四人，他是老大。他雖按父親之命從事舉業，但因生性淡泊無意功名，遂不致力；故屢試屢敗。他終日在訪盧閣飲茶，西園聽曲。他寫一筆好字，常代寫匾牌，從不收費。家塾由他執教，當然不會辦好。何況所教均《三字經》、《千字文》等老書，頗為父親所不取。到茅盾五歲該上學時，父親就讓母親執教。

母親自幼在姨丈王老秀才親授下，頗讀了些古書。王秀才曾說：科舉若許女子應試，外甥女必然高中。但婚後父親一問，原來母親所讀均屬四書五經和《唐詩三百首》、《古文觀止》、《列女傳》、《幼學瓊林》、《楚辭集注》等書，雖能悟解，卻不切實用。維新派的丈夫頗不滿意，於是讓妻子讀《史鑒節要》。這是一部以《御批通鑒輯覽》為底本節編的中國通史，上起三皇五帝，

下迄清朝末葉，太平軍前。接著又讓她讀十卷本的《瀛環志略》，這是一部淺近的世界各國歷史地理書。到為茅盾啟蒙時迄，母親已略通古今中外，其世界觀、歷史觀教兒子綽綽有餘。

父親為兒子選定的教材是全新的：包括上海澄衷學堂的《字課圖識》、《天文歌略》、《地理歌略》等。後兩種課本是父親讓母親從《正蒙必讀》裡摘抄出來的「自編」教材。歷史沒有現成的教材，父親就讓母親以她精讀過的《史鑒節要》為基礎，自編歷史課本。母親用淺近的文言，從三皇五帝寫起，編一節，教一節。這樣，茅盾從啟蒙始就學新學和西學。同時又打下了閱讀文言的基礎。小小年紀，啟蒙始就構建了立體化知識結構。

父親是「校長」與「督學」，母親則是他第一位教師。兩位新派共教一個學生。其知識結構之新，可想而知。

祖父嫌教家塾仍是負擔，茅盾九歲時，他把家塾交給父親。父親這時雖有低燒，但未病倒。就一邊行醫，一邊教家塾。茅盾也隨父親在家塾就學，他繼續他的新學，同學中如他的幾位小叔叔仍用老課本。父親每天節錄課本中的四句要他熟讀。慢慢加到每天十句。不到一年父親病倒。家塾由祖父來教。父親遂把茅盾送到一家私塾，該校是曾祖母的侄子王彥臣執教。父親囑王彥臣仍教茅盾新學，但這位老冬烘只會舊學，教不了新學。他的特點是坐得住，盯得緊，所以名聲不錯。最多時學生達四五十名。多比茅盾大六七歲。只有王彥臣的女兒王會悟，茅盾該叫她表姑的，比茅盾年齡還小。此女後來大大有名：她的丈夫就是中國共產黨創始人之一 ——李達。

不久烏鎮辦起了第一所新式初級小學——立志小學，校長是父親的新派朋友盧鑒泉，茅盾就上了表叔校長的新式小學。從此開始接受正規教育，並開始過學校的集體生活。

如此說來，茅盾的童年是否就過著「罐裝」的生活，被束縛成個小「大人」了？其實不然，茅盾的童年生活也還豐富，他的性格中也有奔放粗獷的側面。在家中的最大樂趣是祖母帶來的。祖母是鄉下地主的女兒，養成了農桑習慣。她的第一嗜好是養蠶，第二嗜好是養豬。於是看養蠶，學養蠶是茅盾兒時最大的樂趣。中年時寫著名的短篇小說《春蠶》時，知識來源之一即在此。第二大樂趣是看殺豬。那就不像養蠶般陰柔，而頗有生死界上掙扎的陽剛之氣了。這些活動的參與，不僅給童年生活增添了生機與樂趣，更重要的是把通向農民生活的那條根，在茅盾身上逐漸復活。何況沈家的丫姑老爺

就是農民。此人名顏富年，其子顏銀寶，和茅盾屬同一年齡段。顏富年是茅盾短篇名作《春蠶》中主要人物老通寶的主要原型。他們家兩代人都為沈家照料祖墳，直到三十年代茅盾返里掃墓，還和顏銀寶多次敘舊。

給茅盾的童年帶來更多樂趣的是祖父沈恩培。他愛小孩，更愛長孫。外出聽曲飲茶，多半攜孫同往。他和老朋友們在訪盧閣飲茶，常詩詞唱酬，且吹他擅長的洞簫。這和隨著學業增長漸懂詩詞歌賦的茅盾，自然有了許多相通。

酒樓茶肆旁有紮紙鋪子。茅盾目睹了紮紙匠把竹子、紙、繩和漿糊這些簡單粗糙的原材料，用靈巧的雙手紮製出一片微縮了的江南園林。其精緻講究的程度，甚至連大廳裡的對聯，都要煩勞祖父這位書法家用蠅頭小楷題寫的程度，這使茅盾目睹了一處處不同的江南園林建築藝術，而且對工藝品藝術自小有了感性認知。此外他還在大人帶領下多次看過雜技表演，特別是由上海等大城市來的馬戲班，使他大開眼界。小小年紀的茅盾，把玩耍和各種文藝形式的啓蒙有機結合起來，為未來的審美能力打下根基。

祖父帶茅盾出去閒玩中，鑄成了茅盾畢生的一件大事。那是他五歲時隨祖父到鎮上貨色最齊全的錢隆盛南貨店的一次際遇。錢店主是茅盾四叔祖的親戚。錢夫人與茅盾母親交好。兩家當然非一般關係。常來此一起閒談的是沈家的世交孔繁林。孔家祖上小本經營賣豆腐起家，後來開了售香燭錫箔黃裱等迷信用品的店鋪，這才逐漸殷實起來。孔繁林雖未臻斯文上層，卻比附風雅，他自號樂愚。所建的遠近聞名的孔家花園自命名曰「庸園」。他仰慕沈家的詩書傳世，也欽佩沈恩培的超脫曠達。常請他帶茅盾來庸園賞花。

茅盾五歲時，有一次隨祖父去錢隆盛南貨店；可巧孔繁林帶 4 歲的孫女孔德沚〔註 1〕也來了，他們和錢店主一起談古論今，茅盾和孔德沚在一起玩耍。錢店主看這對兩小無猜的小兒女咿咿呀呀說長道短，憨態可掬，看沈恩培、孔繁林相談甚歡，就提議道：「你們兩家是世交，你們二位是摯友，何不讓這對小孫孫結為秦晉？」在錢店主只不過是忽發奇想，卻不料沈、孔二位非常認眞地當面就敲定了！茅盾和一生伴侶孔德沚就這樣在分別為 5 歲、4 歲時定了終身。由此影響到茅盾「五四」時期一大批婦女問題論文中許多獨特觀點的形成。這是後話。

〔註 1〕 當時這四歲的女孩並無學名，直到結婚才由婆母做主，讓茅盾按沈家這輩人
——德字輩的規距，起學名德沚。

　　5 歲的茅盾自然還不懂婚姻是何物，母親卻覺得兒子的終身大事非同小可，這麼點兒的孩子就定下親事，焉知將來他會不會同意。但公公定的事她做兒媳的不好直陳異議。就讓丈夫出面阻止。不料丈夫卻並不反對。他向妻子講了一段她不知道的往事。當年孔繁林曾差媒人向沈家提親。要把女兒嫁給茅盾的父親。不料排八字時星相家說：此女剋夫。婚事未成後，孔家女兒悒結成病，十六七歲時即夭亡。這一直是沈永錫的一塊心病。現在不得不向妻子挑明。他同意兒子和孔家小孫女的婚姻，借以償還這筆親情債！他說：「這事由我做主定下來罷，排八字不對頭也不悔親。」母親見丈夫主意已決，不便再多言，只能暗暗擔心。

　　孔家接受了教訓，買通了星相家，排八字的結果當然是美滿契合。茅盾的終身大事，就這樣定了！

西學國學的最初交匯

　　1904 年春，茅盾 8 歲，入了剛剛辦起的立志初級小學。這是失敗了的維新變法帶來的新生事物之一，校址在茅盾家隔壁原立志書院舊址。校門兩旁刻一副大對聯：「先立乎其大，有志者竟成。」正中橫披只嵌兩字：立志。對仗雖不甚工，卻道出了辦校宗旨。茅盾是該校成立後第一批學生，學生總共約五六十人。按年齡分甲乙兩班，茅盾進了乙班。不久按文化程度調整，茅盾調到甲班。同學中大的有 20 歲的已婚學生。茅盾在班上年齡最小，學習卻最優。

　　甲班由兩位老師授課。一位就是父親的維新派摯友沈聽蕉，他教國文、修身和歷史三門課。另一位翁老師教算學。修身課本用的是《論語》，使茅盾小學伊始就系統地接受儒家思想精華的薰陶。因為新式學校的修身課，實際上就是我們今天的政治課、德育課。上述立志小學對聯反映的辦學宗旨，以及《論語》的中心題旨，都和父親「大丈夫當以天下為己任」的精神相吻合。歷史課本是沈聽蕉自編教材，當然也貫注著新派歷史觀。

　　對茅盾說來最重要的課程是國文。所用教材有兩種：一種是《速通虛字法》，是從語法修辭角度提高學生語言文字閱讀寫作能力的；另一種是《論說入門》，這可是地地道道的寫作教材了。清朝自 1901 年 7 月起廢八股、改科舉，試題大都是關於政治歷史的史論和策論。因此即便是新式學校國文課，

特別是其作文課，也大都與此有關。茅盾此前西學、國學都學了不少，但從理論特別是寫作理論角度作系統化昇華，這還是首次。因此大有觸類旁通的功效。學校月月有考試，單考國文這一門。考試方法是命題作文。這就和平時的作文接了軌。論題多半屬史論範圍。如《秦始皇漢武帝合論》之類。考試結果還鄭重張榜公布，成績優秀者有獎賞。

老師命題時雖然也作提示：怎樣立論，怎樣從古事論到時事等等，但對這種論題，學生多半似懂非懂。俗話說瘦死的駱駝比馬大，何況學齡前經父母精心調教的茅盾，本身就是「一匹黑馬」。所以他的作文總拔頭籌，月考和期末考試總能帶些獎品回家。但是這一來就把 10 歲的孩子弄得「老氣橫秋」。晚年茅盾寫回憶錄時說：久而久之他還總結出一套「硬地上掘蟮」般的「三段論的公式：第一，將題目中的人或事敘述幾句；第二，論斷帶感慨；第三，用一句套話來收梢，這句套話是『後之爲ＸＸ者可不Ｘ乎』？這是一道萬應靈符，因爲只要在『爲』字下邊填上相應的名詞，如『人主』『人父』『人友』『將帥』等等，又在『不』字之下填上『慎』『戒』『勸』『勉』一類動詞就行了」。〔註2〕

1906 年茅盾 10 歲時初小畢業。次年春升入新辦的植材高等小學。校長是父親的朋友徐晴梅。此校的前身是校址在孔家花園的中西學堂。半天學英文，半天學古文。學生都是十七八歲的小伙子。一律住校，改植材小學後，由孔家花園遷到供奉太上老君的道教「北宮」。茅盾入學後也住在學校。祖母特別是二姑母對茅盾繼續求學很不贊成，但母親自己拿四塊大洋交膳宿費，不用家裡一分錢，她們無法阻止，但母親壓力很大。

植材高等小學除仍沿襲中西學堂開設英文、國文兩課外，還增加算學（包括代數、幾何）、物理、化學、音樂、圖畫、體操等六七門課。英文課對茅盾後來的事業特別重要。他之所以學貫中西，具有強烈的開放意識，很重要的原因是他精通英文，能直接閱讀海外書刊，及時獲取知識信息。英文教師都是原中西學堂的高材生，畢業後保送到上海進速成班深造一年後回來執教。英文課本是內容相當深的英國人納司非爾特編的四卷本《納氏文法》第一冊（其最後一冊是英文修辭學）。英文教師徐承煥。他還兼教音樂與體操。他的弟弟徐承奎教代數和幾何。幾何課本是《形學旨備》。茅盾不如其父那樣酷愛數學。他的興趣首先在國文課。

〔註2〕《我走過的道路》第一卷，《茅盾全集》第 34 卷第 72～73 頁。

　　國文課是最吃重的課，分別由四位老師教。第一位就是王彥臣，教的是
《禮記》。另兩位是鎮上的兩個老秀才，分別教《左傳》和《孟子》，教《孟
子》的周秀才半通不通。他講《孟子》中「棄甲遺兵而去」時說：「兵」是
「兵丁」。全句的意思是說「戰敗的兵急於逃命，扔掉盔甲，肩背相摩，倉
皇逃去，就好像一條人的繩子，被拖著走」。茅盾和有的同學古文根底深厚，
就提出：朱熹注《孟子》中說：「兵」是「兵器」。全句的意思是敗兵扔下盔
甲兵器紛紛逃走。周秀才硬不認錯。直鬧到校長徐晴梅那裡，徐校長明知茅
盾他們理解得對，但怕周秀才在學生面前丟臉，就和稀泥道：「可能周先生
說的是一種古本的解釋吧？」茅盾他們心裡不服。由此可見茅盾不讀死書，
注重理解，注重寫作實踐，自小具有很強的獨立思考能力。

　　圖畫課老師是鎮上專畫死人遺像的老畫師，既無理論也欠實踐能力。他
只教學生臨摹《芥子園畫譜》，說是臨完了這畫譜，不論畫山水翎鳥、梅蘭竹
菊，都有了門徑。茅盾最喜歡的課還包括徐先生教的音樂，用的是沈心工編
的課本。直到晚年茅盾還記得其中有一首《黃河》，四節歌詞中有一節是，「黃
河，黃河，出自崑崙山，遠從蒙古地，流入長城關，古來多少聖賢，生此河
干。長城外，河套邊，黃沙白草無人煙，安得十萬兵，長驅西北邊，飲馬烏
梁海，策馬烏拉山。」老師只教唱，不講詞意。母親就給他講解。實際上這
是一首昂揚著愛國主義基調的好詩，可惜母親不知道烏梁海和烏拉山即今天
內蒙古巴彥淖爾盟黃河內套一帶的烏梁青海（湖泊）和烏拉爾山。只說大概
是外國的地名。但這不影響茅盾了解全詩的愛國主義主題。

　　1907 年，即茅盾進植材小學第二年的上半年時舉行會考，主持人就是表
叔盧鑒泉，出的題目是《試論富國強兵之道》。這題目使茅盾把父親母親縱論
天下大事常表述的思想，用父親的遺囑「大丈夫當以天下為己任」作主題貫
穿在文中。盧表叔大為欣賞。把這一句話加了密圈，並批道：「十二歲小兒，
能作此語，莫謂祖國無人也。」他特地把文卷送給茅盾的祖父看，又向祖母
稱贊她這小孫子學業優異。祖母把卷子轉給母親看。母親對茅盾嘆道：「盧表
叔用這方法，是幫助我排除阻力，支持你繼續上學啊！」果然此後祖母不再
反對，二姑母也不便再聒噪了！

　　茅盾的小學作文幸存至今。〔註3〕

〔註3〕兩本《小學文課》已收入《茅盾全集》第14卷，作為附錄之一。以下引用此
　　　　作文，只注篇名，不再注明出處。

「你將是個了不起的文學家呢！」

「死讀書，讀死書，讀書死」，這是舊式教育中常見的絕路。魯迅關於書讀多了會「變成書櫥」的諷刺，就是指此。茅盾在跟從父親和開明的老師學習時，頗得新學與啓蒙式教育的實惠。加之他本就是個多思的孩子，逐漸養成分析綜合、融會貫通、學用結合的習慣與能力。今天能窺其集中表現的材料，主要就是他 1909 年 13 歲時在植材高小畢業前夕所寫的兩本《文課》。兩冊作文共 39 篇。含史論 7 篇，時論 6 篇，修養論 5 篇，策論 2 篇，散文 1 篇。第二冊文本還有《易經》、《書經》等訓詁 6 則。這一切集中反映了以下思想與見地：

一是憂國憂民、抗亂禦侮的愛國主義、民族主義思想與憂患意識：他謳歌富弼「使夷狄，反覆辯論，使此虜屈服」，挽時艱、振國威的精神，表示「余雖爲之執鞭，所欣慕焉」的崇拜欽佩之情。〔註4〕他傾注激情於擁有 4 億人民 22 個行省土地，「物產豐美，人民智慧」的偉大祖國。但對「近日列強環伺，氣焰侵人，有鷹瞵虎視之心，染指朵頤之欲」十分憤慨。對「四千餘年之古國，乃竟爲白人之戰場」的危局十分憂慮。文中民族自豪感與憂患意識並存俱熾，讀來令人心動！

二是銳意變革、圖強奮進的社會使命感：他既以中國「歷史文化，燦於史乘，爲天下雄主久矣」自豪，也因「制度久襲，未免流弊多端」而憂慮。他對照西人與今之日本，倍感「力行新政，以圖自新」的緊迫性。由於時代侷限，其理想無非「盡力維新，創辦立憲」。〔註5〕因此對「浙江諮議局初選舉投票」產生誤認，激起幼稚的喜悅之情。〔註6〕

三是爲民請命的民主意識：如在《青鎮茶室因捐罷市平議》中，他對向小本經營的茶室徵警察費表示不滿，對罷市抗議行動表示同情，他斥責這種「損不足以奉有餘」的苛政，指出警察的「衛大商及富家」的本質，提出「此款宜大商富家出之」的主張。在貧富對立中對政府代表富人利益表示強烈抗議，表現出爲民請命的強烈的民主意識。

四是高瞻遠矚、顧全大局、捨小利興大義的歷史功利觀：如他批判宋太祖趙匡胤不顧開國元勛功大、所掌兵權於社稷穩定有利的大局，爲了中央集

〔註4〕 《富弼使契丹論》。
〔註5〕 《西人有黃禍之說試論其然否》。
〔註6〕 《選舉投票放假紀念》。

權，防武裝政變而「杯酒釋兵權」。過去史家均讚其智，茅盾則責其以文官代武將戍邊是短視之舉：內憂雖泯，外患卻興，「邊隘無大將」，遂「初逼於遼，再逼於金」。終致北宋南遷，二帝被擄，不戰而亡！〔註7〕他認爲曹操強大，吳與蜀合則利，戕則亡。他責備蜀爲小義伐吳而損大利。吳蜀終相繼被滅。〔註8〕他讚揚信陵君竊符救趙，救趙正所以救魏。雖拂君意，「首惡難犯，亦必捐軀前往」，是「英雄爲國家計」，豈能「拘拘於尊君之義」？〔註9〕

五是治國安民的法制意識：茅盾借古鑒今，提煉出三條原則。其一，治制必須維護民族利益與氣節。他比較論述了諸葛亮和王猛，在肯定兩人政績之同時，更崇敬武侯「信賞必罰，用法峻嚴」的安邦利民風範。對「猛乃漢人」「反事苻堅」，則加非議。〔註10〕其二，執法要公。他批評漢明帝出於私心不列馬援入雲台，背離了「功者賞，罪者罰，義不當隱」的「天下爲公」原則。〔註11〕其三，執法要寬嚴適度：他提出「審時勢而後建法，執法應『寬猛相濟』的原則。〔註12〕

六是樸素的辯證法與邏輯推理等觀點與方法，如他說：「欲立非常之功，必待非常之人；既有非常之人矣，而無時勢之可乘，不得建非常之功；雖時勢至矣，而無重權，以展其雄才大略，亦不得建非常之功。」〔註13〕這裡大前提是「立非常之功」。小前提是有「非常之人」（主觀條件）、「時勢」（客觀條件）與「重權」（促使主觀條件去借助客觀條件，實現「立非常之功」大前提的起轉化作用的主客觀條件），只有具備並使這三個條件構成有機統一的關係，才能「建非常之功」（結論）。文章當中茅盾以祖逖具主觀條件而不具備上述兩客觀條件而「不稱其志」爲例，進一步證明了其推理、判斷所得的結論。

七是摒棄愚昧、崇尚科學的唯物論的自然科學初步觀念：如《翌日月蝕文武官員例行救護說》，指斥了自皇帝至官吏迷信異端，以「鳴炮」方式驅邪救護的冥頑愚昧。他用三言五語就講清了月蝕形成的科學道理。《學堂衛生策》則闡明環境衛生與身體保健的許多知識，提出了環境保護之道、飲食之道、

〔註7〕　《宋太祖杯酒釋兵權論》。
〔註8〕　《吳蜀論》。
〔註9〕　《信陵君之於魏可謂拂臣論》。
〔註10〕　《武侯治蜀王猛治秦論》。
〔註11〕　《馬援不列雲台論》。
〔註12〕　《崔實〈寔〉謂文帝以嚴致平非以寬致平論》。
〔註13〕　《祖逖聞雞起舞論》。

養身健身之道多條對策。老師的批語說他「衛生學似曾窺過，所舉數策確是學堂至要至緊」！

此外小學作文中那六則訓詁也令人驚喜：《尚書》、《禮記》的訓詁不用說有極大難度，更重要的是對《易經》的幾則訓詁。如在解釋「易之卦辭」「善不積不足以成名，惡不積不足以滅身」時，他得出了「見小善而不為，則小善不積，終無大善；見小惡而為之，則小惡相積，終至大惡」，故不可「計大小」，而應「謹小慎微，審察之而嚴其棄取」的結論。在《蹇卦惟二五不言往蹇試申其說》中，茅盾剖析道：「蹇，止也。」「見險而止，智也。」「國家有變，君主之，臣輔之，士庶可見險而止。」「由是觀之，君與宰，其又可怠耶！其又可見險而退耶？」這兩則訓詁，前者是善惡是非觀的辨析，後者則成了對治國安邦之道的闡述。《易經》不僅對 13 歲小兒，就是對專家學者也艱深難解。小兒茅盾從容道來，竟引申了一套又一套大道理，實在難得！

當然，上述茅盾的認識：相當一部分得自家教師教。但他經過消化，不僅文足以達，而且頗多新意創見。當然，限於環境與時代，茅盾也有認識的侷限。如他有時脫不開「君君、臣臣、父父、子子」的封建意識，提出「國有長君，社稷之福」的觀點，他贊成孟子的「楊子為我，是無君也，墨子兼愛，是無父也。無父無君，是禽獸也」〔註 14〕的主張。這些和作文中不斷申明的民主意識自相矛盾。可見他也有食而不化之時，文章有時也自相矛盾，有時顯得駁雜。

從作文中我們不難看出 13 歲的茅盾讀書之多，知識結構與視野都是可觀的。這時他已呈早熟態勢。他不僅熟知儒家思想，對諸子百家也略知一二。他固然接受孟子影響而臧否楊、墨，但又能超出孟子別立新說，他認為墨子「利天下」而「過寬」；楊子「為我」則「過隘」。但為天下計，又不可無楊無墨。不如「以聖人之學，固執中也」。表現出揚長避短、兼收並蓄的開放態度。而他這在作文中表現出他讀過《書經》、《詩經》、《易經》等古老經典，已展現出後來他有意識地「索本探源」的特徵。

13 歲的茅盾的思維結構已初具規模。為他批改作文的老師〔註 15〕當時就已經意識到了。概括這些批語，大體對當時的茅盾作出以下評價：一、視

〔註 14〕 《楊氏為我墨氏兼愛論》。

〔註 15〕 四位國文老師中三位是秀才老冬烘，不可能教茅盾以嶄新的思想意識。只有維新派新秀張濟川才有可能，他教《易經》，也是佐證。

野開闊，知識結構宏觀性強。作文對歷朝歷代的史識、國內國外的時識，都呈一定整體把握態勢。如批語說《宋太祖杯酒釋兵權論》：「好眼力，有見地，讀史有眼，立論有識，小子可造，其竭力用功，勉成大器。」《燕太子丹使荊軻刺秦王論》批語道：「有精煉語，有深沉語，必如此乃可講談史事。」《吳蜀論》批語道：「是篇於三國時局了然明白，故洋洋數百言，自得行文之樂。」二、初步形成了「以天下爲己任」的胸襟抱負：前面提到盧表叔的批語足資證明，此外《學部定章學生畢業以學期爲限論》批語道：「生於同班年最幼，而學能深造，前程遠大，未可限量。急思升學，冀著祖鞭，實屬有志。」三、較強的思辨、分析、綜合、感受與表現能力。批語有時肯定其文理。如說「摹寫世情，頗能入理」；「掃盡陳言，力闢新穎，說理論情，兩者兼到」。有時肯定其剖析思辨能力：如說「前人之多矣」！作文卻「又翻進一層立說，足見深入無淺語」。「目光如炬，筆銳似劍」。洋洋千言，宛若水銀瀉地，無孔不入。國文至此，亦可告無罪矣。兩者合一，已是後來茅盾社會剖析論文、社會剖析小說特點之濫殤。四、行文得法，筆、氣、情皆足。如批語說「文既入彀，便無難題，所謂一法通則萬法通矣」！「引文之勢，尤蓬蓬勃勃，真如釜上之氣。」「慷慨而談，旁若無人，氣勢雄偉，筆鋒銳利。正如王郎拔劍斫地之慨！」「氣清而肅，筆秀以達！」還有：「以詼諧之筆作記事文，最爲靈捷。」

當然，教師寫批語，心存鼓勵之心，難免溢美之詞。但對照本文，多數評語都切中肯綮。老師對他的確抱有莫大的期望。據茅盾的小學同學沈志堅回憶：「張之琴〔註16〕先生就曾撫茅盾之背鼓勵道：『你將是個了不起的文學家呢！』今天看來，這簡直是頗具眼力的預言！茅盾因此大受鼓舞。他對沈志堅說：「我能著作一種偉大的小說，成一名家，於願足矣！」沈志堅比茅盾大一歲，讀書則比他晚一年。兩個人都愛好文藝，「逐日以閱讀新舊小說爲樂。」茅盾還「喜歡踢毽子、下象棋」。習字繪畫「兼能鐫刻圖章」。〔註17〕可見，當時茅盾的小學生活，並不完全嚴肅枯燥，他也有不少輕鬆的時候。當然頭一件事是讀小說。上文說過，茅盾父親給母親買了諸如《三國志》、《水滸》、《封神演義》、《西遊記》等許多小說，茅盾大都讀過，此外還有許多如《七俠五義》之類武俠小說。看後對俠客的袖箭佩服得了不得，就想仿作，他就讀《格

〔註16〕 這位張之琴先生，很可能和張濟川是同一個人。
〔註17〕 《懷茅盾》，初刊1944年版楊之華編《文壇史料》，觀《中國當代文學研究資料》。茅盾專輯第一卷上冊第47頁。

物匯編》，翻查袖箭的製法。他從中斷定是竹管之中用彈簧發射。他找來銅絲，繞筆管爲之，再按入竹管，插進竹筷子當箭。只一按，卻不行。「箭」是「吐」出來的，不是「射」出來的，當然無殺傷力可言。茅盾自知，看來俠客是當不成的了！他造袖箭有目的，就是要報復仇人。造不成袖箭，就想製毒藥。他就讀遍《西藥大全》，結果一無所獲。這「『紙上談兵』，不久就丟開了」。

於是他不讀武俠小說，另換別的，其中就有難度極大的《野叟曝言》。這是清代作家夏敬渠作，共 154 回的長篇小說。粟香舅父發現他只用三個半天就讀完了約百萬字的巨著，十分奇怪，就問：「你能讀懂這部天下第一奇書？裡邊談醫學的部分還很多啊！」茅盾說：「我是跳著看，有興趣的看。沒興趣、看不懂的就跳過去。」

茅盾不僅跳著看小說，還跳著「玩火」。那是他十一二歲的時候。他和伙伴們脫了長衣，劃一根火柴點著遍野的枯草，火成片地畢剝畢剝起來，他們站在下火頭跑。火潮般湧來，他們聽著笑著在火焰中跳，火浪燒過去，他們又去追！這時的茅盾，十足一個野孩子！哪像（後來中學時代把他變成的他自稱的）「恂恂小丈夫」！

「書不讀秦漢以下」

1909 年冬茅盾由植材高小畢業，次年春離家赴湖州插入浙江省立第三中學（湖州中學）二年級。這是茅盾第一次離開故鄉到外地生活，自然經受一番新的鍛煉，對他說，宛如鳥兒飛出竹籠。

三中校長沈譜琴是同盟會秘密會員。他思想開明，頗有名望。三中除地理、國文、英文三課外，就是體育。其實這是沈譜琴爲未來的革命起義作準備所開設的軍訓課。茅盾恰在此課大出其醜。「走天橋」他兩腿發軟；翻鐵槓他夠不著；老師抱他上去，一鬆手他自己無力抓不住，馬上掉下來，惹得同學大笑。「槍操」時用眞槍「洋九響」，他身高不及槍，上了刺刀就更矮。槍上肩已勉爲其難，站不穩；開步走時槍就從肩上掉下來，只好名副其實地「曳兵而走」了！踢足球他一腳只踢七八尺，「遠足」（軍訓拉練）則總是要掉隊！

但一沾文藝的邊，他就是高手。他跟四年級一位同學學寫篆字，成績可觀。他還從包世臣著《藝舟雙楫》中學了點兒篆刻理論。開始時他不會寫篆字，就仿《康熙字典》。他還學會了拓印法。這年暑假，他隨學校組織的參觀

團到南京參觀傳授管理工業經驗技術的「勸學會」。除浙江館的教育、工藝、器械、武備、衛生、農業等八個館外，還參觀了江南製造局出品館、安徽、山東、四川、江西、廣東、湖北等館。地理老師是位才子，他能把枯燥無味的地理課，結合名山大川名勝古蹟歷史人物古戰場等等講得活靈活現，學生聽得津津有味。這次有了展品實物，他就成了「解說員」，進行現場教學。參觀當中有半天自由活動，茅盾就用母親特地郵來的錢給母親買了幾枚雨花石，給自己買了一部《世說新語》。歸途在船上他讀了一路，這是茅盾最早閱讀的重要筆記小說之一種。

歸校後發生了一件大事：沈譜琴特聘曾任大清國駐日、俄、法、意、荷蘭等國外交官的湖州名人錢念劬先生代理校長以改革教育。錢念劬一上任就普遍聽課，有時還進教室當眾指出何者講錯了，何者講略了，對英文老師的批評是發音不準確。英文老師當即煽動罷課，多數教師不響應不贊成。只有與其交情甚篤的國文老師楊笏齋礙於情面，暫停授課。錢校長讓其子錢稻孫給茅盾這班代上英文課。錢稻孫說：英文老師所選課本《泰西三十軼事》是本好教材，練習改得也不錯。只是發音不準確。他在黑板上畫出口腔橫剖圖，標明 26 個英文字母發音時舌頭應在的部位。把口型搞對了，他又領讀，使茅盾大開眼界。他本來在小學就打下很好的英文基礎，這次又上了一個大台階！

國文老師楊笏齋是個很有學問的人。只是過於泥古。他的主張是「書不讀秦漢以下，駢文是文章之正宗；詩要學建安七子；寫信擬六朝人的小札；舉止要風流瀟灑，氣度要清華疏曠」。〔註18〕他選教《莊子》作為最好的古文範本。他比較說：「《荀子》、《韓非子》容易懂，就文章則不及《莊子》。《墨子》簡直不知所云。」這使茅盾頭一次知道了先秦有這麼多的諸子百家。此前他只知有孔子、孟子。現在除認真攻讀《莊子》外，就開始讀諸子百家各書了。楊笏齋還教他們《古詩十九首》、《日出東南隅》、左思詠史詩和白居易的《慈烏夜啼》、《道州民》、《有木》八章等等。他罷教不是因為教得不好受了批評，完全是為朋友（英文老師）不得不然。

接楊笏齋課的是錢校長之弟錢夏：此人就是「五四」著名前驅者之一錢玄同。他教的課文有史可法的《答清攝政王書》、《太平天國檄文》、黃遵憲的《台灣行》、梁啟超的《橫渡太平洋長歌》，不僅都是秦漢以下，而且在當時

〔註18〕 《我的中學生時代及其後》，《茅盾全集》第 11 卷第 84 頁。

已是昂揚時代精神、充滿現代意識的教材了。這使茅盾耳目為之一新，並且與父親的遺囑精神銜接起來了。茅盾更覺新鮮的是錢校長自己來上的作文課。他讓學生自己命題。做慣史論策論的學生大都不知所措，茅盾卻得到發揮創造性的機會。他從楊先生教的《莊子》中選取一則寓言加以發揮，題為《志在鴻鵠》，文字近乎駢體。主題則是借「鴻鵠空中高飛，嘲笑地上仰視的獵人」以抒自己的抱負。錢校長又圈又點，批語是：「是將來能為文者。」這又是一則慧眼識人的預言。

後來楊笏齋復課，受到錢玄同的影響和應學生的要求，就講與時事有關的文天祥的《正氣歌》。他還選講明末復社首領張溥編選的《漢魏六朝百三家集》中張溥在回家之前所寫的「題辭」。這也是古為今用，借張溥抨擊的閹黨權貴以影射清之閹黨李蓮英專權害民的。至於本文則讓學生自己鑽研。茅盾乘機研讀了這「漢魏六朝百三家」的代表作。他從《賈長江集》題辭中，知有屈原、宋玉及《楚辭》；從《司馬文園集》題辭中知有《昭明文選》；從《陳思玉集》及其他建安時代文人集題辭中知道了建安七子。楊笏齋還選講了建安七子的精萃詩文。講了《潘黃門集》題辭和《閑居賦》，以及元遺山的詩。他特別欣賞《陶彭澤集》的題辭，由此引發了對陶淵明的評價講解。茅盾由此還粗略了解了陸機、陸雲、嵇康、阮籍、傅玄、鮑照、庾信、江淹、丘遲等中國文學史上著名詩文大家及其作品。這大大激發了茅盾的探本索源的興趣與決心。整個寒假，他把蕭統編的《昭明文選》，認認真真地細讀了兩遍。

這時他的國學漸趨系統化，知識面也大大拓展了。這從他的作文《記夢》中可以看出端倪。〔註19〕此文內容涉及了老子的《道德經》、列子的《力命篇》、左思的《詠史》詩、阮籍的《詠懷》詩、白居易的《有木》詩，其中夢到有副對聯：「萬事福兮禍所伏；百年力與命相持。」其中所含典故，就出自老子和列子。俗話說：日有所思，夜有所夢。茅盾讀書之痴迷，由此可見。

也就是這時，通過學習，茅盾「知道了歐洲有哪些國，哪些戰爭，和中國有哪些條約，有所謂法國大革命，拿破崙，普法戰爭，日俄戰爭」。這就把他從感受維新變法的新眼光擴大為具有一定的全球意識與世界視野。〔註20〕

〔註19〕 《記夢》的內容茅盾晚年在《我走過的道路》中有詳細的說明。其中情節複雜，人物眾多。可參看《茅盾全集》第34卷第89～90頁。
〔註20〕 《我的中學生活及其後》，《茅盾全集》第11卷第84頁。

與此同時他對西歐文學也有相當的了解。據他小學同學兼中學同學沈志堅回憶：暑假期間，他們聚首烏鎮時，茅盾「把西洋文學史滔滔不絕地講給我聽，我只覺得他對於文學已很有造詣，萬非我所能及」。〔註21〕

讀完三年級後的1911年秋，茅盾轉到浙江省立第二中學即嘉興中學。茅盾想轉學的原因是聽四叔祖沈吉甫的兒子沈凱松說嘉興中學有許多好處：一是英文教員是美國人辦的上海聖約翰大學畢業的，因此英文課水平高；二是數學教員學問好教法也好；三是該校革命空氣濃。校長方青箱是同盟會員。母親因爲茅盾的凱叔在那兒可以照料，就同意了。茅盾在三年級插班。英文教師是半個洋人，英語好漢語不行；反要學生查字典幫他找英文課本中的詞怎麼譯成漢語。數學是茅盾的弱項，他又沒有學過幾何。而嘉興中學二年級就已講了幾何。教師計仰先耐心幫他補課。又指定班上的「數學大家」幫他補課。國文教師有四位，除朱仲璋是個與盧表叔同年的舉人外，其餘三位都是同盟會員。但他們眞人不露相，所教國文全是老古董，絕無革命色彩。後來和茅盾等一起發起文學研究會的朱希祖，講極冷僻的《周官考工記》、《阮元車制考》；馬裕藻講《春秋左氏傳》；朱蓬仙教《修身》，他自編講義，通篇集句，最愛用的是《顏氏家訓》。其餘幾何、代數、物理、化學等任課教師，也都不暴露革命黨身分。只有體育老師並非革命黨，但他腦後隆起，人稱有「反骨」，倒常發表革命言論。

該校民主空氣好，師生關係極融洽。晚自習時教師常到教室與學生談天，茅盾所在的三年級中秋節時，還備點酒水請教師一起賞月。喝多了酒的體育老師哈哈大笑說：「（革命）快了！快了！」

這時嘉興的革命前驅陶煥卿早已就義。健在的范古農家仍是策劃革命的場所。對外只談講佛經。老師中許多人都參與其事。終於1911年10月10日武昌起義的消息傳來。群情興奮激昂，師生們到火車站從上海來的火車上的客人手中買他們看過的當天的報紙。茅盾自然也去過。他後來回憶說：「我們興奮得不得了。我們無條件的擁護革命，毫無猶豫地相信革命一定會馬上成功。」「因爲我們目擊身受滿清政府政治的腐敗，民眾生活的痛苦，使我們深信。這樣貪污腐化專橫的政府，一定不能抵抗順應民眾要求的革命軍。」〔註22〕這時數學教

〔註21〕《懷茅盾》，《中國當代文學研究資料，茅盾專集》第1卷（上冊）第48頁。
〔註22〕《回憶是辛酸的罷，然而只有激起我們的奮發之心！》，《茅盾全集》第12卷第160頁。

師計仰先請了「事假」，實際赴上海、杭州參加敢死隊參與光復杭州的戰鬥。嘉興也已是山雨欲來風滿樓。學校提前放了假。他回家講的第一句話就是：「杭州光復了！」

這時烏鎮駐防的旗人同知已悄悄溜走。遺下的槍武裝了商會以防土匪。茅盾等這批中學生也成了有特殊行動的「特殊階級」。他們「結伴到廟裡和道士、和尚辯難，坐在菩薩面前的供桌上，或者用粉筆在菩薩臉上抹幾下」。〔註23〕這是一股棄舊圖新的潮流，茅盾自發地參與其中，在游泳中學習了游泳！

不久開學，茅盾發現有許多變動。包括計仰先與三位國文教員在內都「另有高就」。校長方青箱擔任嘉興軍政分司的民政長。接替他的是學監陳風章。

此公並不推動革命，下車伊始卻「整頓學風」。此舉立即干犯眾怒。茅盾等「覺得『革命雖已成功』而我們卻失去了以前曾經有過的自由。我們當然不服，就和學監搗亂」。許多為首的學生遂被記過，茅盾和凱叔也在其內。他們就「找學監質問」；「還打碎了布告牌」。茅盾雖未參與其中，但他的革命行動更具文學家風度與喜劇色彩。他運用所學的《莊子》作「文鬥」武器：抄寫了《秋水》篇中莊子諷刺惠子的話及所用「鴟得腐鼠」的寓言：「南方有鳥，其名鵷雛，子知之乎？夫鵷雛發於南海，而飛於北海；非梧桐不止，非練實不食，非醴泉不飲。於是鴟得腐鼠，鵷雛過之，仰而視之曰：『嚇！』今子欲以子之梁國『嚇』我邪？」茅盾把這段影射的話，連同一隻死老鼠，一起裝在信封裡，當作「考卷」送給學監。學監惱羞成怒，就把他們開除了。於是引起公忿，學監只好滾蛋。計仰先老師放棄升官機會，回校任教達十三年之久。但茅盾已決計離開此校，到杭州入了安定中學。

茅盾就這樣以熱切情懷、支持態度迎來辛亥革命，得到的只是剪去那條民族恥辱象徵的辮子與記過、開除的不公正待遇！灰色的中學生活沒多大改變，平添的是幾分頹喪和幻滅！這時茅盾第一次感到了幻滅的悲哀！對他說來，這當然是很大的打擊！但他仍相信「革命必勝」的真理。這段回憶雖然辛酸卻仍能激起奮發之心！

及至1912年春茅盾入杭州安定中學時，革命氣氛基本上煙消雲散，封建傳統文化又桎梏著學生。安定中學胡校長是個大商人，辦學目的是比附風雅，

〔註23〕 《談迷信之類》，《茅盾全集》第 11 卷第 190～191 頁。

洗刷銅臭氣。他花重金聘名師，擬與浙江一中（杭州中學）、二中、三中比高低。教師大都滿腹經綸。這當然大有利於學生。茅盾班上，學生中後來頗有成就者，詩人徐志摩就是。

國文教師共兩位：一位是號稱「錢塘才子」的張相，字獻之。他雖是秀才，卻兼通西學，尤精日語。為探求東西方列強富強之路，他譯了《十九世紀外交史》等書。他教學的精華是教學生作詩填詞作對聯。由此茅盾學會了寫舊體詩詞，提高了駢文寫作的技巧。從張相教學中，他首次學通了長達180字的昆明大觀樓著名的長聯。張相還評點了西湖上所有名聯的優劣，茅盾由此熟諳其藝術章法。

另一位國文教師姓楊。他竟在中學開中國文學發展史，他從詩經、楚辭、漢賦、六朝駢文、唐詩、宋詞、元雜劇、前後七子、明傳奇（崑曲）一直講到桐城派及晚清江西詩派。此前茅盾對這些經典文學作品大體都讀過。但從宏觀了解文學發展史及其規律，這還是第一次，也正是這一次使茅盾在原有基礎上初步完成了對中國傳統思想文化與古典文學史的窮本溯源，弄清文學沿革的始末，基本上把握了中國文學思潮發展的取向與旨歸，形成了很強的文學史觀念。這使他終生受用無窮。

楊老師教學無課本，每日講一段，黑板上只寫人名、書名，讓學生自己記筆記。課後他一一看學生的筆記，錯了給改，漏了給補。茅盾覺得記得再快也跟不上嘴講，於是上課也只記人名、書名，集中聽講、記憶、理解。下課後再據此人名書名和強記下來的東西默寫下來，居然能記十之八九。由此顯示出茅盾自幼博聞強記的能力。對這個學生，老師也十分滿意和欣賞。

違背父命踏上文學道路

人的稟賦與資質往往與興趣相連，因此是很難改變的。茅盾和父親都熱衷政治。但其父酷愛數學，偏偏茅盾於數理化均無才華與興趣，反倒自幼就一再展示出出眾的文學才華。所以1913年自安定中學畢業後，因表叔盧鑑泉已在北洋軍閥政府任財政部公債司長，可以就近照料，因此茅盾選定考北京大學預科。那時的北大預科班分為兩類，一類將來可進理工科學習；另一類則可進文、法、商科學習。茅盾數學不行，國文、英文卻是茅盾的強項，故茅盾選考了文科類。這一選擇，決定了茅盾漫長人生道路的取向——文學。但從父親遺囑的「大丈夫當以天下為己任」角度看，茅盾此生在文學與政治

的交錯中所作的貢獻，又恰恰是合乎父親的遺願的。

考學和報到都要去上海。茅盾趁機跑遍上海各大書店，居然購到一部足本石印《漢魏六朝百三家集》。他跟楊笏齋學的是選本。這次獲得全本，他欣喜異常，一邊等待發榜，一邊手不釋卷。茅盾從報上看到自己被錄取，母親立即為北上的兒子整理行裝。四叔祖沈吉甫給他找了個同伴，也考中北大預科的謝硯耕。兩人由滬乘船經天津赴北京。船上三日，竟成了互相補課的機會。謝硯耕見茅盾竟日翻閱《漢魏六朝百三家集》，十分詫異。因為他所攻的是明清文學。他在船上經常朗讀吳梅村的《圓上曲》、樊樊山的《前彩雲曲》與《後彩雲曲》。他所熟讀的明清詩文與茅盾「書不讀秦漢以下」恰成互補之勢。他們一路切磋，結成志同道合的契友。在天津轉車，有親戚照料。親戚還給茅盾提供了首次看夜戲的機會，讓他又開了一次眼界。

在北大茅盾踏進了一個思想與生活均具嶄新內容的高層社會。北大預科在原譯學館，地點大約在今北池子大街北口、五四大街三岔路口一帶。宿舍則在沙灘紅樓附近的學生公寓。如今這些建築已蕩然無存。北大三年是茅盾人生道路至關重要的三年。這三年他對資產階級舊民主主義革命的侷限性、對中國封建勢力根深蒂固的決定的中國革命的艱巨性，有了更深的了解。他因目睹了袁世凱賣國的「二十一條」以換取日本支持其稱帝等等賣國行徑，激起了更大的革命義憤。茅盾也非常支持蔡鍔在雲南起義聲討袁世凱。這使他不僅徹底擺脫了小學作文中見了諮議局選舉就為之激動的幼稚階段；也拋棄了辛亥革命時全力擁護以為革命必勝的那種不切實際的幻想。他開始了深沉的反思。但他仍然認為失望與希望同在。他看明白了，人生與歷史總是在曲折中前進。他仍在追求，並逐漸為後來的政治道路選擇，紮紮實實地奠定著初基。

北京畢竟是政治與文化中心。北京大學則是新舊兩種不同質的思想文化衝突的漩渦與焦點。在這裡，茅盾能比在浙江呼吸到更多的要求民主、自由、個性解放的空氣。他的政治視野、學術視野都有更大的拓展，為建構學貫中西的知識結構獲得更好的機會。另一方面他入學太早，直到他畢業後，蔡元培才來學校。當時北大的校長由留學美國的理科院長胡仁源代理。預科主任沈步洲也曾留學美國。教授以洋人為多。這些人構成倡導民主主義的群體力量。

預科文科類，第一外語是英文，第二外語可選修德文或法文，茅盾選修法文。英文課不僅教語言，而且還用英語講外國文學。開始時是由兩位外籍

教師講英文原版的司各特的《艾凡赫》與狄福的《魯賓遜漂流記》兩部名著。後來換了中國籍教師授課。不久來了一位美國某師範大學畢業的美籍教師，他的教學方法特別好，他教莎士比亞的《麥厄白》、《威尼斯商人》和《哈姆萊特》等劇本，一學期後就命題作文，要求學生用英文寫論文，允許自由發揮，次日交卷。法文老師兼通德、法、英三國語言。教法文時用英語解釋，有時忽然又說德語。茅盾小學與中學時就打下了紮實的英語基礎，但口語差些。這時英文及會話水平都大有提高。這是他在封閉的中國兼通西學很重要的條件。他往往借助英文報刊書籍得風氣之先。

教世界史的也是英國人，用的是邁爾的《世界通史》。分上古、中古、近代三部分。從古埃及、兩河流域文化、希臘、羅馬直到近代十九世紀、二十世紀的世界大事，論述得很系統。地理課教師自編講義，他有時還參考《水經注》以至省、府、縣等地方志。

茅盾收穫最大的是國文。教師是著名詩人沈尹默及其弟沈堅士。沈尹默不發講義，只指示研究學術的門徑，要求學生博覽。他教茅盾等讀莊子的《天下》篇，荀子的《非十二子》、韓非子的《顯學》篇，認為讀通這三篇，就能了解先秦諸子名家學說概況及互相攻訐之大要。他要求學生課外精讀這些書。他認為《列子》是偽書，其中還有晉人的偽作，但其中的《楊朱》篇保留下來早已失傳的「楊朱為我」學說，十分珍貴。他還教茅盾等讀古典文論，如曹丕的《典論論文》、陸機的《文賦》、劉勰的《文心雕龍》以至近代人章學誠的《文史通義》，他還讓學生讀劉知幾的《史通》。沈尹默還抄示清末盛行的江西詩派的始祖黃山谷的詩如《池口風雨留三日》。他說自己極喜愛黃山谷。沈尹默還抄自己的詩給學生看，他又要求學生懂一點佛家思想：「不妨看看《弘明集》和《廣弘明集》，然後再看《大乘起信論》。」茅盾求知欲強、好奇心切，一一照讀，雖不全懂，仍有裨益。至此除儒家與道家思想外，茅盾也大體了解了禪宗與佛學。沈尹默的弟弟沈堅士給茅盾他們講文字學。課本用許慎的《說文解字》，這從根本上深化了茅盾的古漢語、古文字學的根基。

北大教授中也有保守派。章太炎的同學、晚清經學大師俞曲園的弟子陳漢章即是。他自編講義教中國歷史，也從先秦諸子講起，但他把外國的聲、光、化、電之學，考證為先秦諸子中早已有之的東西。他引《墨子》為證時最多。一向善於獨立思考的茅盾認為這是牽強附會，就說了句「發思古之幽

情，揚大漢之天聲」。不料被陳漢章聽見，晚上他把茅盾約到家中作解釋。他說其本意在「打破崇拜西洋、妄自菲薄的頹風」。他說代理校長胡仁源就是這種人物。他和胡仁源的對立全校聞名，誰都知道他是保守派。茅盾覺得，不過他也有他的長處。如他著文回答學生「經今古文」之爭應如何看待問題就很好。他用駢體著文，表明他推崇鄭康成，主張經古文派和今文派不宜堅持家法，人們對他們應擇善而從。他對康有爲的《新學僞經考》頗有非議，原因是康有爲是今文派，其《大同書》是根據何休的《公羊傳》推演而來。茅盾和陳漢章有較多接觸，從中也獲益匪淺。

寒假到來時，母親來信要茅盾不必浪費旅途時間回家了，可在盧表叔處增加閱歷。茅盾借了盧表叔的全套竹簡齋本的二十四史，瀏覽一過。他精讀了《史記》，不懂就問盧表叔。他相信盧表叔的話：二十四史是中國的百科全書。因此攻讀時頗爲用力。在北京過第三個多天時，盧表叔派兒子桂芳喚茅盾參加公債抽籤還本公開大會。這對茅盾非常重要。他了解了全過程，也聽了盧表叔動員國民爲國盡綿薄之力的激昂慷慨的演說。這事成了三十年代茅盾寫《子夜》時所積累的素材之一。在盧表叔處，茅盾還認識了沈鈞儒。後來他們成了忘年交。

也正是在盧表叔的幫助之下，茅盾才可能進商務印書館工作。因爲政府要印大量的公債票，商務印書館北京分館的孫經理承攬了這個活兒。畢業前夕，母親來信拜託盧表叔爲茅盾謀事。盧鑒泉就轉託孫經理。孫經理親筆寫信介紹茅盾到上海商務印書館本部工作。

從此茅盾開始了「商務十年」那叱咤風雲的生活。表面看來茅盾踏入編輯界，開始其文學生涯多少帶些偶然性，但若聯繫他自幼至今的全部經歷，就會看到偶然性中寓著必然性。

學生時代的茅盾建立起自己第一個思想文化參照系，這過程斷斷續續伴隨著西學新潮的不斷的衝擊。兩者對茅盾都極重要。而且愈到後來，這一點就表現得愈加明顯。

第二章 「德」、「賽」、「馬」、恩」的學生與信徒──第二個思想文化參照系

「吸攝吐納」涵芬樓藏書

　　從少年到中學、大學，茅盾始終在西學衝擊、洗禮下打下堅實的國學根基。他以儒家思想文化爲主，兼及老莊，著重接受了民族文化的精華與優秀傳統。其主導是儒家思想的修身齊家治國平天下，積極入世、經世致用的人生觀、歷史觀與社會功利觀，重義輕利的道德論理觀：頑強奮進、韌性拼搏的進取精神與著重「中和」也著重唯物辯證的思想方法。其中受西學衝擊，因而也孕育著一定成分的資產階級民主主義的思想。這一方面在大學時代即逐漸增量。進入商務印書館，迎接「五四」運動的前夕，由量變到質變，不僅躍居主導地位，而且突進爲以徹底反帝、反封建精神爲標誌的革命民主主義思想。1919 年後，他開始攻讀馬列主義，1920 年參加了共產主義小組。1921 年參與建立中國共產黨並成爲第一批中共黨員。此後通過理論與實踐相結合的鍛煉，成爲名實相符的馬列主義信徒，爲共產主義奮鬥終生的無產階級革命家與文化戰士。

　　民族傳統文化與西方外來文化、國學與西學的交匯，西方民主主義文化與馬克思列寧主義文化的交匯，這是多種政治思想文化的交匯。其中最後一個交匯，由非主導因素逐漸融會了前者躍居主導因素，並逐漸形成茅盾世界

觀、人生觀、價值觀、美學觀的內在有機思想體系與構成。這就成為茅盾的第二個也是最重要的一個思想文化參照系。

1916 年 8 月，茅盾持商務印書館北京分館總經理孫壯（字伯恒）的介紹信，來上海見商務印書館總經理張元濟。﹝註1﹞張元濟字菊生，浙江海鹽縣望族出身。少年登科，在翰林館任翰林。是曾受光緒召見的維新派。北京大學前身的京師大學堂章程即由他起草。他是商務印書館的主要創始人之一，曾周遊歐美各大國考察出版事業，簽訂了銷售其新書的合同。他博古通今，學貫中西。茅盾發現：百衲本二十四史，每史都有他寫的跋。他所輯《涉園叢刊》各書，亦均有他寫的跋，足見其史學、文學功力。

張元濟 1916 年 9 月 27 日日記「用人」項載：「伯恒來信，盧鑒泉薦沈德鴻，復以試辦，月薪廿四元，無寄宿。試辦後彼此融洽，再設法。」為此他預先跟英文部長鄺富灼作了安排。所以茅盾見他之後，他立即派自己的車，讓茶房頭目通寶把茅盾送到寶山路編譯所，安排在館設英文函授學校，擔任修改學生課卷的工作。茅盾住在館辦宿舍。茅盾對此工作非常滿意。因為英文部七個人平時都說英語，正好彌補茅盾英文雖好、但會話稍差的不足。

更讓茅盾滿意的是：商務印書館的圖書館是藏書極豐的著名涵芬樓。古今中外圖書均極齊備，不僅中國的典籍一應俱全，就是西方的書刊尤其是英文書刊也應有盡有。如當時著名的全套《萬人叢書》（Everyman's Library），收羅很多西方資產階級政治、經濟、哲學、文學名著，以及英國以外的文史哲名著的英譯本，從希臘、羅馬直到易卜生、比昂遜等。再如美國出版的《新時代叢書》（Modern Library）所收與《萬人叢書》同樣豐富。這裡還訂有許多英美西歐出版的雜誌，如《我的雜誌》（My Magazine）和《兒童百科全書》（Children's Encyclopaedia）等。加上商務印書館代銷的西歐、美國出版的新書刊，也及時補充到藏書中去，總之涵芬樓藏書實在是洋洋大觀。茅盾進了圖書館，就像置身書的海洋，又像進了茫茫草原，這個初生牛犢，貪婪地吞食知識的牧草！但他猶嫌不足，又通過美國人在上海開的伊文思圖書公司訂購英美出版的新書新刊。他又從日本東京九善書店西書部索得每月新書刊目錄自行訂購。從此，茅盾讀書的路子就更寬了。宿舍平日較亂，他讀書多在圖書館與辦公室。星期日同室的人外出，他卻終日在宿舍讀書！這時他特別

﹝註1﹞ 在《我走過的道路》中茅盾說是「八月初旬」；據商務印書館檔案中保存的職員登記卡，則是 8 月 26 日。

愛讀剛剛問世的陳獨秀主編的《青年雜誌》，改版後的《新青年》，更是他手不釋卷之書！

看英文函授卷子，對茅盾說來是小菜一碟！剩餘的時間他就大量看書。這時商務印書館辭典部編的《辭源》剛剛出版。茅盾發現其中問題不少。時年二十歲的茅盾血氣方剛，忍不住給張元濟寫了一封信。用文言寫的寥寥二百餘字的信，提出的問題又多又尖銳。他先讚揚商務印書館的出版事業常開風氣之先，《辭源》即其一例；然後指出其辭條出處多有「錯認娘家」處；引書不注篇名，對用者也不方便。「《許慎說文》才九千數百字，而《康熙字典》已有四萬多字，可見文化日進，舊字不足應付。歐洲文藝復興以來，文化突飛猛進，政治、經濟、科學，三者日產新詞，即如本館，早已印行嚴譯《天演論》等名著，《辭源》雖已收進『物競天擇』、『進化』諸新詞，但仍嫌太少。此書版權頁上英譯為《百科辭典》，甚盼能名實相符，將來逐年修改，成為真正的百科辭典。」張元濟讀信後非常驚訝，對這個年輕人有如此高的學力與知識結構頗為賞識。茅盾寫此信本是一時興之所動，並未當一回事。出乎茅盾意外的是，張元濟當天就批示請編譯所長高夢旦核辦。高夢旦次日就找茅盾談話：「你的信寫得很好。總經理同我商量過，你在英文部用非其材，想請你和我們所一位老先生孫毓修合作譯書，你意下如何！」茅盾表示同意。他們先和英文部長鄺富灼通了氣，茅盾對一個月來部長對自己的照顧表示了感謝，然後隨高夢旦到國文部去見孫毓修作了安排。

由此開始直到逝世，茅盾的讀書生涯始終與工作密切結合在一起。

孫毓修時年五十許，曾在南菁書院攻研八股制藝，從美國教堂一個牧師半路出家學英文，底子有限，他跟繆藝風學版本目錄學也只七八年。但在這個年輕人面前，他卻擺出名士派頭：「我是版本目錄學專家。有暇也譯點書，有本書我譯了三四章懶得譯了，你接手譯罷。」茅盾以為或許是莎士比亞般名家名著，見他從雜亂書堆中找出的卻是卡本妥的《人如何得衣》。卡本妥曾以《歐洲遊記》出名。但也不過是通俗讀物。眼前這書本來依次是《人如何得食》、《人如何得衣》、《人如何得住》，孫毓修卻按中國通常說衣、食、住的習慣次序，先譯了《人如何得衣》前三章。他說我們譯筆與眾不同。

茅盾接過一看，原來孫毓修的譯文駢體色彩極濃，採取的「意譯」，連林琴南至少能不失原文百分之六十的程度都達不到！茅盾說：「老先生的文筆別具風格，我勉力續貂，能用否再請您決定。」孫毓修自負地一笑：「試譯一章

看吧。」茅盾用了三四天時間，仿其風格譯出一章送審。孫毓修帶點輕視地
說：「眞快，畢竟年輕人精力充沛。」閱後卻出乎意外地說：「眞虧你，驟看
時彷彿出於一人手筆。」茅盾謙遜地請其刪改，他自負地點了點頭。可是沉
吟半晌，只改了二三處幾個字，就讓茅盾繼續譯完。一個半月後譯完交稿。
孫毓修這才匆匆看完，得意地說：「我看可以。」但他不接受茅盾譯校一遍的
要求，說商務一向無此例，就交高夢旦簽字發排了。孫毓修問茅盾：「版權頁
是署你我合譯，還是你譯我校？」茅盾說：「只署您一個人譯就好。」這又大
出孫毓修的意外。此後茅盾又譯完其餘兩本，均先後出版。

　　孫毓修發現，茅盾空下來在看南宋學者王應麟著的《困學紀聞》，此書
由清代學者翁元圻作注。此書含論經八卷，天道、地理、諸子二卷，考史六
卷，評詩文三卷，雜識一卷，共 20 卷。其中考據評述，時有創見。關於河
渠、田制、漕運的論述，頗具史料價值。茅盾讀此書已非一日。孫毓修驚訝
地問：「你也喜歡考據之學？」茅盾謙遜地說：「也談不上考據之學，我只是
個『雜』家而已！」孫毓修更爲驚詫地問：「你都讀過什麼書？」茅盾據實
以告說：「我從中學到北京大學，耳所熟記者是『書不讀秦漢以下，文章以
駢體爲正宗』。涉獵所及有十三經注疏、先秦諸子、《史記》、《漢書》、《後漢
書》、《三國志》、《漢魏六朝三家集》、《昭明文選》（曾讀過兩遍）、《資治通
鑑》。至於《九通》、二十四史中其他各史、歷代名家詩文集，也偶然抽閱若
干章段。」這使孫毓修爲之一震！從此收起了他自負的名士派頭，兩人成了
眞正的忘年交。

　　完成了《衣》、《食》、《住》之後，孫毓修和茅盾商量，編一本開風氣的
書——《中國寓言》。他說：「這要對古書有研究的人編，你正合適！」茅盾
欣然同意，因爲藉此他可以系統地閱讀包括先秦諸子、兩漢論著在內的「四
庫全書」經、史、子、集。此書定名《中國寓言初編》，因爲預定還有續編、
三編。茅盾仿照「治史學先作長編」之法，收羅廣博，但以中國文獻爲限。
他除通讀《四庫全書》外，還閱讀晉朝以後談奇志怪之書與各種雜纂性質的
筆記等。但像《百喻經》（印度寓言）等不在其內，擬另出外編。茅盾原擬初
選時「寓」「喻」並收，然後再推敲何爲正規的寓言。孫毓修則「寓」「喻」
不分，一概錄入。孫毓修用駢體寫一長序，其中有些段落，可看出茅盾編選
時精讀群書的巨大覆蓋面。孫毓修寫道：「諸子百家，寓言甚多，茲先錄周秦
兩漢諸書，辭義兼至，膾炙人口者，以爲初集，續集嗣出。編錄次序，略依

四部為序。周秦古書，如《於陵子》、《亢倉子》、《天祿閣外史》之類，辭意淺陋，依託顯然，今皆不收。世歷綿渺，古籍多亡，其逸文猶見於他書者，並為甄錄，存其家數。」「原書有前人注解者，茲多因之；或舊注艱深，未易領會，僭加刪改，俾就淺明。原書無注者亦略加訓釋。每則略加評語，發明寓意之所在，觸類引申，或有當焉。」此序雖為導讀，實際是對茅盾編輯此書浩繁工作的總結，反映出茅盾廣讀博覽，沙裡淘金的艱巨工作，和厚積薄發的深厚功力。茅盾對孫毓修把神話、喻言統作寓言，不嚴加甄別的做法很有保留，為尊重起見，未提異議。此書出版時版權頁寫「編纂者桐鄉沈德鴻，校訂者無錫孫毓修」，令人感到啼笑皆非，因為全部工作均是茅盾所為，而寓言、喻言、神話不分又非茅盾本意，便茅盾也無可奈何！此書 1917 年 10 月初版後，1919 年 11 月又出了第三版，足見很受歡迎。

在孫毓修和他商量編《中國寓言》時，茅盾就提出可以為商務版少年叢書編幾本童話。但孫毓修當時未採納。《中國寓言初編》完成之後，他倒讓茅盾編童話了。

茅盾應孫毓修的要求所編的童話共 17 冊 28 篇，分別收入商務版童話叢書第一集與第三集，1918 年起陸續出版。這是茅盾公開出版的最早的創作。他初登文壇就為孩子服務，這是統貫畢生文學道路的一個特點。這和 1958 年後關懷兒童文學，40 年遙相呼應。其目光與用意之深遠，由此可見。這 28 篇童話〔註 2〕可分為四類：第一類據我國古代典籍或小說改編，共四篇，如《大槐國》所本是唐人小說《南柯太守傳》；與《枕中記》、《黃粱夢》同出一源。茅盾剔除了原作的道家消極出世思想，突出了「消泯爭名奪利之心」的諷喻性主題。他不泥古，多有生發，頗具推陳出新色彩。第二類據外國寓言改編，共 18 篇，如《金龜》把關於印度國王的寓言故事與中國民間故事《雁抬龜》結合得天衣無縫；突出了「戒多嘴多舌」的主題。這一類顯示出茅盾讀中外書注意消化，用外國材料注意中外結合、洋為中用的原則。第三類純屬虛構，實際是茅盾的童話創作。這五篇中，《尋快樂》勸人勤儉，勿貪財貪玩。《書呆子》勸讀書勤學。《一段蔴》戒性急，勸節約。《風雪雲》針砭驕傲，強調謙遜與互補。《學由瓜得》說明人的認識是從客觀世界中悟出，客觀事物則各有所用，此篇帶點兒哲理味道。

這些童話從兒童文學創作角度著手，是茅盾「為人生的文學」主張的濫

〔註 2〕見《茅盾全集》第 10 卷。

殤。它教育兒童如何做人處世辦事，他把「人」放在首位，注意寓教於樂、
陶冶性情等審美作用。他希望改變自己當年「書不讀秦漢以下」的灰色生活，
讓今天的兒童進入新的心靈世界，步入嶄新的時代與現實社會。這雖屬茅盾
的個人行動，但和「五四」前夕呼喚「人的發現」與「個性解放」相配合，
客觀上與《青年雜誌》及改刊後的《新青年》配合起同步作用。

　　1919 年八九月間，商務印書館決定根據南京江南圖書館藏的善本出版
《四部叢刊》。派孫毓修赴南京查核，看該版本是否可用，孫毓修要求館方
派茅盾為助手。在南京的半月，茅盾先是登記孫毓修選用的宋、元、明諸朝
刻印的善本清單，後又擔任這些善本的「總校對」。茅盾一邊讀這些善本，
一邊忙裡偷閒，把帶去的英文圖書看完後，又譯出其中若干篇。善本選定，
館方就派專人攝影，準備印在特製紙上，把底片帶回上海。茅盾又負責審查
底片是否合格，不合格者就得修版。茅盾又要覆核修過的版。所以他有機會
反覆讀這些善本，而且其細緻程度超過一般閱讀。

　　商務印書館職員每年有一個月的可以自己安排的假日。在完成寓言初編
與編童話的間隙，正巧小他兩歲的弟弟沈澤民考入南京河海工程專科學校。
母親也要趁沈澤民入學之機作南京遊，茅盾動用了這個假期接母送弟。他把
積累的工資 200 元現大洋悉數帶上，打算藉機盡盡孝心。在上海母親對觀光
不感興趣，卻興致勃勃地逛書店。她買下林琴南譯的全套共 50 部外國小說。
全書共四大編的《西洋通史》、兩卷本的《西史紀要》，以及《東洋史要》、《清
史講義》，所有的書都買兩套。一套自讀，一套給沈澤民。因為她知道，這些
書茅盾早已讀過，用不著她再操心。茅盾把弟弟送到南京，又陪母親回上海，
稍作逗留即返烏鎮。

助編《學生雜誌》讀譯西方論著

　　1917 年 9 月，茅盾的工作有了變動。一個人主編《學生雜誌》、《少年雜
誌》和《教育雜誌》的資深編輯朱元善徵得館方同意，調茅盾任《學生雜誌》
助編。但孫毓修不放。最後達成妥協：茅盾半天助編《學生雜誌》，半天幫孫
毓修編《中國寓言續編》。《學生雜誌》是供給中學生課外知識的刊物，設社
論式短論、「學藝」、數理難題解答、技擊、每月大事記等欄目或專題。茅盾
的任務，一是審稿編稿，二是寫稿。後者使茅盾擴大了讀書領域。這是又一

方面的以工作任務帶動讀書。

在茅盾助編《學生雜誌》的這幾年間，發生了兩件大事，決定性地影響著茅盾的讀書取向與寫作傾向：一件是 1917 年 11 月俄國十月革命建立了蘇聯這個人類歷史上第一個社會主義國家。它對中國當然會產生直接影響，但在這之前的 1916 年，陳獨秀的《青年雜誌》改刊爲《新青年》，1917 年二卷五號、六號次第發表了胡適的《文學改良重議》、陳獨秀的《文學革命論》。十月革命勝利的次年即 1918 年 5 月，《新青年》發表了魯迅的《狂人日記》。10 月發表了李大釗的歡呼十月革命勝利的《庶民的勝利》、《布爾什維主義的勝利》兩文。1919 年 5 月又發表了李大釗的《我的馬克思主義觀》長文。緊盯著閱讀、思考《新青年》雜誌諸文的茅盾，受到極大震動和影響。

正是在十月革命一聲炮響，給中國送來馬克思列寧主義的影響下，中國的思想啓蒙運動由革命民主主義向共產主義轉變，茅盾捲入這場思潮並站在濤頭和前端，於是置身由「人的發現」、「個性解放」到勞工神聖，民主精神、科學精神等等所匯成的時代精神的張揚與歷史呼喚，爲「五四」運動作著準備。「五四」反帝反封建政治運動的爆發，伴隨掀起了「五四」新文化革命運動與新文學革命運動。茅盾關注著這場運動。積極參加響應北京學生運動的上海集會，他幾乎一次不拉地聽北京學生來滬所作的每一次演講。他意識到這次革命與辛亥革命完全不同，自己既然「以天下爲己任」，現在正是以行動介入社會，響應時代召喚，置身思想啓蒙的大好時機。因此，他這時讀的書，寫的文章，無不反映出這一時代動向與精神。

1919 年下半年，在「五四」運動推動下，茅盾及其弟沈澤民，同鄉蕭覺先、王敏台等發起組織了桐鄉青年社。隨後又聯合在嘉興工作的同鄉李煥彬、在杭州工作的同鄉楊朗垣等，在嘉興南湖煙雨樓集合，這時已擴大會員約 50 餘人。所辦刊物《新鄉人》亦改名《新桐鄉》，仍由茅盾主編。他還是七人理監會的負責人。該會宗旨是宣傳包括馬克思主義和科學、民主、新文學在內的新思想，反對封建制度與封建文化。它的活動是響應「五四」運動的有機組成部分。

1919 年 9 月 1 日《新鄉人》第二期發表茅盾題爲《我們爲什麼讀書》的文章。他尖銳批判讀書爲「揚名聲，顯父母」的封建主義目的，明確倡導「讀書食得知識」，「因爲我是一個『人』，有了知識就可以用來研究學術」；「因爲

我既是一個人，就應該負人群進步的責任！」「去謀人類的共同幸福」。〔註3〕
文章鮮明地體現出「人的發現」、「人的解放」、「個人的奮鬥是為人民群眾」
的革命民主主義的政治態度。這是他「以天下為己任」思想的發展與昇華。

正是在《新青年》與十月革命影響下，在上述這一思想指導下，他應朱
元善的要求為《學生雜誌》寫社論時，就選定了《學生與社會》、《一九一八
年之學生》兩個題目。〔註4〕前文批判了兩千多年的封建主義的治學思想，指
出它是「奴隸道德」之注解。還指出「依附君主權力、攘斥百家」的「儒家
者流」是君王的御用工具。這就和他自幼所受封建思想與文化徹底劃清了界
限。此文同時又指出西學東漸，人皆「揣摩風氣之所趨」又失之「太膚淺」。
似此「唯利是視，欲其有利於社會難矣」。他響亮地提出：「學生在社會中」，
必須「有擔當宇宙之志，而不可先事驕矜，蔑視他人，尤須有自主心，以造
成高尚之人格，切實之學問。有奮鬥力以戰退厄運，以建新業」。茅盾認為學
生是「社會之中堅」，「社會之良窳」。學生是社會未來的種子，「種子善，國
勢必振」。因此他對學生與青年傾注了滿腔的期望！後文則提出三項主張：一
是「革新思想」，力排舊習慣、舊思想；二是「創造文明」，兼取歐美新文化
與民族優秀傳統文化之長，以為創造新文明的基礎；三是「奮鬥主義」。他主
張「時勢造英雄」，同時又主張「抱定人定勝天之旨」，「養成奮鬥習慣」。「人
生之天職即為奮鬥」，「必紮硬寨打死仗，以苦戰以得樂，乃為真樂」。他呼籲
「振臂而起，副父老之望，而滌虛生之恥」。

這兩篇文章可以說把國學與西學中的民主性精華融於一爐，它在「五四」
前夕發表，不啻「五四」運動思想準備、輿論動員的重要的一環。茅盾因此
也躋身「五四」運動先驅之行列。

茅盾此時發表文章的另一主題，是在「勞工神聖」思想指導下形成的。
茅盾在涵芬樓藏英美出版的《我的雜誌》、《兒童百科全書》兩種雜誌中，看
到許多成功者的傳記和軼事。其中許多名人出身勞工，正與「勞工神聖」口
號相吻合。於是他從大量文章與材料中沙裡淘金，精選例證，寫成《履人傳》
與《縫工傳》〔註5〕兩篇長文。

〔註3〕 《茅盾全集》第 14 卷第 52 頁。
〔註4〕 兩文分別刊於《學生雜誌》1917 年 12 月號與 1918 年 1 月號，收入《茅盾全
集》第 14 卷。
〔註5〕 前者刊於 1918 年 4 月 5 日、6 月 5 日《學生雜誌》第 5 卷 4 號、6 號；後者
刊於 1918 年 9 月 5 日、10 月 5 日《學生雜誌》第 5 卷 9 號、10 號。

在《履人傳》前言中茅盾寫道：「夫芝草無根，王侯將相無種，丈夫貴能自主，閭閻豈能限人哉！閑常泛覽外史，取少賤爲履人之名人。」「爲《履人傳》，亦見人在自樹，自暴自棄者，天厭之。窮巷牛衣之子，其亦聞風而自興，而勉爲書中人乎？吾願效卡萊爾之好學，百折不回；學喬治之束身，不爲眾涅，效蕭物爾之見義忘生，約翰之貧而好善，斯則此篇之作，爲不虛已。」在《縫工傳》前言中茅盾寫道：「夫中流失舟，一壺千金（語見《鶡冠子》）。一壺至賤也，適當其用，則一壺爲重，而千金爲輕。叔世風教掃地，禮義廢弛，滔滔頹流，不知所底。苟有人焉，勵志高抗，一言一行，可以風薄俗，懲邪式，而救陷溺之人心，則是人也，雖非生於高貴之家，誦手儒者之言，功業赫赫」，「蓋亦中流之一壺也」。「歐陽永叔撰五代史」時曰：「自古忠臣義士，多出於亂世。竊怪當時可道者少，意必於負材能修節義，而沉淪於下者，求之傳記」。「因竊取其意，爲《縫工傳》。皆取材西史，擷其一行之長者而述之。」兩文中前者集中介紹各國鞋匠出身的名人：如大學教授威廉・卡萊、宗教著述家喬治・福克思、海軍名將羅斯萊・蕭物爾、教育家約翰・邦特。後者集中介紹了各國裁縫出身的名人：如宗教家約翰・百特培、歷史家約翰・思披特、軍事政治家喬治・裘安斯、社會活動家喬治・湯姆生和美國總統安迪里・約翰遜。兩文之傳及兩篇前言，顯然都充分體現出「勞工神聖」、「平民主義」、「自強自立」的「五四」精神。茅盾博覽群書，此時尤注意廣讀西學書刊，其所得與其所採擷，不僅學以致用，而且廣以教人。讀書而致社會影響，非茅盾這樣的學者型政治家莫逮；實在堪爲楷模！

「五四」運動中提出的最重要的口號，除反帝反封建之外，就是民主與科學（即所謂「德先生」、「賽先生」）。中國人對現代科學的重新認識是在受侵略過程中提高了認識的。西方列強戰勝中國靠的是「船堅炮利」，而「船堅炮利」正是以先進的現代科學爲基礎。因此「五四」時期提的「科學救國」口號，實在是被動挨打過程中總結出的血的教訓，當時對科學的理解是全方位的；但側重點都在西方先進的自然科學的學習與引進。普及工作是重要一環。茅盾通過爲《學生雜誌》寫科普文章，其立點比普及科學知識要高得多。他是從「富國強兵」、自然自立的愛國主義與民族振興高度，從思想與科學兩方面武裝青年學生頭腦的。這是他讀通看透一部現代史（帝國主義侵華史和中華民族由興而衰由強而弱的歷史）後，獲得的高瞻遠矚的眼光與立足點。

　　我們編《茅盾全集》時，只搜集到他 13 篇科學論文與科普文章，〔註6〕目前發現還有不少佚文：如《航空事業之將來》、《火山——地球上的火山、月球上的火山和實驗室裡的火山》〔註7〕就是已知的兩篇佚文。這些文章大都是爲《學生雜誌》「學藝」欄所寫的「介紹外國科學知識」的文章。茅盾的選題許多是尖端科學，而且所寫文章均有所本。除了參考英美雜誌《我的雜誌》、《兒童百科全書》之外，他還讀了許多英文原著。例如潛艇發展史的開路先鋒大科學家西門拉克（Simon Lake）的著名專著《戰爭時的潛艇與和平時的潛艇》，著名的天文學家 J. E. Gore 的《空中世界》，Wallace A. R 的專著《人在宇宙間的位置》等等。另外他還找到許多輔佐材料。如《第一次飛渡大西洋的 R34 號》一文中，就分別引用了 General Mailand、Lieutenant Shotter、Lieutenant Harris 等氣象觀察員、領港人、機師等人的日記，從不同角度來說明問題。因爲言必有據，這些文章寫得紮紮實實。儘管茅盾不擅長自然科學，但他們文章是「學而後工」的。

　　特別值得注意的，是茅盾選題的立點與視角。在《探「極」的潛艇》〔註8〕一文中，他開篇就說：「我上次說過，世界大戰〔註9〕後遺下一大堆的軍器，只有飛機還有些用場。」此言既表現出茅盾對現代科學爲戰爭服務的遺憾，又表現出他對軍事科學轉於民用（「軍轉民」）的期待。茅盾對這個問題特別看重。所寫文章有《探「極」的潛艇》、《沉船？寶藏？探「寶」潛艇？》、《第一次飛渡大西洋的 R34 號》、《航空救命傘》等四篇。若把談發揮飛機作用的《人工降雨》〔註10〕也算在內，共是五篇。約占科普文章的五分之二。這些文章集中談和平利用潛艇與飛機方面的有關科學原理與知識。可見，即便談自然科學，茅盾也流露出社會科學家的眼光與取向。

　　其它談天文學的有《談天——新發現的星》、《天河與人類的關係》。談人類學、生物學、生理學的有《腦相學的新說明》、《生物界之奇談》、《猴語研究的現在和將來》、《關於味覺的新發現》。此外《家庭與科學》、《怎樣縮減生

〔註6〕　均收入《茅盾全集》第 14 卷，排在《小學文課》之後作爲附錄之二。

〔註7〕　前者據茅盾文章中提到獲知，出處待查。後者刊 1920 年 10 月 5 日《學生雜誌》第 7 卷 10 號。

〔註8〕　初刊於 1919 年 12 月 5 日《學生雜誌》第 6 卷 2 號。

〔註9〕　指剛結束不久的第一次世界大戰。

〔註10〕分別刊於 1920 年 1 月 5 日《學生雜誌》第 7 卷 1 號、1919 年 12 月 5 日《學生雜誌》第 6 卷 12 號、1920 年 8 月 5 日《學生雜誌》第 7 卷 8 號和 1920 年 4 月 5 日《學生雜誌》第 7 卷 4 號。

活費呢》〔註11〕則介紹與日常生活有關的科學知識，體現出較強的實用性。其中從題目看，似乎談生活常識的《怎樣縮減生活費呢》一文特別值得注意。它是用「社會主義」經濟學原則從生產、分配、流通、消費各個基本環節，高屋建瓴地談此問題。他承認「生產與分配」是基本環節。但認爲從這兩個環節縮減生活費，不能「治標」，而無治本。治本之法在於「利用科學的原理，增加機器的能力，使生產加多、加速」。也靠「增進機械的力量，減少分配的耗蝕」。這就使「一物的價值，就是原料加資本利息又加人力的總和」的每一環節，都減下成本來。生活費自然就會減縮了。從這裡可以看出，茅盾是讀了馬克思主義政治經濟學，掌握了「生產──流通──消費」的基本規律，這才能把問題談得這樣透。而他對增加科技含量的認識，對科技是第一生產力的原理，已經有了比較深的感性認識了。這是茅盾世界觀價值觀發生變化的信息，也是他學用結合、活學活用的讀書方法的精彩表現。

除了科學論文與科普文章，茅盾還譯了科普文章《三百年後孵化之卵》、《兩月中之建築譚》。他還和他弟弟沈澤民合譯了科幻小說《理工學生在校記》。

此外，我們從他介紹西方哲學、社會科學的文章看出，他很重視科學啓蒙的工作。從這些文章中可以看出，他從亞力斯多德、康德、盧梭，一直讀到尼采。他很標榜意大利民主革命的三傑：加崗爾、馬志尼和加里波第。這一切都突出表現了茅盾借鑒西方的寬廣視野，和他注意從中採擷唯物論、辯證法哲學思想與革命民主主義政治思想等鮮明的讀書取向。

對尼采的著作，茅盾用了較多的時間和精力去閱讀與評介。原因有一般性的，即當時處在「一個學術思想非常活躍的時代，受新思潮影響的知識分子如飢似渴地吞咽外國傳來的各種新東西，紛紛介紹外國的各種主義、思想和學說。大家的想法是：中國的封建主義是徹底要打倒了，替代的東西只有到外國找，『向西方國家尋找眞理』。所以，當時『拿來主義』十分盛行。拿來的東西基本上分兩大類，一類是民主主義的，一類是社會主義的」。茅盾關注尼采，正以此爲大背景。另一個原因是特殊性的。這就是茅盾超越一般人的精神境界，思想更加開放，視野更加開闊，海納百川、卓然不群。當時學術界一般認爲，尼采思想是導致發動第一次世界大戰的哲學基礎，所以不主張介紹。茅盾則認爲：「跟了尼采走的人是完全錯了；避了尼采不肯見面，或

〔註11〕以上諸文大都刊於《學生雜誌》，其中有兩篇刊於《婦女雜誌》。

不肯和他一談的，也不見得是完全不錯！」「尼采誠然是人類中的惡魔」，「但我們卻也不忘卻他對於精神方面的見識很超群，多少含有幾分眞理」。〔註12〕因此，早在 1919 年茅盾就從尼采的代表作《查拉圖斯拉如是說》〔註13〕中抽譯了兩章，題爲《新偶像》與《市場之蠅》先行發表。〔註14〕當時他已讀過英文版的尼采的《查拉圖斯特拉如是說》、《善與惡的超越》和《道德的歷史起源》三部專著。他在《新偶像》前言中表示：他對「尼采的學說若是能領會，決不會發生流弊」的看法，是「很佩服」的。他認爲「尼采是大文豪，他的筆是鋒快的，駭人的話（是）常見的」。他的《查拉圖斯特拉如是說》「可稱是文學中少有的書」。

1920 年 1 至 4 月，茅盾在《學生雜誌》第 7 卷 1 至 4 號上連載了他長達兩萬七千餘字的大文章《尼采的學說》。這時他已讀了奧斯克・李偉（Oscat Levy）博士所譯尼采全部論著的英譯本。如第一部專著《悲劇之發生》、1873 年至 1876 年所著的四篇重要論文，以及隨後的出版的專著《人性，所有的人性》、《朝霞》、《快樂的聰明人》、《查拉圖斯特拉如是說》、《善與惡的超越》、《道德的歷史起源》、《偶像的黃昏》和《權力意志》。他讀了尼采的妹妹伊麗莎白・尼采所寫的兩部《尼采傳》。他還參考了如豪菲丁的《現代哲學史》、魯德維斯的《尼采》、漢德森的《歐洲劇作家》以及古洋的《哲學史》等英文版專著。所以，茅盾寫《尼采的學說》時的根據與研究，遠較爲自己的譯著《新偶像》寫前言時充分得多。此文除引言外，包括《尼采傳略及著作》、《尼采的道德論》、《尼采的進化論》、《社會學者的尼采》和《結論》，總共六個部分。

茅盾把握住尼采的基本特點：「把藝術做立點去看科學，又把人生做立點去看藝術。」把握住尼采兼具大哲學家與大文學家的雙重身份，把握住尼采學說中眞理與謬誤同在的具「有許多自相矛盾的地方」這一特點。把握住尼采的基本弱點：「難得機會住在平民隊裡，平民的能力和情形，他全然不明白，他只是一個人在屋子裡想，純任衝動和反動——是反對周圍的趨勢的反動。」因此茅盾提醒讀者：「我們讀尼采的著作，應該處處留心，時常用批評的眼光去看他；切不可被他的犀利駭人的文字所動。因爲他是文豪，文字是極動人

〔註12〕 《我走過的道路》，《茅盾全集》第 34 卷第 149 頁。
〔註13〕 當時譯名爲《蘇魯支語錄》。
〔註14〕 分別刊於《解放與改造》1919 年 11 月 15 日第 1 卷 6 號和 12 月 1 日第 1 卷 7 號。

的。」

有了這個居高臨下、非常辯證、極具分析態度的立足點，去總體把握尼采的全人與全文，茅盾就形成了不僅在當時，就是在今天也頗具驚世駭俗銳氣的觀點：「尼采最大的——也就是最好的見識，是要把哲學上一切學說，社會上一切信條，一切人生觀道德觀，重新稱量過，重新把它們的價值估定。這便是尼采思想卓絕的地方。」單就他「掃蕩一切古來傳習的信條，把向來所認為絕對真理的、根本動搖」；「單就這種『重新估定一切的價值』的思想看來，照尼采自己所定的哲學的定義——哲學家的本務，是創造新價值，創造新原理，創造新標準——看來，我們簡直可以把尼采放到第一等的哲學家林內。」茅盾認為：尼采「主性道德和奴性道德」的新說，他的「反基督」的宗教觀念，〔註15〕他的「超人」觀，「倘然只講大體，實在都是絕精的」。

但是，茅盾對尼采的維持貴族與統治階級道德論，對他的權力意志論，對他的反民主、反社會主義的政治立場，對他的「超人」學說，用了相當多的篇幅介紹，並作了嚴厲的批判。他把握住尼采的哲學觀與社會觀的「二元性」與相互矛盾的特點，採取了「挑了些合用的來用，把不合用的丟了，甚至於忘卻」的，對待學說採用「公平」的眼光和分析的有揚有棄的態度。這樣讀書與實踐，顯然合乎辯證唯物論與唯物辯證法。

茅盾在「五四」時期之所以要這樣看重尼采的上述思想，其實有他明顯的自覺的功利目的：「我們正要攻擊傳統思想，要求思想解放」；尼采不僅否定舊傳統，「也攻擊市儈哲學，而當時的社會」這種作風很嚴重。茅盾實際上是打鬼借助鍾馗之力。但是茅盾重新評價尼采，甚至借重尼采，還有他更高的辯證觀點與方法論意識。他認為：「一個哲學家的學說不完全，那誠然是哲學家『令名』之累；但我總以為不是他學說的『令名』之累。世間本來沒有絕對的真理，人類的學問是從古至今一層一層的積成的，是經過無數的學者的『補苴罅漏』工夫才能得到一些『較完全』的；前人學說有缺點，自是意中來，不算前人不體面。後人倘然不能把他的缺點尋出，把他的優點顯出，或者更發揚之，那才是後人的不體面呢。」因此茅盾讀尼采的書，論尼采及其學說，正是要指出其優點與缺點各在何處。他由此得出一條頗具方法論意義的讀書原則：「只要我們不把古人——尼采——當偶像，不把古人的話當『天經地義』，能懷疑，能批評，我是以為古人的書，都有一讀的價值；古人的學

─────────────────

〔註15〕 「上帝死了」這句名言，就是尼采提出來的。

說，都有一研究的必要的。」〔註16〕

在「五四」當時，形而上學思維方法相當嚴重，正如後來毛澤東所總結的：「好就是絕對的好，一切皆好；壞就是絕對的壞，一切皆壞。」而當時茅盾雖僅 26 歲，卻老成持重，客觀辯證，上述觀點，不僅在當時，就是在今天，也顯係空谷足音！

研讀婦運學說　形成民主主義婦女觀

1918 年春節過後，茅盾結婚了。他的婚姻是自幼由祖父包辦的。孔家十分封建。父親曾向孔家提出要求：不纏足，要讀書。孔家一樣不照辦。幸好孔德沚的姨母中途阻攔，這才把已裹了半年的殘足放開，才保全了個「半天足」。孔家信奉「女子無才便是德」，根本不讓讀書。婚後一問，孔德沚只認「孔」字和十個數字，她甚至不知丈夫讀書的北京和工作的上海哪地離烏鎮近些。她也沒有名字。母親只好讓茅盾給她起名：孔德沚。婚前母親一直覺得這門親事不合適，對不起兒子。但又迫於家庭與社會的壓力，無法退親。茅盾體諒母親的苦衷就按母意結了婚。他的想法是：幫助她，改變她，提高她。這種思想，對他的婦女論文內容影響很大。其許多觀點是夫子自道。但是在母親幫助下，孔德沚自強不息，不僅上了學，還入了黨，甚至當過地下黨辦的培養婦女幹部的學校的教導主任。茅盾和夫人是先結婚後產生愛情的特殊婚姻的典型。當中雖有秦德君第三者插足的風波，茅盾終於還是和孔德沚白頭偕老。

婚後第二年即 1919 年 11 月初，茅盾正幫孫毓修編《四部叢刊》，身兼《小說月報》、《婦女雜誌》兩雜誌主編的商務資深編輯王蓴農取得館方同意，並與孫毓修、朱元善談妥，讓茅盾幫他主持改革《小說月報》的「小說新潮」欄，並為《婦女雜誌》寫稿。這樣，茅盾實際上是身兼四職了。因此茅盾從 1920 年起，寫了和譯了一大批婦女運動的文章。他廣泛閱讀西方和中國發表、出版的婦女運動論著，結合閱讀認知與自己的切身體驗，也總結了中國婦女運動的經驗教訓，從而逐步形成了由革命民主主義到社會主義的有自己獨到見解、有中國特色的婦女運動觀與婦運思想體系。我粗略統計，茅盾的婦女問題論文近百篇，譯著也相當可觀。

〔註16〕《尼采的學說》，1920 年 1 月 5 日《學生雜誌》第 7 卷 1 號。

「五四」前後，反帝反封建與新文化革命運動具全方位性，婦女解放是反封建政治運動重要的一翼。茅盾的這些著譯，是「五四」運動時期婦運理論建設的重要部分。

其實茅盾早就敏感地發現，當時婦運問題已成爲輿論焦點之一。他看到從 1917 年 2 月《新青年》2 卷 6 號起，幾乎每期都有「女子問題」討論專欄，當中還出版過「易卜生專號」予以配合。他覺得李大釗的社會主義婦女運動觀最具導向性。李大釗號召：「合婦女全體的力量去打破那男子專斷的社會制度」，「合世界無產階級婦人的力量去打破那有產階級（包括男女）專斷的社會制度」，〔註17〕以使婦女獲得解放。茅盾覺得相比之下，胡漢民代表的則是資產階級民主主義婦女觀。胡漢民認爲婦女的解放是「自己的解放」，首要的是有解放的覺悟與要求，第二「是經濟獨立」。這樣婦女解放「自然會到來」。〔註18〕茅盾仍抱定他「既要借鑒西洋，就必須窮本溯源，不能嘗一腐而輒止」的態度。他有了充分準備後才參與討論。

他博覽有關的英文報刊與論著，理清了西歐婦女運動發展史的脈絡：最早是英國發動的貴族婦女的參政運動；繼而是美國發動的女子受高等教育運動；再後是遍及歐洲的婦女要求改善婚制的運動。「到現在始有包羅教育、經濟生活、婚姻家庭、社會服務四大條的婦女運動。」茅盾據此認爲：當前中國婦女運動非舉這「四大宗」不可，但他又反對「專抄人家歷史的老賬」；主張注意其「時時變遷」的趨勢，從中國實際出發。〔註19〕茅盾同時用比較的方法，理清了中國婦女運動史及其前後發展態勢的不同：中國婦運始自辛亥革命。其規模與當前有所不同。「元年的婦人運動是政治的」：旨在政治公開，重在平等；「當今的婦人運動是社會的」：旨在「解放婦女也成個『人』」，故「重在自由」。茅盾認爲：兩者在中國歷史上，都是「空前的」。〔註20〕

茅盾從浩繁的婦運史料中清理出線索：西方婦女運動理論派系對立，總的看是保守派與激進派的對立。激進派中又有社會主義派、女子主義派與女權主義派。茅盾當時贊成瑞典女子主義派大學者愛倫凱的理論主張。他讀了

〔註17〕 《戰後之婦人問題》，1919 年 2 月《新青年》第 6 卷 2 號。
〔註18〕 1919 年 7 月 27 日《星期評論》8 號。
〔註19〕 《婦女運動的意義與要求》，1920 年 8 月 5 日《婦女雜誌》第 6 卷 8 號，《茅盾全集》第 160 頁，第 163 頁。
〔註20〕 《世界兩大系的婦人運動和中國的婦人運動》，1920 年 2 月 10 日《東方雜誌》第 17 卷 3 號，《茅盾全集》第 14 卷第 116 頁。

她的幾乎全部論著，並且譯介了其《愛情與結婚》、《母職之重光》、《婦人運動》、《兒童之世紀》等論著。他著文介紹了愛倫凱的理論主張，特別是其以「愛」為中心、一切活動以兒童為主，和解放婦女使之成為「自由的人」等等觀點。不過茅盾也不是全盤照搬，他擇取愛倫凱比較合理的某些觀點作為起點，形成許多自己的新見與創見。

茅盾當時的思想基礎是文藝復興至本世紀的資產階級民主主義關於自由、平等、博愛與個性解放、人道主義思想。他說：「我是極力主張婦女解放的一人。」因為「凡是人類都是平等的」；奴隸要解放，處在奴隸地位的「婦女也應得解放」。他認為婦女解放的內涵，就是恢復其人的權利，使之能和男人「並肩立在社會上，不分你高我低」，「成個堂堂正正的人」。〔註21〕儘管茅盾當時推崇尼采，但對尼采視婦女為貓、鳥、「頂好是個母牛」的謬論，卻痛加駁斥。〔註22〕茅盾對缺乏愛情的包辦婚姻之態度也與眾不同。他反對一般性地解除缺乏愛情的包辦婚姻。理由是：「在男子固然可以另想法；但是女子呢？我不要伊，別人要伊麼？」「我娶了她來，便可以引伊到社會上，使伊有知識，解放了伊，做個『人』。」他反駁無愛的包辦婚姻不如離婚的觀點道：「世間一切男女，莫非姊妹兄弟。」接受包辦婚姻可「援手救自己的妹妹」，「難道也要忖量值得，也為戀愛麼？」他認為「結婚不應以戀愛為要素；應改變她是我的妻，是父母的媳婦」等舊觀念，應該認定：她「是一個『人』！」是長者的妹妹，幼者的姐姐。茅盾宣布：自己不把愛看得很重，卻把「利他主義看得很重」，「願以建設的手段來改革」包辦婚姻。〔註23〕這些話實際是茅盾接受包辦婚姻時的思想動因和夫子自道。這種人道主義態度，雖有妥協色彩，但其真誠的利他主義、犧牲精神，卻令人尊敬！

茅盾認為「解放的婦女與婦女的解放是相連的」。為造成「解放的婦女」，他主張婦女應該：一、「確立高尚的人格和理想」。二、了解新思潮之真諦，求「意志刻苦的精神解放」。三、「盡力增高自己一邊的程度」，全力「扶助無識的困苦的姊妹」。四、其活動「不出於現社會生活能容許的範圍之外」。〔註24〕因此只能從教育、經濟生活、結婚與家庭、在社會或國家中的公共

〔註21〕　《解放的婦女與婦女的解放》，《茅盾全集》第 14 卷第 63 頁。

〔註22〕　《歷史上的婦女·譯者按》，1920 年 1 月 5 日《婦女雜誌》第 6 卷 1 號，《茅盾全集》第 14 卷第 100 頁。

〔註23〕　《「一個問題」的商榷》，1919 年 10 月 30 日、11 月 1 日《時事新報·學燈》，《茅盾全集》第 14 卷第 58～61 頁。

〔註24〕　《解放的婦女與婦女的解放》，《茅盾全集》第 14 卷第 68～69 頁。

生活四者中「找到境地與思想的改變」。〔註25〕這顯然受到他讀的愛倫凱著作的侷限；帶著明顯的改良主義與托爾斯泰「自我完善」色彩！

茅盾當時不同意社會主義者通過婦女運動求得政治解放與經濟解放，使之「變成社會的人」的社會革命婦女觀。他可能看到辛亥革命後婦女參政只導致個別貴族婦女「花瓶」般的參政，掩蓋了軍閥專政反動本質的緣故，故此極端化地認為：婦女「簡直不用參政」，其根本的改革「是道德的改革，家制的改革，女子在社會上地位的改革」。他說：「單講政治改革是要大失敗的」。他主張「多做些社會上的事，少做些政治上的事」。〔註26〕這就模糊了婦女解放運動的政治性質，也降低了婦女運動的要求與作用。他把道德思想當作「一個最大的力」，以為不必從政治、經濟著手，可以「從改造倫理，改造兩性關係入手，就是從精神方面入手，那才合文化運動的真意義」。〔註27〕這種本末倒置的觀點，不可能從根本上解決問題。

由於缺乏政治觀念與階級分析，他對婦女運動之動力作出了錯誤的論斷。他對婦運成員也作了階級劃分，認為是由闊太太貴族小姐、中等「詩禮人家」的太太小姐和貧苦勞動婦女三部分人組成。但他認為貧苦勞動婦女是「落伍者」，又往往是「道德墮落者」，故不能作婦運「中堅」。他把中等「詩禮人家」的太太小姐當作「中堅」。這正是囿於愛倫凱的論著、觀點所致！

這時茅盾也讀了不少無政府主義婦女觀論著，並受其影響。因而主張過廢家庭，建公寓、公廚，使家庭生活社會化。

總之，儘管茅盾說過不能照搬西方的話，但他讀愛倫凱等人的著作所受影響仍很大，而這些論著充其量是革命民主主義的，而非社會主義的。加之他要為自己的包辦婚姻尋求心理平衡和理論支撐，這就決定了他前期的婦女觀存在明顯的侷限性。

「五四」運動後工人階級登上歷史舞台，使十月革命給中國送來的馬克思列寧主義更具吸引力。茅盾開始學習馬克思列寧主義，例如較系統地讀了恩格斯的《家庭私有制和國家的起源》等名著。這使他的耳目一新，發現了

〔註25〕 《婦女運動的意義和要求》，1920年8月5日《婦女雜誌》第6卷8號，《茅盾全集》第14卷第158頁。

〔註26〕 《評女子參政運動》，1920年2月15日《解放與改造》第2卷4號，《茅盾全集》第14卷第123～124頁。

〔註27〕 《家庭服務與經濟獨立》，1920年5月5日《婦女雜誌》第6卷5號，《茅盾全集》第14卷第136～138頁。

愛倫凱等的婦女理論的謬誤與侷限。他還讀了倍倍爾的《社會主義下的婦女》及英國社會主義詩人、學者加本特的《愛的成年》、《中性論》等論著，逐漸樹立起社會主義婦女運動觀，放棄了自己信奉多年的愛倫凱婦運觀，糾正了自己的偏頗與錯誤。他宣布：「我是相信社會主義的」，「我主張照社會主義者提出的解決法去解決中國的家庭問題」及婦女運動問題。〔註28〕他發表的題爲《家庭改制的研究》長文，系統地介紹了恩格斯等馬克思主義者的婦女觀。在此長文中，茅盾確立了以下新觀點：一、承認經濟（特別是其中的生產力）對社會所起的決定作用。認爲舊家庭基礎動搖，是經濟改變的結果。二、他承認經濟基礎對政治、法律以至道德等等上層建築諸因素起決定作用。如他認識到在城市「社會經濟組織不許婦女有勞動的權力」。在鄉村，儘管婦女參加勞動，但在家庭經濟分配中也無分配權。他說：「什麼禮教等等，還是社會制度和經濟組織的產兒；不把產生這產兒的社會制度經濟組織改革過，而專從思想方面空論，效果很小。」他徹底否定了自己以前的偏頗，提出嶄新的馬克思主義觀點：「最先切要的事是改革現在的社會的經濟組織」。〔註29〕三、他確立了一個基本信念：「社會主義世界必爲將來的世界」。他接受了加本特的觀點：「人類最合理的生活應是社會生活，一切人類都是痛癢相關的。一切人都在同一社會中生活著，互盡其服務的能力。」茅盾正式宣布：從此他全部接受社會主義者「三位一體」的家庭改制的主張：「（一）婦女的解放；（二）兒女的良善權養；（三）私產繼承法的廢止。」〔註30〕四、認清了婦運與革命運動之關係，糾正了婦運「中堅」力量的誤認。強調要「努力從社會各階級」，特別是應「快到民眾中間尋求覺悟的女性」。他放棄了愛倫凱讓婦女「做自由人」的主張，贊成馬克思主義的讓婦女「做社會的人」的主張。〔註31〕他贊成婦運與革命運動同步，使婦女與男子都擁有民主政治權力。

不過由於茅盾當時所讀英文報刊書籍中，無政府主義與馬克思主義混雜一起，當時他一時還不能區分得太清楚。因此他的觀點中也有諸如廢除繼承權等無政府主義思想成分。說明處在學習馬列主義初級階段的他，尚不是很

〔註28〕 《家庭改制的研究》，《茅盾全集》第14卷第194頁。

〔註29〕 《婦女經濟獨立討論》，1921年8月17日《民國日報》，《茅盾全集》第14卷第246頁。

〔註30〕 《家庭改制的研究》，《茅盾全集》第14卷第186頁，第195～196頁。

〔註31〕 《〈婦女周報〉社評（一）》、《新性道德的唯物史觀》等，《茅盾全集》第15卷第51頁，第255～267頁，第175～179頁。

成熟。

由於他的包辦婚姻是無愛婚姻，形成了他此前一些諸如結婚不必以愛情為基礎等等偏激之見。現在也開始予以糾正，並且在馬列主義啟發下提出一些新見解：一、他開始認為「戀愛是神聖的」，這是「限於兩性間的最高貴的感情，起於雙方人格之互相了解，成於雙方靈魂之滲合而無間隙，它的力量是至大至剛的，它的質量至醇至潔的，它的來源是人類靈魂的最深處。故「強令戀愛者不得戀愛」或「強令本無戀愛者生戀愛」，都是罪惡的！〔註32〕二、他放棄了結婚不必以戀愛為前提的舊說，改弦更張為「兩性結合而以戀愛為基礎」即合於道德，反之即否的新說。三、他認為愛是無條件的，「戀愛不是理知底產物，而是感情底產物。」真的戀愛是「一往直前，不怕天，不怕地，盲目的舉動」。它「忘了富貴名分底差別，忘了美底差別，忘了人我之分」。〔註33〕「要戀愛就戀愛」，「什麼也不顧。」對這「狂」的成分，茅盾「頗表示敬意。」〔註34〕這說明一方面茅盾無愛婚姻的婚後體驗糾正了他婚前純人道主義的「理性」認知與理想化色彩；另一方面學習馬列主義婦女觀論也糾正了他受愛倫凱等女子主義資產階級民主主義婦女觀的消極影響。

不過這時他仍有侷限性。例如：他認為「不許離婚固然不對」，因為這「太蔑視個人的幸福」。但「許人自由離婚毫不加以制裁，也有流弊」。這「於社會組織之固定，很有妨礙」。他希望「在兩極端中間」「得個執中的辦法」。〔註35〕事實上他並未找到，也很難找到這「執中」之法。再如他對戀愛中上述「狂」的成分全盤肯定，包括戀愛純屬感情排除理智的判斷，也包含著片面性與誤認的成分。

從茅盾婦女觀與婦運觀的發展與轉變，不難看出，其前期讀西方民主主義婦女論著特別是過分看重愛倫凱女子主義學說時，雖受了積極的革命民主主義思想的影響，配合「五四」運動為中國反封建的婦女運動作了重要的輿論準備與宣傳。但其中也接受了一些消極影響，產生了一定的負面作用。乃至讀了包括恩格斯的《家庭、私有制和國家的起源》等馬列論著後，他由革

〔註32〕 《新性道德的唯物史觀》，《茅盾全集》第15卷第262頁。
〔註33〕 《戀愛與貞潔》，《茅盾全集》第14卷第331頁。
〔註34〕 《解放與戀愛》，《茅盾全集》第14卷第323頁。
〔註35〕 《離婚與道德問題》，1922年4月5日《婦女雜誌》第8卷4號，《茅盾全集》第14卷第327頁。

命民主主義轉變爲社會主義婦女觀、婦運觀之後，不僅糾正了所受的愛倫凱學說等上述負面影響，也糾正了自己長期受西方人道主義思想影響，在個人婚戀生活經驗體會認知中形成的感性色彩極濃的錯誤認識與極端化觀點。這是一個重要的質變！而茅盾婦女觀與婦運觀的這種質變，是他世界觀、人生觀、價值觀隨著學習馬列主義發生了質變的一個重要側面的反映。事實上不僅是茅盾，包括李大釗、陳獨秀等馬列主義先驅和滯後接受馬列主義的魯迅等時代弄潮兒在內，其經歷大抵也是從革命民主主義思想出發先倡導思想文化道德層面的變革；後來在十月革命影響下，接受了馬列主義的洗禮，轉變了世界觀；婦女觀也相應發生質變。這才站到科學社會主義婦女觀、婦運觀立場；以列寧的經典論斷「從一切解放運動的經驗看，革命的成敗取決於婦女參加解放運動的程度」〔註36〕這一立場上來，茅盾亦然！

不過在他們中間，不論從歷時性抑或共時性看，也不論從倡導民主主義的抑或社會主義的婦女觀、婦運觀看，茅盾都是貢獻最突出，理論思想最完整、全面、系統的一位。其轉變後的社會主義婦女觀、婦運觀，也最紮實，最富實踐指導性與啓發性。因此，當 1923 年茅盾在中共上海市全體黨員大會上當選爲中共上海地方兼區執行委員會五人執委會委員之一，兼任國民運動委員會委員長之後，其下設的婦女運動委員會負責人，一是中國的著名婦運領袖向警予，另一位就是以男性身份擔任領導人的茅盾。這是頗富傳奇色彩的！

閱讀社會科學與馬恩經典論著

「五四」過後不久，文化隊伍發生分化。魯迅「兩間餘一卒，荷戟獨彷徨」的體驗，茅盾也有過。他感到「愛國思想的全盛時代」「種下了憂國憂民，繼續奮鬥的種子」，不久「都被舊有勢力所遮沒」。「人們仍舊得不到真的『改造』『解放』」。但他相信革命的「潛勢力是永遠存在的」，所以「終有成功的一天」。不過他感到，包括自己在內，因爲「受西方思想的影響」，「個人主義便應運而生了」。遂導致「新村運動」、人道主義、無政府主義思潮的泛濫。但他從實際檢驗中看到，這些思潮「敵不過舊勢力」，他「感到了很深的煩悶」。〔註37〕這是繼辛亥革命失敗之後，茅盾第二次陷入苦悶期。但

〔註36〕《在全俄女工第一次代表大會上的演說》，《列寧全集》第 28 卷第 163 頁。
〔註37〕《五四運動與青年們底思想》，1922 年 5 月 11 日《民國日報·覺悟》，《茅盾

他並沒消沉。《新青年》分裂後，胡適等與舊勢力妥協。李大釗、陳獨秀等仍高舉革命大旗。改刊後的《新青年》，政治色彩反而更鮮明，革命傾向更強烈了。茅盾緊隨革命前驅的新政治取向，開始了新的思想征程。有比較才有鑒別，他在各種西方思潮中，終於把目光集中到馬克思主義上來了。

開始時他只把馬克思主義當作西方學說與思潮之一種。他說：「那時已是1919 年尾，我已開始接觸馬克思主義，我覺得看看這些書也好，知道社會主義還有些什麼學派。」〔註38〕那時國內馬列主義譯本極少，有的從日文版轉譯，文字並不準確。於是他通過伊文思圖書公司和日本九善書店購得許多英、美出版的英文版「馬列主義經典著作」，他也廣泛閱讀「社會科學」。這時他努力克服幾千年傳統思想的侷限，努力去切近真理。他也走過彎路，例如他曾把岡察洛夫等人傳播的聖西門、傅立葉、歐文等人的空想社會主義時代稱作「社會主義的文學時代」。〔註39〕他也說過「人群進化的大路到底是無政府主義呢，還是社會主義呢，原也難說」〔註40〕的話。但是正是通過比較鑒別，他終於找到了「真經」。

他從閱讀的大量的馬列主義論著中，挑出精華精讀。他和陳獨秀建立了直接聯繫。1920 年初陳獨秀來滬，茅盾和陳望道、李漢俊、李達等受陳獨秀的邀請，到其寓所作過長談。尤其是 1920 年 7 月，上海共產黨小組成立。從9 月份起陳獨秀把《新青年》遷到上海出版。同年 10 月，經李漢俊介紹，茅盾參加了上海共產黨小組。這年 11 月，黨的第一個地下刊物《共產黨》創刊。由李達任主編。這時李達已經和茅盾的表姑母王會悟結了婚。但他們首先是黨內的同志和戰友。於是李達向茅盾約稿，翻譯介紹馬克思主義文獻。由此開始，茅盾從其讀的大量馬克思主義論著中，擇取對中國針對性較強的譯出一大批。這些譯文和編著大體可分以下四類：

第一類，馬克思主義經典著作：如列寧著《國家與革命》第一章（1921年 4 月 7 日《共產黨》第 3 號）等。茅盾的這章譯文，是列寧《國家與革命》在中國最早的譯文。

第二類，各國共產黨的綱領、文件：如《共產主義是什麼意思——美國

全集》第 14 卷第 338～344 頁。
〔註38〕 《我走過的道路》，《茅盾全集》第 34 卷第 149 頁。
〔註39〕 《〈一個農夫養兩個官〉譯者前記》，1919 年 12 月 7 日《時事新報‧學燈》。
〔註40〕 《文學上的古典主義浪漫主義和寫實主義》，1920 年 9 月 5 日《學生雜誌》第7 卷 9 號。

共產黨中央執行委員會宣布》（1920 年 12 月 4 日《共產黨》第 2 號）、《美國共產黨黨綱》（同上）、《共產黨國際聯盟對美國 IWW〔註41〕的懇請》（同上）、《美國共產黨宣言》（1920 年 12 月 15 日《改造》3 卷 4 號）等。

第三類，闡述共產黨、馬克思列寧主義基本理論和蘇俄政治文化概況的文章：如《巴枯寧和無強權主義》（根據羅塞爾的《到自由的幾條擬徑》部分章節改寫而成，1920 年 1 月《東方雜誌》17 卷 1 至 2 號）、《俄國人民及蘇維埃政府》（1920 年《解放與改造》2 卷 7 至 19 號）、《IWW 的研究》（這是茅盾的編譯、1920 年 4 月《解放與改造》2 卷 7 至 9 號）、《共產黨的出發點》（1921 年 4 月 7 日《共產黨》第 3 號）、《勞農俄國的教育——勞農俄國教育總長兄納卻思基〔註42〕一席談》（1921 年 5 月 7 日《共產黨》第 4 號）。

第四類，世界著名人士對蘇聯的反映：如羅素的《遊俄之感想》（1920 年 10 月 1 日《新青年》8 卷 2 期）、《羅素論蘇維埃俄羅斯》（1920 年 11 月 1 日《新青年》8 卷 3 期）等等。

茅盾緊緊把握住列寧著《國家與革命》是一部論戰性與實踐經驗總結性的論著這一特點，在此基礎上，系統引證和闡述馬克思、恩格斯的國家學說與通過武裝鬥爭奪取政權建立社會主義的理論。《國家與革命》共六章。第一章「階級社會與國家」。第二、三、四章總結 1848～1851 年的革命的經驗和 1871 年巴黎公社的經驗，第五章「國家消亡的經濟基礎」，第六章再次集中講「馬克思主義被機會主義者庸俗化了」。茅盾之所以選擇此書第一章來譯，目的是為馬克思主義國家與革命學說正本清源。譯文開頭就是列寧那段關於歷史上革命家被歪曲的厄運的名言：「當這些革命家生存的時候，壓制階級莫不施以極殘酷的虐待，對於他們的教義含有最野蠻的仇意，最狂熱的恨視，並不絕的污蔑與誹謗。但是，一到這些革命家死後，壓制階級又往往用盡方法把這些革命家變成無害的聖人」，「其實目的是哄騙他們（被壓迫階級）；同時又把那些革命家的革命理論的要義，私加篡改，使成為無精神的平凡的，又把革命的銳角也磨鈍。現在中產階級和勞工運動力的投機派協合了來共做塗改馬克思主義這件事。他們把馬克思主義的革命精神缺略了抹去了曲解了。把那些可為，或似乎可為中產階級容認的地方極力的鋪張極力的譽揚。」茅盾譯的這段話，實際也針對中國國內的同樣的情形。以下的譯文緊扣兩個問

〔註41〕 此係世界工業勞動者同盟的簡稱。
〔註42〕 現通譯為盧那察爾斯基。

題：一、全文引用了恩格斯在《國家私有制和家庭的起源》中對國家所下的
經典性定義，以及列寧對此定義的簡明概括「國家是階級衝突不可調和時的
產物與表徵」。因此也是對被壓制階級施行統治鎮壓的工具。二、「國家權力
的武力的首要工具」就是「軍隊和警察」。因此要推翻這鎮壓人民的國家，「就
要引起兩階級的武器鬥爭」。也因此只能依靠「人民的自動的武裝組織」，通
過「武器鬥爭」才能推翻壓制，建立革命政權。茅盾未譯的各章中，包括馬、
恩對歷次武裝鬥爭（包括巴黎公社鬥爭）經驗的系統總結。這是茅盾重點譯
出的上述兩個原理的鬥爭實踐基礎。這同時也是茅盾此時建構起的自己的革
命觀的基本內容。茅盾的譯文處處反映出列寧對考茨基及社會沙文主義在國
家與武裝鬥爭方面歪曲馬克思主義之謬論的批評，在中國有相當的現實針對
性。可見茅盾此時已經吃透了馬克思列寧主義的精髓，建構起共產主義的政
治觀。

茅盾從國際共產主義運動及各國共產黨的文件中，集中選譯了美國共產
黨的一批文件，因爲這些文件立場鮮明，論述透徹。在他譯的《美國共產黨
宣言》中，一開頭就引證《共產黨宣言》的科學論斷：「一切現存社會底歷
史，是階級鬥爭底歷史。」當前階級矛盾已分裂「成爲兩個敵對的大營，成
爲兩大階級，直接面對面，就是中產階級〔註43〕和無產階級」。鬥爭形勢把
無產階級逼到「革命地改造社會呢還是一般階級的崩潰」兩者選一的路口。
宣言「論述了資本主義的破裂、帝國主義、戰爭與革命、階級鬥爭、選舉競
爭、群眾工作、無產階級專政、共產主義社會的改造等等」〔註44〕一系列
重大問題。概括了馬克思主義的最基本的理論。茅盾所譯的美共中央執委會
發布的《共產主義是什麼意思》一文中，明確宣布：「美國共產黨的目的就
是要造成一個勞工階級的政府——勞工階級專政——這政府欲把現今產業
私有的制度改做一個共產黨的社會，在這個社會裡，產業的主有權是在社會
上一般人的手裡，由勞工來管理。」文章特別指出：資產階級鼓吹的民主代
議制「是資本家的一個傀儡（工具）」，提醒勞工絕不可「信任代議制度」以
免得受「哄騙」。茅盾所譯的《美國共產黨黨綱》第二條，明確規定黨的「宗
旨是要教育勞工們組織勞工們去推翻資本主義的國家，廢除資本制度，發展
一個共產主義的社會」。《美國共產黨宣言》還明確規定了黨和勞工階級之關

〔註43〕 按：茅盾這裡所譯的中產階級應是「資產階級」。
〔註44〕 《我走過的道路》，《茅盾全集》第34卷第196頁。

係：「推翻資本主義，和建造共產主義的社會是勞工階級歷史的使命。美國共產黨是勞工們反抗資本主義之階級鬥爭的覺悟的表現。」

實際上茅盾廣泛閱讀，取精用宏地選譯的這批文件，既是為中國共產黨成立所作的理論準備，又武裝了廣大工農和共產主義知識分子的頭腦，使之統一認識，置身建立中國共產黨的鬥爭中去。而茅盾通過閱讀、學習和譯介，同時也完成了自己一生最重要的思想文化參照系的建構，從而樹立起共產主義世界觀、人生觀與價值觀。

茅盾完成其由革命民主主義到共產主義政治立場與世界觀人生觀之轉變的最主要的標誌，是 1921 年 4 月 7 日《共產黨》第 3 號發表的他的第一篇宣傳其共產主義思想的論文：《自治運動與社會革命》。〔註 45〕其作用相當於茅盾婦女觀質變的標誌《家庭改制的研究》。兩文發表時間相距不到三個月。中國當時正處在軍閥割據的局面。北洋軍閥與地方軍閥之間，地方軍閥與縉紳之間，在統治人民方面是一致的。他們彼此間又存在狗咬狗的鬥爭。他們提出的「省自治」與「聯省自治」運動，就是這種矛盾的反映。地方縉紳打出「民主」「自治」旗號迷惑群眾。茅盾此文旨在揭穿這一騙局，其立論根據就是馬克思主義的歷史唯物論的核心，關於國家與革命的社會革命論。

此文的基本精神有以下五點：一、茅盾指出：「省自治」運動的實質，是打著「民主政治」的幌子的「縉紳」運動。縉紳階級與軍閥統治相比，「簡直就是前山老虎和後山老虎」，都是一樣要吃人的。所以「省自治」的縉紳運動如果得逞，「真正的平民要不到一些好處，反加多一重壓制，加多一層掠奪罷了」！二、縉紳運動所謂的「民主政治」，目的是「狐媚外國的資本家」，其所謂「趕走軍閥」，決無「成功的可能」。因為他們並不想趕走軍閥，「只想軍閥分一些賊贓與他們，他們就萬事俱休」。所以他們「還不及西洋的市民，是扶不起的賴狗，教訓不好的小子，簡直和軍閥是一模一樣的」。三、茅盾認為當前應該「立刻舉行無產階級的革命」。四、「無產階級的革命便是要把一切生產工具都歸生產勞工所有，一切權力都要歸勞工們執掌，直到滅盡一分一毫的掠奪制度，資本主義決不能復活為止。」五、茅盾表示他對實現此理想充滿信心。因為「這個制度現在俄國已經確定了」，因此在中國一定能確立。他堅信「這勝利即在最近的將來，只要我們現在充分準備著」！〔註 46〕

〔註 45〕收入《茅盾全集》第 14 卷。
〔註 46〕《茅盾全集》第 14 卷，第 201～204 頁。

　　這篇文章表現出茅盾學習馬克思主義與提出解決中國實際問題的最早的努力。是理論與實際相結合的產物。對其革命信念與激情，應該給予充分的肯定。但也應該承認，其中也有幼稚的地方。如在資本主義尚不發達的半封建半殖民地的中國，是否能一般地提反對資產階級；如文章流露的「勝利即在最近的將來」這一「革命速勝論」傾向，是不切實際的。後者還埋下 1927 年大革命失敗後他第三次陷入幻滅的種子。

　　在 1921 年 1 月發表的《家庭改制的研究》和 8 月發表的《婦女經濟獨立討論》兩文中，茅盾一再提出和運用了馬克思主義關於經濟基礎與上層建築、意識形態及其相互關係的辯證統一觀點。上述兩文之間的 4 月發表的《自治運動與社會革命》，則更系統地闡述了馬克思主義的無產階級革命與無產階級專政的學說。並開始用以解決中國革命中存在的實際問題。儘管提出的實際策略尚有片面性，但其基本理論則是正確的。就在茅盾翻譯的列寧的《國家與革命》一書之未譯出的第二章中，列寧寫道：「誰要是僅僅承認階級鬥爭，那他還不是馬克思主義，……只有承認階級鬥爭，同時也承認無產階級專政的人，才是馬克思主義者。馬克思主義者同庸俗小資產者（以及大資產者）之間的最大區別就在這裡。」〔註 47〕以此標準衡量建黨前夕的茅盾，他當然已經是位馬克思主義者了。他正是以這種戰鬥的姿態迎接中國共產黨的成立，並且成為第一批共產黨員。

　　而馬克思列寧主義，是他建構的三大思想文化參照系中最重要的參照系。這已是不爭的事實。

〔註47〕《列寧選集》第 3 卷第 199 頁。

第三章 借鑒西方文學 奠定新文學基礎
——第三個思想文化參照系

從那張「取精用宏」的書單說起

　　人的價值的形成，除借助客觀條件外，主要靠個人的主觀努力；但是人的價值的實現，除個人的主觀努力之外，很大程度上需具備充分的客觀條件並積極借助客觀環境的助力。「五四」運動爆發之際，茅盾主觀上已經具備了文藝理論批評家的主觀條件，幸運的是，這時他成為文藝理論批評家的客觀環境與條件也已具備。於是他乍登文壇，就產生了很大的影響。

　　有兩個機遇使茅盾 1919 年至 1920 年在中國文壇上嶄露頭角就舉足輕重。第一個機遇與本屬右翼的研究系主將之一的張東蓀向左翼靠攏有關。他在參與陳獨秀發起的創建上海馬克思主義研究小組（亦稱共產黨小組、共產主義小組）之同時，要在他主編的《時事新報‧學燈》及《解放與改造》雜誌上發表介紹外國各派社會主義的文章與外國進步文學作品。他一再向茅盾約稿。茅盾也樂得充分利用這兩塊陣地。前邊所說《羅塞爾〈到自由的幾條擬徑〉》、《IWW 的研究》等文章，和比利時象徵主義代表作家梅特林克的五幕劇《丁泰琪之死》等譯作，就是這樣刊於《解放與改造》上的。茅盾在《學燈》上發表了他的第一篇白話譯作契訶夫的小說《在愛裡》，和所譯契訶夫另外的作品《賣誹謗者》、《萬卡》；俄國作家 M. Y. Salttykov 的《一個農夫養兩個官》、波蘭作家 S. Zevomski 的《誘惑》，以及尼采《查拉圖斯特拉如是說》中的兩章《新偶像》、《市場之蠅》等。此外他還在《學生雜誌》

6 卷 2 至 3 號上發表了第一篇外國文論《蕭伯納》，在該刊 6 卷 4 至 6 號上發表了第二篇外國文論《托爾斯泰與今日之俄羅斯》，以及第 6 卷 7 至 12 號上連載的介紹了比昂遜、契訶夫等 34 位作家的長文：《近代戲劇家傳》。

　　第二個也是最關宏旨的機遇則是：《小說月報》與《婦女雜誌》兩大刊物的主編、商務印書館資深編輯王蘊農徵得館方同意和孫毓修、朱元善的認可，邀請茅盾主持《小說月報》新闢專欄「小說新潮」欄的編輯工作。儘管此欄的開闢，是出於文藝新潮衝擊與館方改革《小說月報》的壓力，在基本屬於鴛鴦蝴蝶派圈子中的舊文人王蘊農說來，並不十分情願。但茅盾一旦決定接手，就充分發揮了衝決舊文壇的銳氣，使《小說月報》這塊舊文學陣地，打開一大缺口，由此吹出一股強勁的文學新風。此後他又於 1921 年應館方要求接替王蘊農，獨力主編並徹底改革《小說月報》。這就更有機會充分展示他博覽西方文學所打下的深厚根基，以及初步形成的革命民主主義的文學觀。茅盾晚年在回憶錄中對此有一段精闢的概括：「在當時，大家有這樣的想法：既要借鑒於西洋，就必須窮本溯源，不能嘗一臠而輒止。我從前治中國文學，就曾窮本溯源一番過來，現在……轉而借鑒於歐洲，自當從希臘、羅馬開始，橫貫十九世紀，直到『世紀末』。那時，二十世紀才過了二十年，歐洲最新的文藝思潮還傳不到中國，因而也給我一個機會對十九世紀以前的歐洲文學作一番系統的研究。這就是我當時從事於希臘神話、北歐神話之研究的原因，從事於古希臘、羅馬文學之研究，從事於騎士文學的研究，從事於文藝復興時代文藝之研究的原因。我認為如此才能取精用宏，汲取他人的精萃化為自己的血肉；這樣才能創造劃時代的新文學。」「上面這種『窮本溯源』的想法，也是我 1920 年初為《小說月報》部分改革而寫的《小說新潮欄宣言》中所表述的主要觀點之一。另外一篇更早一些發表在《東方雜誌》第 17 卷第 1 號上的署名佩韋的文章《現在的文學家的責任是什麼？》，也闡述了同樣的觀點，這是我最早的一篇文學論文。這兩篇文章加上當時陸續寫的另外幾篇文學評論，如《新舊文學評議之評議》、《為新文學研究者進一解》、《文學上的古典主義浪漫主義和寫實主義》等，基本上表達了我在還沒有接觸馬克思主義的文藝思想以前的文學觀點。概括起來有這樣幾點：其一，我認為新思潮與新文學的關係是，『新文學要拿新思潮做泉源，新思潮要借新文學做宣傳』。『現在新思想一日千里』，『西洋的小說已經由浪漫主義進而為寫實主義、表象主義、新浪漫主義，我國卻停留在寫實以前』。為了趕上時代，藝術上就要『探

本窮源』，不探到舊張本按次做去，冒冒失失地『唯新是摹』是站不住腳的。
所以『中國現在要介紹新派小說，應該先從寫實派自然派介紹起』。也要介紹
表象主義（象徵主義）。不過，這種介紹只是一種『預備』，一個『過程』，最
終目的是為了提倡新浪漫主義。這就是『窮本溯源』的本意。」

「其二，我主張先要大力地介紹寫實主義自然主義，但又堅決反對提倡
它們。我認為，『自然派只用分析的方法去觀察人生表現人生，以致見的都是
罪惡，其結果是使人失望、悲悶，正和浪漫文學（按指十九世紀消極的浪漫
主義）的空想虛無使人失望一般，都不能引導健全的人生觀。所以浪漫文學
固有缺點，自然文學的缺點更大』。『在社會黑暗特甚，思想錮弊特甚，一般
青年未曾徹底了解新思想意義的新中國，提倡自然文學盛行自然文學，其害
更甚。』我認為中國的新文學要提倡新浪漫主義。因為『浪漫的精神常是革
命的，解放的，創新的……這種精神，無論在思想界在文學界都是得之則有
進步有生氣』。『把我的意思總結一句，便是：能幫助新思潮的文學該是新浪
漫的文學，能引我們到真確人生觀的文學該是新浪漫的文學，不是自然主義
的文學，所以今後的新文學運動該是新浪漫主義的文學』（以上見《小說新潮
欄宣言》和《為新文學研究者進一解》）。」

「其三，什麼是新文學？『我以為新文學就是進化的文學。進化的文學
有三種要素：一是普遍的性質；二是有表現人生指導人生的能力；三是為平
民的非為一般特殊階級的人的。唯其是要有普遍性，所以我們要用語體來做；
唯其是注重表現人生指導人生的，所以我們要注重思想，不重格式；唯其是
為平民的，所以要有人道主義的精神，光明活潑的氣象』。『如拿這三件要素
去評斷文學作品，便知新舊云者，不帶時代性質』。『最新的不就是最美的最
好的』，『「美」「好」是真實。真實的價值不因時代而改變。舊文學也含有「美」
「好」的，不可一概抹煞。所以我們對於新舊文學並不歧視；我們相信現在
創造中國的新文藝時，西洋文學和中國的舊文學都有幾分的幫助。我們並不
想僅求保守舊的而不求進步，我們是想把舊的做研究材料，提出他的特質，
和西洋的特質結合，另創一種自有的新文學出來』（見《新舊文學評議之評
議》、《小說新潮欄宣言》）。」

「其四，『現在有許多人主張純藝術觀的文學。這派的意思，以為文學是
一種藝術品，藝術的目的便是美感，所以文學的目的只在美，而不在含有新
理想……本來所謂『藝術的藝術』和『人生的藝術』這兩句話久已為爭論之

點，將來趨勢如何，目下正難看到。不過以我個人的意見而論，純粹藝術品固然不能全無美感，自然欲奉藝術的藝術為正宗；而如文學，則本質既非純粹藝術品，當然不便棄卻人生的一方面。況且文學是描寫人生，猶不能無理想做骨子了（見《文學上的古典主義浪漫主義和寫實主義》。」

這就是「我在跨上文學道路之後最早形成的文學藝術觀」，「這些觀點顯然強烈地影響了我以後的文學活動」。〔註1〕

《小說月報》主編王蓴農是傾向鴛鴦蝴蝶派的舊文人，他主編的《小說月報》本是鴛鴦蝴蝶派之類舊文人的陣地。由於「五四」新潮的衝擊，商務印書館領導層覺得不改革不行，但王蓴農只肯新闢一個「小說新潮」欄。他請絕對新派的茅盾來主持，其實也是被動的不得已的行為。因此他限定此欄「專登翻譯的西洋小說和劇本。不登國內的新派創作」。該刊許多欄目如「創作」欄，仍由舊派文人把持。所以茅盾只能在限定的圈內推行文學改革。但是他有上述文藝觀及形成此文藝觀的大量西方作品的研究與積累，已形成系統的文藝思想，即使只給一塊小欄目作為陣地，他照樣能做出大文章來。

1920 年 1 月 1 日，他在《學燈》發表的《我對於介紹西洋文學的意見》中已經系統闡述了自己的主張。他在此文基礎上進一步深化，寫成《「小說新潮」欄宣言》，作為此欄目開宗明義的第一篇。此文除了闡述了如上所述茅盾的基本文藝主張外，還系統介紹了他分兩步走的具體介紹西洋文學的計劃。對茅盾的西洋文學閱讀視野講，這只是廣積博發、取精用宏的很小的局部性選擇。但已經十分氣勢恢宏、洋洋大觀了。他列出的急需翻譯介紹的外國文學名著，共是 20 位作家的作品 43 部；都是長篇，分列為兩「部」。《宣言》中的這張「取精用宏」的特殊的書單，是據《我對於介紹西洋文學的意見》所列書單抄錄過來的。原文是英文，現據《茅盾全集》18 卷注釋的譯文抄錄於下：第一部：比昂松：《新婚夫婦》（劇本）、《挑戰的手套》（劇本）。斯特林堡：《在海邊》、《朱麗小姐》（劇本）、《父親》（劇本）。易卜生：《青年同盟》（劇本）。左拉：《崩潰》、《生之歡樂》、《磨坊之役》。莫泊桑：《一生》、《皮埃爾和若望》。白里歐：《逃跑》、《紅袍》。霍普特曼：《織工》、《車工亨舍爾》。高爾斯華綏《鬥爭》（劇本）、《暴民》。果戈理：《死魂靈》、《外套》、《非凡的哥薩克》。契訶夫：《決鬥》、《櫻桃園》（劇本）、《海鷗》（劇本）、《伊凡諾夫》（劇本）、《三姐妹》（劇本）、《俄羅斯老婦女》、《醋栗》。屠格涅夫：《獵人筆

〔註1〕 《我走過的道路》，《茅盾全集》第 34 卷第 150～153 頁。

記》、《父與子》、《處女地》。陀思妥耶夫斯基：《少年》、《地下室手記》、《白痴》。高爾基：《淪落的人們》、《底層》（劇本）。顯克微支：《勝利者巴爾泰克》。席曼斯基：《馬祖爾的馬切耶》。第二部：托爾斯泰：《戰爭與和平》。陀思妥耶夫斯基：《罪與罰》。赫爾岑：《誰之罪？》。蕭伯納：「為清教徒所作的三個劇本。」威爾斯：《瓊和彼得》。〔註2〕

　　這張書單對世界文學史言，儘管是滄海一粟，但也能充分體現出茅盾閱讀視野的開闊與他的海納百川、廣泛借鑒的胸懷。這裡包括的有俄、英、法等文學大國的作家作品，也有瑞典、挪威等北歐小國的文學大家。有積極浪漫主義與消極浪漫主義、象徵主義、神秘主義的作家作品，也有自然主義、寫實主義的作家作品。有他十分喜歡與推崇的作家如托爾斯泰、左拉；也有他並不喜歡的作家如契訶夫。充分說明他閱讀視野之廣泛，和介紹時所持取十分客觀的態度。當然他也有重點，這就是他所認為的中國當時的文壇處在「寫實以前」，首先要大力介紹寫實主義、自然主義。因此果戈理、契訶夫、托爾斯泰等批判現實主義作家與左拉、莫泊桑等自然主義作家在書單中占有突出的位置。不過這個欄目的介紹與後來茅盾獨立主持與全面改革的《小說月報》對外國文學之介紹相比，畢竟是小打小鬧。後者才全面展示了茅盾氣勢恢宏的閱讀視野與全面引導文學新潮流的雄心壯志。也只有通過他主持的改革了的《小說月報》，才能充分展現茅盾嶄新的文學觀和恢宏的閱讀視野。

　　不妨粗略統計一下茅盾在廣泛閱讀外國文學作品與報刊的基礎上，據此為《小說月報》第12卷至15卷寫成206則《海外文壇消息》。這206則《海外文壇消息》中每則包含三、五條不等。除有一則是跨國介紹兒童文學外，共介紹了36個國家（個別的以民族為單位，如猶太、哥薩克、塞爾維亞等）。其中從該國（民族）文藝動態或思潮動向作介紹的約百次左右。其他大都是介紹該國的作家（含藝術家，下同）作品。許多國家特別是文學大國曾介紹多次，涉及到的作家大約有三百多位。從文中對許多作家作品所作的細緻中肯、扼要概括的分析可以斷定：相當一部分作家作品，他是認真讀過原作的，有的還不只一遍，當然他主要讀的英文版或英譯本。極少量的是中譯本。若以每一作家讀其兩部（篇）作品估計，則他僅為寫《海外文壇消息》，所讀作品就達七八百部（篇）！這是一個相當可觀的數字。

　　我還從另一個角度作了統計。粗略算來，茅盾從1919年2月寫第一篇外

〔註2〕　《茅盾全集》第18卷第4頁〔註1〕和第5頁〔注2〕。

國文論《蕭伯納》起，到 1925 年底止，其發表的外國作品論約 7 篇，如《巴比塞的〈十字架〉》、《霍普德曼的自然主義作品》、《霍普德曼的象徵主義作品》等。發表了含作家評傳在內的作家論約 42 篇。其中最集中的是：論 L‧托爾斯泰的計三篇（如《文學家的托爾斯泰》等），論陀斯妥耶夫斯基計兩篇（如《陀斯妥耶夫斯基帶了些什麼東西給俄國》等），論司各特 4 篇（如《司各特評傳》等），論霍普德曼的 3 篇（如霍普德曼傳等）。其他作家論雖多屬一篇，但大都是宏觀考察的有分量之作。如《蘇維埃俄羅斯的革命詩人瑪霞考夫斯基》、《意大利第一文家鄧南遮》、《波蘭近代文學泰斗顯克微支》、《匈牙利愛國詩人裴都菲》、《倍那文德的作風》、《大仲馬傳》、《梅特林克傳》等。有些傳是連載的含幾十人的「合傳」，如《近代戲劇家略傳》、《現代世界文學家略傳》、《現代德國文學者略傳》、《現代德奧文學者略傳》等。綜合性很強的文學概觀與文學思潮論約 32 篇。如《近代文學體系的研究》、《法國文學對於歐洲文學的影響》、《表象主義的戲曲》、《未來派文學之現勢》、《新猶太文學概觀》、《歐戰與意大利文學》等。其中 1924 年刊於《小說月報》的《歐洲大戰與文學》是長達十數萬言的專著。這期間茅盾為自己及別人所譯作品所寫的前言、後記、附記為數更多，約達 100 篇左右。雖多三言五語，但大都言簡意賅。如果再把這期間茅盾在廣泛閱讀外國文學作品的基礎上精選一部分譯成中文的作品計算在內，則從 1919 年到 1925 年他所閱讀的外國作家作品之數，保守地計算也應以「千」部（篇）為單位。

茅盾說：「如果真正要借鑒，就必須不怕麻煩。」「借鑒不是模仿。借鑒是要吸收其精華，化為自己的血肉。」因此「必須對於閱讀的名著有真正透徹的理解」。「要真正透徹理解一部外國文學名著，就要第一，知道這位藝術大師的生平及其所處時代的思潮主流。第二，知道這位藝術大師從他本國的文學遺產中繼承了什麼，從別國的文學名著中學習了什麼，從同時代的不同流派的作家方面受到了什麼影響？」「應該認識到：光把一部外國文學名著讀了兩遍或三四遍，絕對談不上借鑒。必須像上面說過的那樣也要閱讀，認真仔細地閱讀解剖這些名著的專書或論文。」〔註3〕這番話的主旨，早在茅盾閱讀、研究、借鑒、評介、論述上述作家作品與文藝思潮之當時，就在與友人通信中反覆說過。〔註4〕他當時正是這樣做的，而且畢生堅持，從未懈怠。如

〔註3〕 《為介紹及研究外國文學進一解》，《茅盾全集》第 27 卷第 339～340 頁。
〔註4〕 1922 年 11 月 10 日《致馬鴻軒》，《茅盾全集》第 36 卷第 94 頁。

果這麼估計，茅盾當時所讀外國文學作品及有關資料，計算時則當以「萬」
爲單位了。他的早期文學觀的形成，儘管其內容還帶文學進化論色彩，但到
1925 年已完成了馬克思主義文學觀的徹底建構。這個重大問題的解決，除了
文學實踐，很重要的一部分當然是讀書。

　　從上述情況可以看出，茅盾當時借鑒外國文學掌握的是以下重點：一、
文學大國，如英、法、俄、德等，二、西歐發達國家、北歐文學古國與東歐
被侮辱被損害的國家的文學。三、有重大影響的大作家如托爾斯泰、陀期妥
耶夫斯基、泰戈爾、顯克微支。四、他特別喜歡的作家如托爾斯泰、左拉、
易卜生、王爾德、大仲馬、司各特等作家，和他所喜歡的外國古典文學如希
臘、羅馬（意大利）、文藝復興時期的大師和十九世紀批判現實主義文學。
〔註 5〕五、十分注重當代新進作家作品。如果列出他介紹的全部作家的名
字，不難發現絕大部分是當時產生了較大影響，而今卻鮮爲人知的文學新
人。至於「對波蘭、匈牙利等東歐民族的文學有興趣，那是一方面，也從政
治上考慮」。〔註 6〕

　　茅盾正是按照「窮本溯源」、「借鑒是要汲取其精華」的主張，讀透作家
的作品本身，並吃透其與文學史淵源、文壇環境之關係，進一步作理論的系
統完整的概括，充分把握並闡明論述之，從而形成自己的文學思想，並持之
以恆地不懈倡導，藉以指導中國文學，正確引導中國文壇的新潮流，使之健
康地發展。在這過程中，他又不斷認識、研究，藉以修正自己，力求通過自
己的主張和倡導，以及外國文學發展歷史及規律的介紹，適應時代與歷史的
需要，推動中國文學趕上世界潮流，形成與發展他所說的「自有的新文學」。

神話解讀與文學探源

　　茅盾「窮本溯源」所抓的文學源頭是神話。他以人類神話遺產最豐富的
希臘神話、北歐神話爲重點，一方面疏理中國神話遺產作中西比較研究，一
方面從神話與人類文化及文學之關係的角度順流而下研究古希臘文學與羅馬
文學。相當深刻地揭示出文學的起源，文學與人的生活、人類社會、人類歷
史以及人類文化（包括宗教等等）之關係及其發展規律。從而在深層次上揭

〔註 5〕　參看《我閱讀的中外文學作品》，《茅盾全集》第 26 卷第 425～427 頁，1922
　　　　年《致姚天寅》，《茅盾全集》第 36 卷第 95 頁。
〔註 6〕　《我閱讀的中外文學作品》，《茅盾全集》第 26 卷第 426 頁。

示闡述了文學起源、文學本質與發展規律等理論問題。

　　這時他受英國人類學家與神話學家安德里・蘭〔註7〕的影響甚大。尤其是安德里・蘭的《神話、儀式與宗教》、《神話學》〔註8〕、《近代神話》諸書，茅盾在神話論著中多次引用或借鑒其觀點與神話研究的方法。此外英國學者蘭維斯・施彭斯的《神話緒論》及其《墨西哥和秘魯的神話》、《古代墨西哥文化》、《神話辭典》、《非經典神話辭典》、《古希臘的神話傳說》、《巴比倫與雅述的神話傳說》等書也是茅盾重要的參考書目。此外，對摩根西、泰勒的理論茅盾也多有借鑒。我們還不妨看看茅盾寫神話論著時曾用的參考書。茅盾在其《北歐神話 ABC》一書後的《參考用書表》中列了以下 8 部書：

1. Saemund's Edda（or Elder Edda）Thorpe's English Translation.
2. The Heimskringla（or Younger Edda）. by Snorri Sturlusson（English Tras.）.
3. Viking Tales of the North by R・B・Anderson.
4. Norse Mythology by R・B・Anderson.
5. Literature and Romanse of Northern Europe by Howitt.
6. Myths of the Norsemen by H・A・Guerber
7. Northern Mytholosy by Kauffman.
8. Teutonic Myth and Legend by D・A・Macpenzie.〔註9〕

在其《希臘文學 ABC》一書〔註10〕的《參考用書表》中也列了 8 種：

1. Ancient Greek Literature. by Cilbert Murray.（Appleton.）
2. History of Greek Lrterature. by Fowler.（Appleton.）
3. The Greek View of Life. by Dickinson.（Methen.）
4. Greek Ideals. by Burns.（Bell.）
5. Life of Ancient Greeks. by Gulick.（Appleton.）
6. Rise of the Greek Epic. by Glbert Murray.（Oxford University Press.）
7. The Tragic Drama of the Greeks. by Haign.（Oxford University Press.）
8. The Greek Theatre and its drame. by flickinger.（University of Chicago Press.）

〔註7〕　通譯安德魯・蘭。
〔註8〕　此書收入大英百科全書第 11 版。
〔註9〕　引自《茅盾全集》第 28 卷第 421 頁。
〔註10〕1930 年世界書局出版，書目引自該書第 108～109 頁。

在比較研究中國神話時他的中文《參考用書目》則多是可靠的中國典籍：《山海經》、王逸注《楚辭》、《穆天子傳》、《列子》、《淮南子》、《搜神記》、《述異記》、《中國神話及傳說》等。

這些書目雖列在 1929 年至 1930 年茅盾出版的相應的專著中，但除少量後來出版的書外，大都是 1919 年至 1925 年他研究神話時反覆閱讀、研究過的。其中有些侷限，茅盾也受過影響，後來才糾正。但大部分精華卻使他當時就受益。

馬克思說：「希臘神話不只是希臘藝術的武庫，而且是它的土壤。」〔註11〕茅盾當年研究神話，沒有讀到這個經典性結論。但他通過自己閱讀神話作品及有關研究論著，通過分別研究西方與中國的神話，也對中西神話作對比研究，最終達到了與此相類的結論。茅盾的神話研究過程，經歷了由淺入深、由具體解讀到理論概括，從而本質地把握了神話本質與文學起源之關係的漫長的三個階段。第一階段是 1917 年至 1925 年。這時他閱讀、研究、寫作並發表了《普洛米修偷火的故事》等希臘神話十篇和《為何海水味鹹》等北歐神話六篇。1923 年 5 月起在上海大學講《歐洲文學史》、《小說》等課時也講過「神話」專題；1925 年編的未完成的《文學小辭典》中也有相應的辭條。〔註12〕但是從未發表理論文章。他大量的閱讀，為後來理論著述打下堅實之基礎。第二階段是 1925 年至 1928 年：這時他的政治活動與文學研究相交錯，他「白天開會忙，晚上則閱讀希臘、北歐神話及中國古典詩詞。」孔德沚笑他「白天晚上是兩個人」。〔註13〕及至北伐失敗，茅盾因受國民黨通緝東渡日本，在東京和京都，才有時間相對集中地研究神話。這期間發表了包括建國後收入《神話研究》中的《神話雜論》及部分散篇論文在內的神話研究論文 10 多篇。這時他除借重安德里·蘭的觀點外，也很看重摩根西、泰勒等西方學者的神話理論。主要是借鑒他們的「心理論」、「遺形說」等觀點，以及「取今以證古」的研究方法。但這時他已經別有新見，多創新說了。

第三個階段是 1928 年至 1934 年，即從他在日本時期到回國定居上海這個階段。他出版了《中國神話研究 ABC》和《北歐神話 ABC》以及《希臘文學 ABC》、《騎士文學 ABC》等專著與部分論文（其中最重要的是《讀〈中國

〔註11〕 《〈政治經濟學批判〉導言》，《馬克思恩格斯選集》第 2 卷第 224 頁。
〔註12〕 據《上海大學史料》第 52 頁「教員之部」沈雁冰任課的「教授學科」欄。又見《我走過的道路》，《茅盾全集》第 34 卷第 253 頁、第 311 頁。
〔註13〕 《我走過的道路》，《茅盾全集》第 34 卷第 351 頁。

的水神〉》一文）。而《西洋文學通論》一書，則把茅盾神話研究、文學探源所得的結論，納入一個完整的西方文學史體系之中。這些理論建樹的特點之一是中西文學「窮本溯源」的比較研究，與借鑒西方以推動中國新文學發展的實際作用。因此我也取此考察視角，從以下五個方面作總體概括，也注意體現其中西貫通、相得益彰之特點。

一、茅盾科學地論述了神話的起源、發展與消亡之原因與過程，及其與文化發展、文學發展的辯證關係。

茅盾反覆說明：神話是文明漸進與社會分工的產物；它的形成、發展與消亡，不僅與初民的心理、思想意識形態等等有制約與被制約的關係，而且與逐漸形成、日趨發展的畜牧經濟與畜牧文化、農業經濟與農業文化等生產方式因素與文化等上層建築因素有極密切的關係。因此，各民族的神話有異有同，同一民族不同時期與不同地域的神話也有異有同，大都取決於上述諸主客觀因素。它制約並驅動著歷代歷史家、哲學家、文學家、宗教家等等對神話的保存與修改加工工作。神話的保存與修改加工以至最終消亡，與歷史家、哲學家、文學家、宗教家受隨著時代發展而形成的不同的時代精神，與意識形態之影響，以及這影響支配著其文化著述行為之間，有十分直接的關係。這些人總是在特定時代，根據其當代意識，及此意識賴以形成的當代生產方式、生活方式，不斷地來改變神話的面貌，不斷地進行加工與增飾。它不但導致神話的變異，最終還導致神話的消亡。這一方面是文明漸進的標誌；另一方面文明的漸進，使神話的產生、發展、變異、消亡成為歷史的必然。這實際是一種文化與文學發展的悖論現象。茅盾的這一理論的形成，溝通了西方人類學派的「遺形說」與馬克思主義的神話觀之間的內在聯繫。不論當時還是今天，均頗具理論指導意義。

二、茅盾反覆斟酌，力圖給神話下一個科學的定義。1925 年他在首篇神話論文《中國神話研究》中所下的定義是：「神話是一種流行於上古時代的民間故事，所敘述的是超乎人類能力以上的神們的行事，雖然荒唐無稽，可是古代人民互相傳述，卻確信以為是真的。」〔註14〕這定義沿用到 1928 年，顯係神話的表淺層次外部特徵之界定。1928 年他作出初步把握內部特徵的科學定義：「神話是各民族在上古時代（或原始時代）的生活和思想的產物。」「神們」「是原始人民的生活狀況和心理狀況之必然的產物」。神話

〔註14〕《茅盾全集》第 28 卷第 1 頁。

「是初民知識的積累，其中有初民的宇宙觀，宗教思想，道德標準，民族歷史最初期的傳說，並對於自然界的認識等等」。〔註 15〕1929 年他又修改豐富，從神話形成過程的敘述，作出較科學較完整的定義：在遠古，當「一個人的勞動的結果可以養活幾個人」時，就有餘力「留心自然界的現象，防他的農作物收成不好，颶風下雨，都使他的眉毛皺一皺」。他們就「運用他的不熟練的頭腦，替那些風雷雨雪胡謅出一些故事來，作爲他的觀察自然界的心得，並且教育他的後輩，使他們知道農作和天時的必要關係。這些『故事』，在當時是實用的『科學』；漸漸地又成爲原始的宗教；最後，由一代一代的人們增飾上許多想像和情緒，便形成了『神話』」。〔註 16〕由這爲時約五年才次第作出的三個由淺入深、漸臻科學的定義中可以看出，茅盾是把神話作爲原始社會初民的綜合的意識形態來看待的。他指出了神話被經濟基礎所決定所制約的上層建築、意識形態性質，又指出它一旦形成，就對後者起反作用與能動作用的社會功能。晚年編輯其神話論著時茅盾說：「我對神話發生興趣，在 1918 年。最初閱讀了有關希臘、羅馬、印度、古埃及乃至 19 世紀尚處於半開化狀態的民族的神話和傳說的外文書籍。其次，又閱讀了若干研究神話的書籍，這些書籍大都是十九世紀後期歐洲的『神話學』者的著作。」這些「以『人類學』的觀點」研究神話的「人類學派的神話學者」當時「被公認爲神話學的權威」。茅盾 1925 年至 1928 年寫神話論著時仍採用他們的許多觀點，「當時我確實不知道馬克思的《〈政治經濟學批判〉導言》中的」論斷：「任何神話都是用想像和借助想像以征服自然力，支配自然力，把自然力加以形象化；因而，隨著這些自然力之實際上被支配，神話也就消失了。」後來讀到此論後，「取以核查『人類學派神話學』的觀點」，覺得「尚不算十分背謬」。〔註 17〕因此晚年重印舊作，茅盾並不修改其觀點。

　　三、茅盾把神話作了科學的分類。他認爲最原始可靠的神話首先和主要的是「原形神話」。「據遺形說，一切神話無非是原始的哲學科學與歷史的遺形。」這就肯定了它的意識形態本質。不過最初的神話比較簡陋。經過詩人們引用並「加以修改藻飾，方乃譎麗多姿」。這就使神話與文學的起源發生了血肉聯繫。不過詩人們對「代表原始人民之思想與生活之荒誕不合理的部分」，尚「不敢削去，僅略加粉飾而已。這便是文明民族」「的神話裡尚存有

〔註 15〕《中國神話研究 ABC》，《茅盾全集》第 28 卷第 179～180 頁。
〔註 16〕《西洋文學通論》1930 年世界書局版第 23～24 頁。以下引此書，均用此版。
〔註 17〕《〈茅盾評論文集〉前言》，《茅盾全集》第 27 卷第 293 頁。

不合理部分的原因」。這些「不合理質素大都是『遺形』」。這一切就是原形神話。〔註18〕其次是「次神話」。在中國的次神話，即摻雜了「後世的方士們的思想」；或「混淆了更後的變形的佛教思想」在內的，如《神仙宗鑒》、《神仙列傳》、《西遊記》、《封神榜》之類。在希臘恐怕就是《伊里亞特》、《奧德賽》之類了。〔註19〕再次是「變質神話」。即「古來關於災異的迷信，如謂虹霓乃天地之淫氣之類，都有原始信仰爲其背景；又後世的變形記，及新生的鬼神，也都因原始信仰尚存在而發生」。〔註20〕茅盾認爲，只有「原形神話」才是科學意義上的神話；「次神話」與「變質神話」不能算正宗的神話。但若「處處用科學手腕去解剖它」，「用歸納方法來尋求其根源，闡明其如何移植增飾而演化」，也能從中搜剔出「原形神話」來。這些分類與解釋，除有本體理論意義外，還具有神話研究整理的方法論意義。

四、茅盾確立了中國神話研究的原則、途徑與方法，並借助西方神話體系的比較研究，初步描繪出中國神話體系的輪廓。他指出：由於中國古代文化高度發達，神話的修改、變形與流失極其嚴重。茅盾的方法論思想是：自然環境的獨立性是獨特的神話產生的原因。同一自然力作用之結果，形成了共同的或類似的神話。它又因民族、地域或時代不同，既產生變異，又相互溝通。他總結出中國神話歷時性、階段性規律：第一階段是巫祝樂工等民間文學家的口頭流傳與加工。第二階段是文學家、歷史家、哲學家、宗教家的文字記錄、加工修改甚至篡改。這兩段有時交叉進行。但是愈是原始、落後的民族，其原形神話保存得愈多愈完整；愈是文明、先進的民族，其神話變形、流失愈嚴重。茅盾對比了中國與希臘、北歐神話後得出結論：這就是中國神話殘缺不全，希臘北歐神話保存得豐富完整的原因。神話流失固然是損失，導致神話流失的文明程度高又是民族與歷史的幸運。歷史的發展，總是辯證的。要獲得原形神話，必須據此規律作開發搜剔疏理工作。

根據以上理論、原則與方法，茅盾把中國神話資料分爲三類：第一類是原形神話保存最多者，如《山海經》、《楚辭》、《淮南子》。第二類是原形神話少，次神話、變質神話多者，最早的史著（特別是野史）、哲學與文學著作屬之。第三類主要是次神話、變質神話的雜書，如《神仙列傳》、《封神榜》、《西

〔註18〕 《人類學派神話起源的解釋》，《茅盾全集》第 28 卷第 104 頁。
〔註19〕 《讀〈中國的水神〉》，《茅盾全集》第 28 卷第 423～424 頁。
〔註20〕 《中國神話研究 ABC》，《茅盾全集》第 28 卷第 283 頁。

遊記》等就是。茅盾規劃了兩條開掘中國神話之路：「其一，從秦漢以前的舊籍中搜剔中國神話的『原形』。」「其二，從秦漢以後的書籍乃至現在的民間文學中考究中國神話的演變。」這兩條路，「不是平行的，終結要有交叉點」。把這些工作結合起來，就能從總體上恢復中國神話體系的原貌。茅盾斷定：「中國神話之系統的記述，是古籍中所沒有的；我們只有若干零碎材料。」但據此也可以發現：「中國的神話原來也是偉大美麗的。」〔註21〕他以漢族神話材料為主，兼及少數民族的部分材料，整合出中華民族神話系統，是由北、中、南三個子系統所組成。在《中國神話研究 ABC》中，他分別以宇宙觀、巨人族、幽冥世界、自然界的神話及其他、帝俊及后羿、禹等四章的篇幅，引經據典，細緻地描繪出中國古代神話體系的輪廓。這是中國神話研究史上整理出的第一個中國神話體系及其完整生動的描述，集古人之大成。這是一項開拓性的大工程。

　　五、茅盾對神話的本體價值觀、歷史價值觀、哲學價值觀、宗教價值觀、文學價值觀與審美價值觀等等，都作出廣泛深入的理論闡述。他特別強調：神話的總體審美價值在於徹底否定了歷來存在的「文學『超然』說」與文學「自我表現說」。神話的形成發展史證明：文學潮流並非半空掉下或夢中拾得的。它是「從那個深深地作成了人類生活一切變動之源的社會生產方法的底層裡爆出來的上層的裝飾」。「從初民時代而來的文學屬於公眾的精神產物。」〔註22〕「神話實在即是原始人民的文學，迨及漸進於文明，一民族的神話即成為一民族的文學的源泉：此在世界各文明民族，大抵皆然。」「在我們中華古國，神話也曾為文學的源泉，從幾個天才的手裡發展成了新形式的純文藝作品，而為後人所楷式；這便是數千年來豔稱的『楚辭』了。」〔註23〕

　　由此一系列研究，茅盾得出許多重要的結論。最重要的一點就是明確了文學的上層建築、意識形態性：文學是人民生活的反映。因此文學是表現人生並為人生服務的。這成了他參與創辦文學研究會確定宗旨的理論依據；也是他獨力主編改革《小說月報》，倡導為人生的文學主張的理論基礎。結論之二是：由神話而發展成詩。據希臘神話與戰爭傳說寫成的希臘兩大史詩《伊里亞特》和《奧德賽》，就是最優秀的代表，因此「文學最初的形式只是詩」。

〔註21〕　《中國神話的保存》，《茅盾全集》第 28 卷第 99 頁。
〔註22〕　《西洋文學通論》第 14 頁，第 20 頁。
〔註23〕　《〈楚辭〉與中國神話》，《茅盾全集》第 28 卷第 86 頁。

〔註 24〕結論之三是：稍晚於詩的「希臘的戲曲──悲劇或喜劇都起源於」希臘神話中「酒神條尼騷司之祭」。「惟悲劇發源於冬祭，喜劇發源於葡萄收穫後之祭。」祭祀方式不同，人物關係、對話、歌舞的方式亦不同，遂使悲劇喜劇分化成為不同門類。〔註 25〕

這就由神話起源發展到文學起源的研究了。也因此茅盾論及到神話與傳說的結合而成為史詩問題。

他認為傳說區別於神話，傳說是初民社會內最大的事情：戰爭中產生的民族英雄故事在流傳中衍化而成。這些英雄因其戰功顯赫而被崇敬，誇大，遂具「超人」性質。這是人的「神化」。極易通過口頭文學的加工，特別是如荷馬這樣的民間演唱詩人的加工，把神話中的材料挪用進來。遂使神話與傳說相結合而成為史詩。「希臘的史詩，《伊里亞特》和《奧德賽》，就是這樣來的。這是歐洲文學的最老的祖宗。」荷馬取歷史上關於希臘人與托洛伊人之間進行的那場長達十餘年的大戰爭的民間流傳的詩歌。「汰其蕪雜，去其重複，加以銜接，便成首尾完具的《伊里亞特》、《奧德賽》。」此後約在公元前537 年，雅典的庇士特拉妥曾召集幾個文人修訂荷馬的著作。大概在那時候，寫定了《伊里亞特》和《奧德賽》的一部分。「希臘和托洛伊的戰爭，在這史詩裡，被說成了神的紛爭。」〔註 26〕「希臘和托洛伊兩軍的勇士只是神們的工具。」神「最愛管閒事而且最小器，就為了一個金蘋果而醞釀這戰爭，且又分派的加入了交戰的兩方面。使這戰爭延長至十年。《伊里亞特》的 24 卷，恰好是 24 日間的戰事記載：每一次交戰後，總是三方面的忙著會議：希臘軍、托洛伊軍、和天上的神們。」「那個禍根的金蘋果，大概是那些無名的詩人用以象徵這一戰爭的物質的經濟的意義的罷？實際上也恰正是『野蠻的』希臘人焚殺掠奪了古文明的最後商業中心點的托洛伊。」〔註 27〕茅盾對與這次戰爭有關的《奧德賽》的分析，大體也體現著神話、傳說與歷史相結合而成為史詩的文學本源觀的基本性質。

茅盾正是從這一「窮本溯源」的研究開始，發現了文學的本質：作為最早的文學神話，固然是初民社會生活、意識形態的反映的結晶；傳說則是更

〔註 24〕《近代文學體系的研究》，《中國文學變遷史》第 12 頁。
〔註 25〕《希臘文學 ABC》第 49～50 頁，第 66～67 頁。1930 年世界書局版。
〔註 26〕《西洋文學通論》第 28～32 頁，第 34 頁。
〔註 27〕《西洋文學通論》第 38 頁。

直接的人類戰爭史實中英雄故事的「神話」，二者結合而成為最早的文學史詩：「這『寫實的』精神，又成為後來希臘文學的又一基調。」〔註28〕這一切都是人生的反映和為人生的創造，這構成茅盾為人生的文學與寫實主義文學主張最本質的內核。

茅盾指出：由古老的史詩發展到古希臘悲劇與喜劇，是「雅典蛻卸了農業封建制度的硬殼，轉變到『自由市民』──就是勞資階級的民主政治」時期。特定的時代與階級利益，「需要一種代表他們的意識的文學和這樣一個代言人」。這代言人就是「古老的達宏索士──酒神祭儀中」曾在麥拉松大戰〔註29〕中成為「英雄」的「自由市民」的伊士奇。〔註30〕其最初的戲劇形式非常簡單，祭酒神時遊行隊伍中有人戴著面具，穿羊皮，學羊叫，同時唱稱頌酒神的詩。後來發展到一人走出歌隊，與音樂隊的領袖邊對話邊遊行。其對話內容也大體是講酒神與其他神的故事。伊士奇後來把說話人由一個加到兩個，到了他的後繼者，另兩個希臘悲劇家索福克里與由里庇得，〔註31〕則發展成愛用多少人就用多少人。而且演出由遊行搬到劇場與舞台上，寫成了情節愈來愈複雜的劇本。僅伊士奇就寫有 90 種。再晚些時候登上劇壇的喜劇作家阿里斯多芬則創作了 54 種喜劇。今存留下的只 11 種。最晚的文學形式才是散文和小說。當然，散文略早於小說。小說的興起，以關於「浪漫的戀愛」與「驚心動魄的戀愛」等寫實性故事情節代替了「神異怪誕」與英雄傳奇相結合的神話、傳說、悲劇、喜劇；使文學從「神化」光圈中脫穎而出，開始顯現出文學的「人學」本質。這就是茅盾神話解讀與文學探源所把握到的最本質的規律。

闖進羅蘭和左拉的藝術世界

茅盾的「窮本溯源」工作之繼續，是由神話而希臘文學、羅馬文學與中古的騎士文學。他用很大力氣讀文藝復興運動時期的作家，尤其是他所喜愛的大作家檀德〔註32〕及其《神曲》，多次論述《神曲》和塞萬提斯的《堂·吉

〔註28〕《西洋文學通論》第 40 頁。
〔註29〕公元前 490 年雅典軍大敗波斯軍之役。
〔註30〕今譯名為埃斯庫勒斯。古希臘三大悲劇家之首。
〔註31〕今譯索福克勒斯，歐里比底斯。
〔註32〕今譯但丁。

訶德》等名作。逐步形成了與文學進化論非常接近的文學思潮觀。他認為文藝復興之後的世界文學思潮發展具有鮮明的共性，形成集中的階段。他系統地論述了這軌跡：大體上是以下「古典主義——浪漫主義——自然主義——寫實主義——新浪漫主義」等五個階段。據此他確認了中國文學的定位，決定了推動中國文壇的主張。不過在 1919 年至 1921 年前後，由於時代的與個人認識的侷限，茅盾對某些思潮的認識不很準確，其主張因此也不太成熟。所以其間出現了誤認與認識搖擺不定的現象。

1920 年 1 月 25 日他說：中國文學「尚徘徊於『古典』『浪漫』的中間」，「現在為欲人人能領會打算，為將來自己創造先作系統的研究打算，都該盡量把寫實派自然派的文藝先行介紹。」〔註33〕他這樣認識，也這樣去做。

除過翻譯之外，他論述的第一位「自然寫實」派作家是蕭伯納。除前面提到的他的第一篇題為《蕭伯納》的外國文論外，又發表了《蕭伯納的〈華倫夫人之職業〉》〔註34〕此外配套翻譯了蕭伯納的《人及超人》中的一段：《地獄中之對譚》。茅盾認為：蕭伯納的「思想之高超直高出現世紀一世紀」。「蕭氏之主義一言以蔽之則欲『人以自主的經驗直觀生活，求每物之實在，而得創造目的之最高終點』是也」。其具體內容一是經濟主義：反對貧富不均，追求社會平等。二是倫理主義：破壞舊道德以實現理想之天國。三是其人生觀：期冀未來，目光關注下一世紀。茅盾還稱道蕭氏的作品「峭拔尖利」，強有力地體現其思想，稱得上高品位。茅盾從對蕭伯納的思想與文學的雙重觀照，促進中國的破舊立新。

茅盾評介的第二位「自然寫實派」作家是列夫‧托爾斯泰，他把托爾斯泰置於俄國革命史、俄國文學史的縱線考察與比較研究的宏觀視野中。他說：讀者對他的《托爾斯泰與今日之俄羅斯》一文，「作俄國文學略史觀之可也，作托爾斯泰傳觀可也，作俄國革命遠因觀亦無不可。」他認為即便把屠格涅夫、陀思妥耶夫斯基等大作家拿來比較，托爾斯泰也居俄國文學的「主峰」地位。對以「利他主義」為核心的托爾斯泰主義及其以真實性為核心的現實主義藝術，茅盾作了全面論述。他斷定：從托爾斯泰可看到俄國十月革命的動力和遠因。這進一步體現出茅盾推動革命新潮與文學新潮雙軌並行、互為表裡的特徵。當然茅盾把托氏當作十月革命之動力與遠因，這顯然是誤認與

〔註33〕《「小說新潮」欄宣言》，《茅盾全集》第 18 卷第 14 頁。
〔註34〕《時事新報‧學燈》1919 年 11 月 24 日。

誇大。他混淆了不同的政治性質。但正如茅盾的老友胡愈之所說的：「他對俄國文學和十月革命的研究，使他找到了一條以後始終不變的道路：文學是手段，革命才是目的。」他想以文學新潮推動中國革命。這種功利目的的正面作用，是顯而易見的。但這急功近利目的，有時使他操之過急。其政治態度、藝術觀時有搖擺，與此不無關係。

當時國內外大都分不清寫實派、自然派的界限。茅盾當時也認為「文學上的自然主義與寫實主義實為物」。〔註35〕這就使他把自然主義的消極因素誤認為屬於寫實主義的內在本質。他認為：「現社會現人生無論怎樣缺點多，綜合以觀，到底有真善美隱伏在罪惡下面；自然派只用分析的方法觀察人生表現人生，以致見到的都是罪惡，其結果是使人失望，悲悶，正和浪漫文學的空想虛無使人失望一般，都不能引導健全的人生觀。」「在社會黑暗特甚，思想禁錮特甚，一般青年未曾徹底了解新思想意義的中國提倡自然文學」，其害更甚：將導致「頹廢精神和唯我精神的盛行」。〔註36〕因此茅盾開始否定其對「寫實派自然派」文學的介紹與提倡。1920 年 2 月 23 日他寫道：「我們提倡寫實一年多了，社會的惡根發露盡了，有什麼反應呢？可知現在的社會人心的迷溺，不是一味藥所可醫好，我們該並時走幾條路。」「況且新浪漫派的聲勢日盛，他們的確有可以指人到正路，使人不失望的能力。我們定要走過這條路的。」「表象主義是承接寫實之後，到新浪漫的一個過程，所以我們不得不先提倡。」〔註37〕

茅盾這裡所批評的「寫實派自然派」，不僅指他喜愛的左拉與龔古爾兄弟及其他的如法國消極頹廢的自然主義，而且也把舊俄羅斯文學與早期蘇維埃文學幾個性質不同的流派的許多作家也包括進去一起否定了。他說：「俄國自法國的自然主義文學傳進以後，有乞呵甫、高爾該的文學，造出俄國的自然派文學。」此後便是安得列夫和更後的阿撒巴喜夫。安得列夫的「思想卻是悲觀而頹喪到極點；阿撒巴喜夫的文學更完全是唯我主義的文學」。「頹喪和唯我便是自然文學在灰色的人群中盛行後產生的惡果！」只有苦波寧是「近於新浪漫主義」的文學。茅盾認為：既然如此，在中國「積極提倡自然文學，

〔註35〕《致呂芾南》1922 年 6 月，《小說月報》13 卷 6 號，《茅盾書簡》第 58 頁。
〔註36〕《為新文學研究者進一解》，《茅盾全集》第 18 卷第 38～39 頁。
〔註37〕《我們現在可以提倡表象主義麼？》，《茅盾全集》第 18 卷第 28 頁。表象主義即象徵主義。

它不是前途的危險麼」？〔註 38〕茅盾還在分別刊於 1920 年 1 月《小說月報》
11 卷 1 號和 1920 年 5 月《東方雜誌》17 卷 10 號的長文《俄國近代文學雜譚》
（上、下）中把普希金、果戈理、屠格涅夫、托爾斯泰、陀斯妥耶夫斯基也
列入「寫實派自然派」文學之內，其實這些作家除高爾基與陀斯妥耶夫斯基
情況稍微複雜一些外，都屬於嚴格的批判現實主義，而非自然主義。特別是
高爾基，他的早期作品具積極浪漫主義傾向。1906 年其代表作《母親》問世
後，已經是社會主義現實主義的代表。

　　茅盾認為：「高爾該是可以代表 19 世紀末及 20 世紀初的俄國文學趨勢；
安得列夫便可以代表此後一直到現在的文學的特質的。」〔註 39〕茅盾對早期
高爾基評價很高：在《俄國近代文學雜譚》中說他的「特長是勇敢大膽的叛
逆和對未來世界的確切信任」。其「價值總與天地長存」。但從《雜譚》文中
可知，這時茅盾只讀了高爾基的少量早期作品：《他的情人》、《秋夜》，以及
僅收其五篇作品的「美國 Strarttord 書店所印的 Stories of Steep」。並未讀到《母
親》等社會主義現實主義奠基作。他關於高爾基和安得列夫分別代表俄國文
壇前後期的論斷，也是據「美人 Thomas Seltzer」的下述觀點：「高爾該在 19
世紀末已到衰頹的時代。他那寫實的革命小說，已經不能滿足那些奮鬥到筋
疲力盡的俄民的腦筋；在這時，安得列夫起來，用那種神秘的頹喪的文學，
來描寫新希望和新奮鬥，……這是安得列夫取代高爾基的原因了。」〔註 40〕
這些觀點並不符合俄國文學之實際。茅盾由於當時閱讀視野的侷限，未能發
現這些觀點大大貶低了高爾基。

　　俄國 1905 年革命失敗後，進入了反動的斯托雷平統治期。在悲觀失望情
緒支配下，的確形成了頹廢派文學的複雜組合。其代表恰恰是茅盾誤劃到新
浪漫主義前驅中去的象徵主義（他稱表象主義）。其代表人物就是勃留索夫、
勃洛克與茅盾所批評的後期「自然派」代表人物，這時已倒向反革命陣營的
安得列夫和頹廢的阿爾志跋綏夫（茅盾譯名為阿撒巴喜夫）；其中也有被茅盾

〔註 38〕 茅盾提到的這些作家名字，現通譯為契訶夫、高爾基、安德烈夫、阿爾志跋
　　　　綏夫、庫普林。以上引文見《為新文學研究者進一解》。茅盾這裡有許多誤認：
　　　　其實契訶夫屬批判現實主義、高爾基早期屬積極浪漫主義、庫普林倒是不折
　　　　不扣的自然主義。只有安德烈夫、阿爾志跋綏夫是頹廢派文學家，他們是思
　　　　想傾向問題，不是自然主義流派取向所致。
〔註 39〕 《安得列夫死耗》，1920 年 2 月《小說月報》第 11 卷 2 號。
〔註 40〕 《俄國近代文學雜譚》。

誤認爲新浪漫主義派實際是地地道道的自然主義派的庫普林（茅盾譯苦波寧）。這些作家在以 1905 年爲界劃分爲前後兩期的俄國文學中，並非文壇主流的代表。1905 年之後的後期，是蘇俄文學的萌芽與誕生期。這期間高爾基發表了《母親》（1906 年）、《意大利童話》（1911 年）、自傳體長篇三部曲前兩部《童年》（1913 年）、《在人間》（1914 年），還有大量短篇與劇本。高爾基周圍有一大批無產階級作家。如綏拉菲莫維奇出版了其全集的一至五卷，瑪雅科夫斯基從未來派轉向革命現實主義後，出版了長詩《戰爭與世界》（1916 年）、《一億五千萬》（1920 年）及短詩集《瑪雅科夫斯基詩選》。正是這批後來被界定爲社會主義現實主義的作家及其作品，才代表蘇俄文壇的主流。由於時代侷限與不懂俄語（當時英譯本蘇俄文學尚屬闕如），茅盾無法按照他的讀書原則（讀一部作品，應了解作家全人，讀其全文，了解其與時代、與當時國內外文壇之關係等等）辦事。因此，他不僅對蘇俄文壇作出了悲劇的估計，也對寫實派文學作出了悲觀的估計。從閱讀視角看，這是茅盾的一大失誤與教訓！

　　因此，1920 年底，他別立一說：「我現在仔細想來，覺得研究是非從系統不可，介紹卻不必定從系統。否則文海浩瀚，名著如山，何時才能趕上這世界文學步伐而不致落伍？」於是他放下「自然寫實」派的介紹，一度大力提倡新浪漫主義。

　　茅盾這時倡導的新浪漫主義究竟爲何？這是對茅盾早期美學觀作定性分析的關鍵性問題。

　　茅盾對新浪漫主義的認識與界定，其實有個發展變化的過程。其最早的表述是：「西洋自從過去六七十年中寫實主義盛行以來，到現在是合神秘表象而爲新浪漫，但新浪漫只算是寫實的進化，不是反潮。」〔註 41〕一個月後他作了補充與修正：「表象主義是承接寫實之後，到新浪漫的一個過程。」〔註 42〕又過一個月他再次補充修正：「新世紀初表象派和神秘派大興，純綷寫實派努力大減，漸漸有另成新派的現象。到今日已經有法國的羅蘭、巴比塞和西班牙的伊本納等立起那新浪漫派來了。」〔註 43〕這裡茅盾所說的「新

〔註 41〕　1920 年 1 月 25 日《致傅東華》，同日《時事新報・學燈》，《茅盾全集》第 36
　　　　　卷第 7 頁。
〔註 42〕　《我們現在可以提倡表象主義麼？》，《茅盾全集》第 18 卷第 28 頁。
〔註 43〕　《近代文學的反流——愛爾蘭的新文學》（續），1920 年 4 月 10 日《東方雜誌》
　　　　　第 17 卷第 7 號。

浪漫主義」表面上是指後來統稱的「現代派」而言。1958 年他在《夜讀偶記》中說：「我們總稱爲『現代派』的半打多的『主義』，就是這個東西。」但是當年茅盾這種「泛稱」與「虛指」，一旦落實到羅曼・羅蘭、巴比塞兩個代表人物身上，就證明他倡導的「新浪漫主義」，其實與「現代主義」或「現代派」毫無關係。而是特指羅曼・羅蘭與巴比塞以其新理想主義思想爲指導的，介於批判現實主義與社會主義現實主義之間的，實際上迄今爲止還未被科學界定的創作原則與創作方法。

1920 年 9 月，茅盾對他倡導的「新浪漫主義」作出正面的解釋：「最近海外文壇遂有一種新理想主義盛行起來了。這種新理想主義的文學，喚作新浪漫運動（Neo = Romantic Movement）。」〔註44〕茅盾既然把他倡導的新浪漫主義與羅曼・羅蘭、巴比塞的新理想主義掛上鈎，勢必使它與「表象派和神秘派」脫了鈎。這表明茅盾當時對新浪漫主義的理解產生了「位移」。其實證就包括他的下述解釋：「最能爲新浪漫主義之代表之作品，實推法人羅蘭之《約翰・克利斯朵夫》。羅蘭於此長卷小說中，綜括前世紀一世紀內之思想變遷而表現之，書中主人翁約翰・克利斯朵夫受思潮之衝擊，環境之壓迫，而卒能表現其『自我』。進入新光明之『黎明』。其次則如巴比塞之《光明》，寫青年之『入於戰場而終能超於戰場，不爲戰爭而戰爭。』」〔註45〕這裡要特別指出，茅盾所論的羅曼・羅蘭與巴比塞，均指其思想發展前期。他們這時的新理想主義及其代表作品之所以能吸引茅盾，是因其具有「從巴黎走到了莫斯科」的理想追求之動勢。當時資本主義已發展到對內鎮壓工農大眾，對外發動侵略戰爭，特別是撲滅蘇聯的戰爭階段。對此羅曼・羅蘭與巴比塞均持強烈的反對態度。茅盾發現羅曼・羅蘭青年時代受托爾斯泰的人道主義與無抵抗主義哲學影響，同時也受巴黎公社革命精神與法國空想社會主義的影響。但他對十月革命與國際無產階級革命運動強烈同情與支持。正是在這世界觀轉變的臨界點上，他推出的《約翰・克利斯朵夫》才能體現出屬於資產階級革命民主主義性質的新理想主義傾向。茅盾對此概括爲兩點：一是可稱作「精神個人主義」的，以個性解放爲核心的個人英雄主義；一是以自由、平等、博愛爲核心的革命人道主義。由於他們強烈地同情十月革命

〔註44〕 《文學上的古典主義浪漫主義和寫實主義》，1920 年 9 月《學生雜誌》第 7 卷第 9 期。

〔註45〕 《〈歐美、新文學最近之趨勢〉書後》，《茅盾全集》第 18 卷第 48 頁。

與無產階級革命運動，反帝國主義侵略戰爭，因此新理想主義比一般資產階級民主主義更先進。因此在二三十年代之交，以論文《向過去告別》為標誌，羅曼‧羅蘭「從巴黎走到了莫斯科」，實現了世界觀的質變：「終於成為社會主義的戰士。」〔註 46〕

茅盾發現，巴比塞與羅曼‧羅蘭有共同之處，但他更為激進。他曾發起保護蘇聯無產階級政權的反戰運動。1919 年以來他完成了以體現此精神為主題的兩部長篇《光明》與《炮火》，受到列寧很高的評價。1923 年他在政治迫害最嚴重的時刻加入了法國共產黨。他和羅曼‧羅蘭共同具備的新理想主義，是由革命民主主義向社會主義世界觀過渡的呈中介形態的進步思想。在中國如李大釗、魯迅和此刻的茅盾本人，以及許多偉大的革命民主主義者在向共產主義者過渡時，也大都呈現出這種中介形態性的思想。中國文壇公認魯迅在成為共產主義者之前是清醒的現實主義或戰鬥的現實主義，而不稱他批判現實主義，就是因為他的徹底革命精神雖未臻共產主義，但與批判現實主義有很大區別。茅盾所提倡的新浪漫主義與中國當時徹底的反帝反封建、鼓吹民主、科學、自由、平等、人道主義與個性解放等等的「五四」精神完全合拍。它具有鮮明的理想追求與戰鬥傾向。這正是茅盾放棄他當時理解的「寫實派自然派」，改而倡導以新理想主義為基礎的新浪漫主義的原因與依據。茅盾曾明確指出：「人的發現，即發展個性，即個人主義，成為『五四』時期新文學運動的主要目標；當時的文藝批評和創作者都是有意識的或下意識的向著這個目標。」〔註 47〕

茅盾指出：「浪漫的精神常是革命的解放的創新的。」新浪漫主義「欲擺脫過去的專制，服務於將來」。「表現過去，表現現在，並開示將來給我們看」。〔註 48〕他一再強調：「新浪漫主義之對於寫實主義」「非反動而為進化」。但現代派卻一開始就宣示其綱領：否定現實主義並取而代之。因此茅盾的新浪漫主義絕非現代主義。他提倡的「新浪漫主義為補救寫實主義之豐肉弱靈之弊，為補救寫實主義之全批評而不指引，為補救寫實主義之不見惡中有善」。〔註 49〕它是「能兼觀察與想像，而綜合地表現人生的」。〔註 50〕應該

〔註 46〕　茅盾：《永恒的紀念與景仰》，1945 年 10 月 23 日《文萃》第 3 期。
〔註 47〕　《關於創作》，《茅盾全集》第 19 卷第 266 頁。
〔註 48〕　《為新文學研究者進一解》，《茅盾全集》第 18 卷第 42～43 頁。
〔註 49〕　《〈歐美新文學最近之趨勢〉書後》，《茅盾全集》第 18 卷第 48 頁。
〔註 50〕　《新文學研究者的責任與努力》，《茅盾全集》第 18 卷第 71 頁。

指出，茅盾這裡所批評的「寫實主義」之弊端，其實全係自然主義之弊端。由於他這時仍未能對自然主義與寫實主義作質的界分，所以難免張冠李戴之嫌。同時他所講的新浪漫主義的這些長處，很多屬於批判現實主義特徵。事實上自《約翰·克利斯朵夫》問世至今，中外文學界、學術界大都視此作及其作者為批判現實主義顛峰之代表。不過它區別於契訶夫、狄更斯甚至托爾斯泰的那種批判現實主義。他具有明顯的新理想主義追求的新質。迄今為止，文藝理論界、學術界雖都不同程度地注意到了這一獨特的現象。例如馮雪峰等就稱魯迅為清醒的現實主義、戰鬥的現實主義。他是為了把魯迅的現實主義與批判現實主義加以區別。但是迄今為止，文藝理論界、學術界並未對這一獨特的文學形態現象，作出統一的公認的理論界定。這是非常遺憾的！

魯迅曾說：「五四」落潮後，他經過自省認識到，「我決不是一個振臂一呼應者雲集的英雄」。〔註51〕這是因為正處在時代落潮期所致。茅盾倡導新浪漫主義的個人努力，也和魯迅的遭際十分類似。這使他也感慨繫之。因此他一度產生了極端化的消極情緒。他說：「我因為是這樣相信的，所以曾說新浪漫主義的十分好，這話完全肯定的弊端，我也時時覺著；現在我個人的意見，以為文學上分什麼主義，實在是多事！」〔註52〕

不過茅盾一向秉公敬業，不憚發現失誤即否定自己之誤。所以上述消極情緒稍縱即逝。不久他適應時代需要，產生了新的認識：一是單純提倡創作方法而不從思想內容提出主張，很難推動文壇。而在提出思想主張之同時，又「適可以某種主義來補救校正」「現今國內文學界一般的缺點」，「則亦未可厚非」。〔註53〕因此1920年底他和鄭振鐸等發起成立文學研究會時，他自己獨立主持並改革《小說月報》時，都把「為人生」的文學與「寫實主義」文學並提，作為中心口號。由於適應了時代的需要，切中了文壇時弊，一時群雄並起，交相響應，形成了「五四」後文壇的主流和優勢。

茅盾在《〈小說月報〉改革宣言》中說：「同人以為談革新文學非徒事模仿西洋而已，實將創造中國之新文藝，對世界盡貢獻之責任。」「同人深信一國之文藝為一國國民性之反映，亦惟能表現國民性之文藝能有真價值，能在

〔註51〕 《〈吶喊〉自序》，十六卷本《魯迅全集》第1卷第417～418頁。
〔註52〕 1920年最末日《致周作人》，《小說月報》第12卷第2號，《茅盾書簡》第5頁。
〔註53〕 《一年來的感想與明年的計劃》，1921年12月《小說月報》12卷12號，《茅盾全集》第18卷第150頁。

世界的文學中占一席地。」所以從研究介紹角度看，「對於爲藝術的藝術與爲
人生的藝術，兩無所祖。必將忠實介紹，以爲研之材料。」茅盾與文學研究
會全力以赴實現其「爲人生」並「改良這人生」的文學主張。茅盾指出：「就
國內文學界情形言之，則寫實主義之眞精神與寫實主義之眞傑作，「在今日尙
有切實介紹之必要。」從此，「爲人生」的與「寫實主義」的文學，就成了20
年代文學研究會及其代表者茅盾始終堅持不懈的文學主張。

　　茅盾把文壇弊端概括爲四點：一、對所寫事境未嘗有過經驗；二、爲創
作而創作，並非印象深到「不能不言」而創作；三、並非以客觀的觀察做底
子；四、人物、事境顧此失彼，二者「發生關係的很少」。茅盾斷定：這些毛
病「惟自然主義可以療之」。〔註54〕

　　在這裡茅盾仍未能把寫實主義與自然主義界分清楚，所以一會兒說自然
主義，一會兒說寫實主義，這兩個範疇經常混用。但是細加比較，1921年之
後茅盾所倡導的「自然主義」，已經避開了自然主義的弊端，盡力向寫實主義
即批判現實主義的優長靠攏。具體言之，他是以托爾斯泰、巴爾扎克爲基本
參照系，並從自然主義作家中寫實主義傾向最爲鮮明的左拉、〔註55〕福樓拜
及其作品中汲取營養，來界定其自然主義（寫實主義）的。在理論上，他借
鑒最多的則是法國大理論批評家泰納（亦譯丹納）及其代表作《藝術哲學》。
例如1922年4月10日致友人時他說：「我現在最信仰泰納的純客觀批評法，
此法雖有缺點，然而是正當的方法。」〔註56〕再如他在《文學與人生》一文
中，在論述「文學是人生的反映」，「人們怎樣生活，社會怎樣情形，文學就
把那種種反映出來」這一論題時，就從「人種」（含民族性）、「環境」（含自
然與社會兩大層上）、「時代」（含時代精神）與「作家的人格」四個方面作具
體論證。我們很容易發現它和泰納的《藝術哲學》之間的血緣關係。我們還
可以感到，茅盾1921年至1923年界定自然主義的基本內容，很大程度上是
屬於寫實主義。

　　一、以「眞」爲核心、眞善美統一的審美觀。他說：「自然主義最大的目
標是『眞』。」「不眞就不會美，不會善。」〔註57〕「古往今來，人們都相信

〔註54〕1921年8月3日《致周作人》，《茅盾全集》第36卷第26頁。
〔註55〕左拉的《金錢》、《萌芽》等長篇，一向被視爲批判現實主義、而非自然主義
　　　　作品。
〔註56〕《茅盾全集》第38卷第58頁。
〔註57〕《自然主義與中國現代小說》，1922年《小說月報》13卷7號，《茅盾全集》
　　　　第18卷第235頁。

眞善美爲三個最大的理想或最高的價值。」〔註58〕

　　二、以「實地觀察」與「客觀描寫」爲核心的創作方法論。茅盾認爲這兩條是自然主義的「兩件法寶」。因此他要求作家「要實地精密觀察現實人生，入其秘奧」；「要用客觀態度去分析描寫」。而文學的天才則是「豐富的想像，透徹的觀察，深密的理解，敏銳的感覺，四者的總和」。〔註59〕可見這時茅盾同時也注意到創作主體意識的作用。他實事求是地承認「自然主義所主張的純粹的客觀的描寫法是不對的，因爲文學上的描寫，客觀與主觀──就是觀察與想像──常常相輔爲用」，猶如車之兩輪。「太偏於主觀，容易流於虛幻」，「太偏於客觀，便是把人生弄成死板的僵硬的了」。〔註60〕

　　三、倡導「文學上的自然主義」而非「人生觀的自然主義」。〔註61〕茅盾認爲「人生觀的自然主義」「迷信命定論」，專寫獸性與人間黑暗，顯然是不能提倡的弊端。他聲明：他以前的提倡未加界分是個失誤。現在提倡的是「文學的自然主義」；即其實地觀察，客觀描寫以求「眞」的自然派藝術上的長處。一方面「要有鋼一般的硬心，去接觸現代的罪惡」，一方面更要以樂觀與自信「去到現代的罪惡裡看出現代的偉大來」！〔註62〕因爲「文學是時代的反映」，「必然含有對於當時代罪惡反抗的意思和對於未來光明的信仰」。〔註63〕

　　四、一般與個別相統一的典型觀。茅盾指出：「文學的作用一方面要表現全體人生的眞的普遍性，一方面也要表現各個人生的眞的特殊性。」使「截取一段人生來描寫，而人生的全體因之以見」。描寫的是「緊要」的動作，「以表見那人的內心活動；這樣寫在紙上的一段人生，才有藝術的價值，才算是藝術品！」〔註64〕這實際上離自然主義的「照相」實錄方法甚遠。它所體現的已經是一般與個別、共性與個性、宏觀與微觀、歷時性與共時性相統一的現實主義典型化原則了。

〔註58〕　《美的概念》（一），1922年7月7日《民國日報・覺悟》。這是茅盾的一篇編著。
〔註59〕　《告有志於研究文學者》，《茅盾全集》第18卷第533頁。
〔註60〕　《自然主義與中國現代小說》，《茅盾全集》第18卷第239～240頁。
〔註61〕　1922年6月《致周志伊》，《茅盾書簡》第56頁。
〔註62〕　《樂觀的文學》，1922年12月1日《時事新報文學旬刊》第57期，《茅盾全集》第18卷第324頁。
〔註63〕　《創作的前途》，1921年7月《小說月報》12卷7號，《茅盾全集》第18卷第118頁。
〔註64〕　《自然主義與中國現代小說》，《茅盾全集》第18卷235頁，230頁，227頁。

重讀蘇俄文學　倡導無產階級文學

　　茅盾的世界觀發展與質變，呈波浪式推進態勢。他先確立了無產階級的政治觀，其文學觀的質變卻相對滯後。這是他一個時期以來文學上有許多誤認，理論倡導上有不少誤導的根本原因。然而中國共產黨建黨之後，茅盾投身政治鬥爭的漩渦，甚至一度居與黨中央聯繫十分密切的高級領導崗位：黨中央的聯絡員和中共上海兼區執委會委員。一度還擔任書記；同時又兼國民運動委員會委員長。領導工作使他直接置身工人運動、婦女運動，特別是由1923年的「二七」大罷工到1925年的「五卅」運動。無產階級的共產主義的政治觀使他的革命民主主義文學觀、文學進化論以及人性論等文學觀念不斷受到衝擊，逐漸發生變化。到1925年以長篇論文《論無產階級藝術》的發表為標誌，終於由倡導「為人生」的文學發展突變到倡導無產階級文學。至此，他的全部世界觀才發生質變。他的世界觀由革命民主主義到共產主義的質變，其過渡期非常長，由1920年確立共產主義政治觀到1925年確立無產階級文學觀，其間波浪式的由量變到質變的過渡期，竟長達五六年。這是茅盾異於別人的一大特點。

　　茅盾從「抽象的」帶人性論色彩的「為人生」的文學主張，發展到「為無產階級」的文學主張，其質變的契機，在於對階級觀點與階級分析方法的徹底把握，並能用以分析複雜的文學現象，特別是西方文學思潮現象。他在政治上確立階級觀點，始自入黨前的1920年，文藝上閃現此火花，最早是在1922年。當時他說：「文學之趨於政治的社會的，不是漫無原因的。」事實證明：「環境對於作家有極大的影響」，「人是社會的生物」，「新文學果將何趨，自然是不言可喻。」〔註65〕但這觀點比較模糊。次年，即1923年，他就從上述本可作出明確結論的立點上退縮了。他說：「人生觀之確定與否，和文學家之所以為文學家，似乎沒有多大的聯帶關係。因為文藝作品的價值在於：觀察的精深，描寫的正確，及態度的謹嚴。」對作家的思想，「甚至可以不問其是否確為終古不磨之真理」。〔註66〕可見這時他不僅看輕了文藝與政治的關係，而且更看輕了作家世界觀對其創作的指導作用。這實際上是從1922年《文學與人生》中所說的「革命的人，一定做革命的文學」〔註67〕這個論點倒退

〔註65〕《文學與政治》，《小說月報》第13卷9號，《茅盾全集》第18卷第281頁。
〔註66〕1923年10月《致谷風田》，《文學周報》第93期，《茅盾書信集》第87頁，文化藝術出版社版。
〔註67〕《茅盾全集》第18卷第272頁。

回去了！所以此時儘管他把眞實性當作衡量文藝的最高標準，卻並未把握臻於本質眞實性的關鍵與契機。

1923 年起，惲代英、沈澤民等在他們主編的《中國青年》雜誌上開始倡導無產階級革命文學。讀了這些文章，尤其是讀了惲代英在該刊第 8 期發表的《八股》一文，茅盾震動很大。他反覆思考他的老朋友與戰友惲代英以下這些話：「新文學的什麼主義什麼主義」，「並不一定要於人生有用，甚至於它雖然對於人生沒有用，反轉還要發生一定消極頹廢的思想，終究不妨害它有它的文學上的價值。」但是，「我以爲現在的新文學若是能激發國民的精神，使他們從事於民族獨立與民主革命的運動，自然應當受一般人的尊敬；倘若這種文學終不過如八股一樣無用，或者還要生些更壞的影響，我們正不必問它有什麼文學上的價值，我們應當像反對八股一樣的反對它。」茅盾經過反覆思考，深以惲代英的批評爲然。於是他立即發表了《雜感——讀代英的〈八股〉》一文予以認同。在不長的文章中，他完整地引用了惲代英這段很長的話。這前後，他差不多同時發表了與此有關的一大批文章，如《「大轉變時期」何時來呢？》、《現成的希望》、《人物的研究》、《告有志研究文學者》、《文學者的新使命》，特別是長篇論文《論無產階級藝術》。

這些文章的產生，與他重新思考文學的使命，重讀蘇聯文學作品與理論著作，尋找新的思想文化參照系，使自己的文學觀發生了重大變化，有很大關係。晚年茅盾在《我走過的道路》中回憶道：「在 1924 年，鄧中夏、惲代英和澤民等提出革命文學的口號，之後，我就考慮要寫一篇以蘇聯的文學爲借鑒的論述無產階級革命文學的文章。我的目的，一則想對無產階級藝術的各個方面試作一番探討；二則也有清理一番自己過去的文學藝術觀點的意思。以便用『爲無產階級的藝術』來充實和修正『爲人生的藝術』。當時我翻閱了大量英文書刊，了解十月革命後蘇聯文學發展的情形。」「還沒有動手寫文章，正好藝術師範學院請我去講演，我就講了這個題目。後來我就在這個講稿的基礎上，寫成了《論無產階級藝術》。論文的前半篇寫於『五卅』以前，全部完成則在『五卅』運動之後的十月十六日。」〔註 68〕

1988 年 6 月，日本《茅盾研究會會報》第 7 期發表了日本學者白水紀子的文章《茅盾〈論無產階級藝術〉的出典》。她認爲茅盾此文是「全面依據亞·波格丹諾夫《無產階級的藝術批評》」一文〔註 69〕的英譯文字「寫出

〔註 68〕《茅盾全集》第 34 卷第 318 頁。
〔註 69〕此英譯文字刊登在《THE LABORU MONTHLY》《勞動月刊》的 1923 年 12

來的」一篇「近乎抄譯」的文章；不能算茅盾自己的論著。1988 年 8 月 20
日孫中田在《文藝報》上發表《關於茅盾〈論無產階級藝術〉的寫作》一文，
反駁了白水紀子。他認爲茅盾的《論無產階級藝術》（以下簡稱「茅文」）與
波格丹諾夫的文章（以下簡稱「波文」）應加以區別，如兩文對文化遺產的
態度就不同。茅盾「主張借鑒，而不是照搬和模仿」。李標晶也在其論文《1925
年前後茅盾文藝思想辨析——茅盾與波格丹諾夫文藝思想比較談》〔註 70〕
中指出：「茅文」與「波文」，在一、關於藝術的實質，二、如何對待文化遺
產，三、如何建立無產階級文化等方面，有質的區別。但由於白水紀子採用
把「茅文」和「波文」的英譯文字、俄文原文學舉例逐段對照的方面論證其
觀點，孫中田與李標晶則是整體作比較，因此未能說服白水紀子，也未能終
結這場爭論。

　　因此我也採用白水紀子的方法，把「茅文」和「波文」的英譯文字逐段
對照，然後整體比較，得出了以下結論：一、「波文」的基本觀點是正確的。
他當年在蘇聯受批判的錯誤觀點，在此文中並無多少反映。二、「茅文」與「波
文」的基本觀點大體相同。大部分段落確如白水紀子所標示的，有對應關係。
但其中相當一部分是經茅盾按自己的觀點改寫過，調整過；有取捨，有揚棄；
並非「波文」的「直譯」。三、「茅文」與「波文」許多部分有很大區別。具
體表現在：（1）把「波文」的論題《無產階級的藝術批評》改爲《論無產階
級藝術》。相應地抽去「波文」論「批評」的部分。這就把論題擴大了，具有
論無產階級藝術之整體性特徵。（2）在「波文」中波格丹諾夫曾受到批評的，
關於文學「普遍組織科學」性質，具「組織生活的作用」這一觀點，反映得
很少。「茅文」對此剔除得很乾淨；已無蹤可尋。可見茅盾並不同意波氏此觀
點。（3）茅盾大量刪去與修改了與《論無產階級藝術》這一主題關係不大的
許多文字；補充了許多茅盾熟悉的西歐文學，包括現代派各派別的例證和論
述文字。（4）「茅文」第一部分「論無產階級藝術的形成歷史」，對「無產階
級藝術」所作的理論界定等，都是茅盾自己寫的。「波文」中無此內容。（5）
「茅文」提出了「什麼是革命文學」，它與無產階級文學有何異同問題，並詳
加論證。這也是「波文」中所沒有的。（6）「茅文」對繼承文學遺產、內容與
形式相統一等重大問題詳加論述；「波文」只簡略談及。而且對待文學遺產的

　　　月第 5 期。
〔註70〕此文收入南京大學出版社《茅盾與中外文化》一書。

態度正如孫中田所說，也與茅盾有分歧。以上各點，尤其是（4）、（5）、（6）三部分，是關乎茅盾確立了無產階級文學觀的核心內容的大問題。而「波文」大都沒有論及。

根據以上逐段對比和宏觀對比可以看出：一、把茅盾的無產階級藝術觀和波格丹諾夫的無產階級藝術觀作宏觀對比，不足以說服白水紀子。但經過逐段對比後，再宏觀對比所得的上述結論，足以證明白水紀子說「茅文」是「波文」的「直譯」、「抄譯」等等，並不符合事實。二、「茅文」是以「波文」為基礎，或部分引用，或據其部分文字改寫，或參考其觀點寫自己的意思。更有許多「波文」沒有，是茅盾自己撰寫的文字。而且這些部分又特別重要。因此即便不說「茅文」是茅盾自己的論著，起碼也可以說「茅文」是根據「波文」所寫的「編著」。三、包括白水紀子在內的所有中外茅盾研究者，都承認茅盾的長篇論文《論無產階級藝術》代表了茅盾的觀點，是能充分說明其文學觀發生質變的最重要的論文。可以作為說明茅盾文學思想發展的主要的依據之一。有了這些共識，再結合上面提到的茅盾《雜感──讀代英的〈八股〉》等那些文章，我們可以把他閱讀蘇聯文學及蘇聯文藝論著，結合自己對前期文學觀的反思，所形成的無產階級文學觀的內容與標誌，概括為以下幾點。

一、以鮮明的無產階級觀點與階級分析方法，深刻剖析了文藝之本質，據此提出了「為無產階級」的文學口號。以取代此前他多年倡導過的「為人生」、「為全人類」、「為民眾」等模糊的、人性論色彩較濃的文學口號。他指出：「因為所屬的階級不同，人們又必有階級的特性。」所以作家「必須描寫」人物的「階級的特性」。因為「階級的特性比較的深伏些（常混合於人們的思想方式中），非眼光炯利的作者不能灼見」。〔註 71〕同樣，他認為「批評論是站在一階級的立點上為本階級的利益而立論的。雖然自來的文藝批評家常常發『藝術超然獨立』的高論，其實何嘗辦到真正的超然獨立？」「所以無產階級藝術的批評論將自居於擁護無產階級利益的地位而盡其批評的職能。」但他明確指出：他不是「指向個人」，而是指向「其階級的地位的問題」。〔註 72〕

從此出發，他清理了自己過去提倡的「為人生」的與「民眾藝術」等主

〔註71〕《人物的研究》，1925 年 3 月 10 日《小說月報》16 卷 3 號，《茅盾全集》第18 卷第 474 頁。

〔註72〕《論無產階級藝術》，1925 年 5 月 2 日、17 日、31 日，10 月 24 日《文學周報》第 172、173、175、196 期，本文以下有關引文，凡只注《茅盾全集》卷頁者，均指此文，此上引文見《茅盾全集》第 18 卷第 506 頁、513 頁。

張的偏頗。他說:「從文學發展的史跡上看來,文學作品描寫的對象是由全民
眾而漸漸縮小至特殊階級的」。他反省道:「在我們這世界裡,『全民眾』將成
爲一個怎樣可笑的名詞?我們看見的是此一階級和彼一階級,何嘗有不分階
級的全民眾?」他承認當年自己倡導羅曼·羅蘭所稱道的「民眾藝術」「是欠
妥的,是不明了的,是烏托邦式的。」他表示:「我們便不能不拋棄了溫和性
的『民眾藝術』這名兒。」他也糾正了自己曾對高爾基及其作品性質的誤斷。
這時他已經讀了高爾基的包括《母親》在內的絕大部分作品。他據此斷定:
是高爾基「第一個把無產階級所受的痛苦眞切地寫出來,第一個把無產階級
靈魂的偉大無僞飾無誇張地表現出來,第一個把無產階級所負的巨大的使命
明白地指出來給世界人看」!茅盾宣告:「我們要爲高爾基一派的文藝起一個
名兒」:「一個頭角崢嶸,鬚眉畢露的名兒——這便是所謂『無產階級藝術』。」
〔註73〕

二、對無產階級文學產生的條件、內涵及其與其它文學之區別,作出理
論闡釋。他用辯證唯物論的反映論對文學及其產生條件作出科學解釋。他認
爲:文學的構成因素是意象與審美觀念。「意象可說是外物(有質的或抽象的)
投射於我們的意識鏡上所起的影子。」其基礎是客觀存在的生活現實。「我們
意識界裡卻有一位『審美』先生便將它們(意象)捉住了,要整理它們」。「那
些可以整理可以和諧的意象便被留起來編制好了,那些不受整理無法和諧
的,便被擯斥了。將編制好的和諧的意象用文字表現出來,就成了文學;那
些集團的意象的和諧的程度愈高,便是那『文學』愈好。」於是茅盾給文學
下了定義:「文學是我們的意象的集團之借文字而表現者,這種意象是先經過
了我們的審美觀念的整理與和諧(即自己批評)而保存下來的。」〔註74〕在
《論無產階級藝術》一文中,茅盾把這些環節及其關係加以提煉概括,列出
一個公式:

新而活的意象+自己批評(即個人的選擇)+社會選擇=藝術。

茅盾所說的「審美先生」,即作家主觀具備的審美觀與審美傾向,對無產
階級作家而言,即其無產階級傾向與審美觀。這樣茅盾就徹底糾正了他倡導
「自然主義」時那種否認世界觀對創作有指導作用的純客觀的「實地觀察」、
「客觀描寫」主張。第一次十分明確地承認無產階級世界觀、審美觀對無產

〔註73〕　《茅盾全集》第18卷第499～501頁。
〔註74〕　《告有志研究文學者》,1925年7月5日《學生雜誌》第12卷第17期,《茅
　　　　　盾全集》第18卷第525頁。

階級文學創作的指導作用。其他階級也是同樣。這就把眞實性與傾向性有機地統一起來了。茅盾所說的「社會選擇」，一方面是指時代對作家主體意識的影響；另一方面是指時代對既成的作品與文藝新潮的篩選：「把適合於當時社會生活的都保存了或提倡起來，把不適合的消滅於無形。」茅盾指出：這時代的選擇，首先表現爲階級的選擇。不同階級用不同的階級標準作不同的選擇。因而也導致不同階級文學的相互衝突。而文學批評也同樣以各自的階級審美標準參與其中起篩選作用。

茅盾對無產階級文學的內涵也作了精確的界定。他指出：「無產階級藝術並非即是描寫無產階級生活的藝術之謂。」〔註75〕就是說，關鍵不在寫什麼題材，而在於如何寫，在於作家與作品思想情感傾向之質的區別。他對比了狄更斯和高爾基同是描寫無產階級的小說，指出其區別在於：狄更斯「不是無產階級中人」，也不具無產階級思想感情；高爾基自己「是無產階級」，具無產階級思想感情，還曾經歷過無產階級的生活。因此，狄更斯寫無產階級的小說並非無產階級文學；而高爾基即便寫其他階級生活的小說、劇本，也屬無產階級文學。〔註76〕

茅盾承認出身於非無產階級的作家改變了階級思想與感情，具有集體主義精神之後，也能寫出無產階級文學。但在他沒有改變思想情感之前，雖具社會主義政治信仰、骨子裡卻是「個人主義」，而非集體主義；他所寫的作品，不是無產階級文學。但茅盾與波格丹諾夫不同。他既不拒絕繼承這筆非無產階級的文學遺產；但他又認爲「無產階級受於舊時代的一分好遺產」，但它「總帶著舊時代的氣息」，我們只能批判地繼承。〔註77〕他顯然比波氏更辯證。

三、對無產階級文學的社會教育作用與審美作用作出理論闡釋。茅盾修正了幾年前他提出的「鏡子」說。他現在認爲：「文學決不可僅僅是一面鏡子，應該是一個指南針。」這又是對自己的「客觀反映」的自然主義主張的大突破。意思是：文學於「眞實地表現人生而外」，還要指導人們奔向「更光明更美麗更和諧的前途」。「文學者目前的使命就是要抓住了被壓迫民族與階級的革命運動的精神，用深刻偉大的文學表現出來」，使之「普遍到民間，深印入被壓迫者的腦筋，因以保持他們的自求解放運動的高潮，並且感召起

〔註75〕《茅盾全集》第18卷第507頁。

〔註76〕《現成的希望》，1925年3月16日《文學周報》第164期，《茅盾全集》第18卷第496頁。

〔註77〕《茅盾全集》第18卷第507頁、第510頁。

更偉大更熱烈的革命運動來」！〔註78〕

　　但是茅盾並不簡單地滿足於無產階級文學的革命功利主義目的。他同時特別強調無產階級文學的審美作用。茅盾一貫強調文學的審美作用。現在也並不因強調文學的無產階級傾向性而稍減。1922 年他曾提出「以新鮮活潑爲貴」的「意緒」說：「文學底美雖不全靠這個，但這個至少是它的一個主要成分。」因此他給無產階級文學下定義列公式時，對其「意象」提出「新而活」的要求。爲體現審美作用，他還強調「文學貴在『創作』，文學不能不忌同求異」。〔註79〕他還十分強調文學的性質：既重理性，更重感性；既重「形貌」，更重「神韻」。他認爲：「與其失『神韻』而留『形貌』，還不如『形貌』上有些差異而保留了『神韻』。因爲文學的功用在感人（如使人同情使人慰樂），而感人的力量恐怕還是寓於『神韻』的多而寄在『形貌』的少。」當然他更重「『形貌』和『神韻』」「相反而相成」的有機統一。〔註80〕這實際上是把眞善（無產階級傾向性）美統一於審美表現的形象思維過程，從而避免公式化、概念化之弊。

　　1933 年茅盾又把「神韻」說發展爲「醇酒」說：「文藝作品本以感動人爲使命。然而感人的力量並不在文字表面上的『劍拔弩張』。譬如酒，有上口極猛的，也有上口溫醇的。上口極猛者，當時若甚有『力』，可是後來亦不過如此。上口溫醇者，則不然；喝時不覺得它的『力』，過後發作起來，眞正醉得死人！眞正有力的文藝作品應該是上口溫醇的酒，題材只是平凡的故事，然而蘊含著充實的內容；是從不知不覺中去感動了人，去教訓了人」，「給了讀者很深而且持久的印象」。〔註81〕他認爲達此境界的條件，是豐富的生活經驗，眞摯深湛的感情與爐火純青的藝術表現手腕。而「形式與內容必相和諧」，則是首要的前提。因此茅盾把它視爲無產階級文學的目的與「努力的方針」。〔註82〕

　　由革命民主主義文學觀到共產主義文學觀，由「爲人生」的文學主張到

〔註78〕《文學者的新使命》，《茅盾全集》第 18 卷第 539～541 頁。
〔註79〕《獨創與因襲》，1922 年 1 月 4 日《時事新報・學燈》，《茅盾全集》第 18 卷第 153～154 頁。
〔註80〕《譯文學書方法的討論》，1921 年 4 月 10 日《小說月報》第 12 卷 4 號，《茅盾全集》第 18 卷第 87～88 頁。
〔註81〕《力的表現》，1933 年 12 月 1 日《申報・自由談》，《茅盾全集》第 19 卷第 570 頁。
〔註82〕《論無產階級藝術》，《茅盾全集》第 18 卷第 514 頁。

為無產階級的文學主張，由文學主張上的人性論到文學主張上的階級論：這是茅盾世界觀發生質變的最後一環。所以 1925 年茅盾文學觀的質變，是茅盾確立共產主義世界觀、人生觀的最後一環。這是非常重要的關鍵。也是他三大思想文化參照系中最重要的一環。

從世界觀質變規律看，那種界線分明，過渡期短的情況，固然存在；但像茅盾這樣波浪式推進，過渡期長者，也很普遍。茅盾之所以文學觀的質變滯後於其政治觀，重要的原因在於：他受中國古典文學、特別是西方資產階級文學及其極端複雜的思想、流派、取向、態勢之影響較深較大。從這個意義講，博古通今，學貫中西，廣覽群書，既給茅盾帶來了優勢，但在思想質變方面，卻也成為一定的「包袱」和侷限。

這在茅盾讀書生涯中，是一個十分重要的經驗與教訓。而茅盾從善如流，善於鑒別，勤於反思，勇於否定自己認識上的侷限與失誤，重新確立正確的觀點，這種讀書的態度與方法，則是值得後來者特別看重，認眞學習與借鑒的。

第四章　披荊斬棘拓文苑
　　　　　引導文學新潮流

改革《小說月報》　發起文學研究會

　　自己讀書，評介書刊，編輯出版書刊，寫書給讀者看——從理論到創作：這是茅盾讀書生涯的「四部曲」。從 1921 年 1 月 10 日推出由他主編並唱「獨角戲」的徹底改革了的《小說月報》12 卷 1 號起，他奏響了震動中外文壇的「第三部曲」。

　　此「曲」的前奏，是 1920 年 1 月他主編的《小說月報》11 卷 1 號「文學潮流」欄的「半」改革工作。說此欄本身是「半」改革，因為對《小說月報》整體說來，面目依舊，仍是鴛鴦蝴蝶派等舊文人把持的陣地。到 11 卷 10 號出版時，「小說新潮」欄撤銷，「話叢」欄亦撤銷，代之以混合創作與翻譯的「短篇小說」、「長篇小說」兩欄。但長篇中的創作，仍屬「鴛鴦蝴蝶派」（亦稱「禮拜六」派）文人之作如連載的長篇《新舊家庭》之類。然而這樣做，在王蓴農看來，已經「是冒了風險的」。但讀者卻不買帳，這時印數繼續下滑，已下降到兩千冊。「這在資本家看來，是不夠『血本』的。」在讀者，則是通過市場的力量對舊刊舊作的一種無聲的否定！王蓴農兩間受「挾」，「最怕惹麻煩」〔註 1〕的他只好辭職！

　　此前館方決策人也已經在考察市場與文壇取向。張元濟和高夢旦還先後

─────────────────────
〔註 1〕　《我走過的道路》，《茅盾全集》第 34 卷第 178～180 頁。

於 10 月 6 日和 10 日抵北京，了解動態，謀求對策。這時以鄭振鐸爲核心的北京文壇新潮代表人物正在籌辦「援北京大學月刊《學藝雜誌》例的文學新刊」。經蔣百里介紹，鄭振鐸主動找張元濟商量。但張元濟不願辦新刊。張元濟與高夢旦回滬後，決定接受王蓴農的辭職。請茅盾任《小說月報》主編。「大約 11 月下旬」，高夢旦約茅盾面商此事。茅盾以「約法三章」爲條件，承諾接任主編。這三條是：一、現在的舊稿（主要是鴛鴦蝴蝶派及林琴南等的著譯）都不能用；二是改四號字爲五號字；第三條最重要：「館方應當給我全權辦事，不能干涉我的編輯方針。」館方答應了這三個條件，惟一要求是明年 1 月 10 日按期出版改革後的 12 卷 1 號。茅盾也慨然應諾。在死氣沉沉的商務印書館，此舉是一大突破！

茅盾心裡有底：論文與翻譯自己有把握，創作卻需約稿。他當即寫信給自己編發過其創作稿的北京的作者王劍三（當時茅盾還不知道他就是王統照）：一約他寫稿；二請他在京代爲組稿。也是事該有成，這時王統照以及茅盾在商務的同事（館屬尚公小學教師）郭紹虞（此時他正在北京大學旁聽）正和鄭振鐸等醞釀，既然辦新刊不成，就先成立新組織：文學研究會。茅盾的來信正是促成兩件大事並舉的好時候。於是，由鄭振鐸給茅盾回信：一答應提供一批稿件；二邀請茅盾參與發起文學研究會。茅盾大喜過望。於是以下兩件事就成了定局：1921 年 1 月，改革後的《小說月報》按時出刊；文學研究會也於同日在北京宣告成立。其宣言、簡章，也在改革後的《小說月報》12 卷 1 號發表。從此此刊與此會結下了不解之緣。實際上此刊已成了該組織的機關月刊物，這是「五四」以來新文學前驅成立的第一個純文學團體，並且是有組織地占領的第一塊重要陣地。茅盾不僅成了該組織的主要領導人，他的刊物，也給會員保持了一塊自己的園地。

茅盾先在《小說月報》11 卷 12 號發表了《本月刊特別啓事》，預告了 12 卷起實行徹底改革，和改革後的文章大致內容與範圍。12 卷 1 期頭題文章《〈小說月報〉改革宣言》正式宣佈其內容分爲六類：論評，研究，譯叢，創作，特載，雜載。包括：（一）文藝叢談（小品），（二）文學家傳，（三）海外文壇消息。如上所述，海外文壇消息是由茅盾親撰。當時他訂購了不少歐美的報刊，如《泰晤士報》的《星期文藝副刊》、《紐約時報》的《每週書報評論》等等。所以不愁沒有材料。「宣言」的後半是談辦刊的六條方針原則。其最重要的內容是：「同人以爲今日談革新文學非徒事模仿西洋而已，實將創造中國

之新文藝，對世界盡貢獻之責任。」爲研究計，「愈久愈博愈廣，結果愈佳」，「故對於爲藝術的藝術與爲人生的藝術，而無偏袒。」「然就國內文學界情形言之」，「同人以爲寫實主義在今日尚有切實介紹的必要。」「同人等深信一國之文藝爲一國國民性之反映，亦惟能表現國民性之文藝能有眞價值，能在世界的文學占一席地」，故「甚願盡提倡之責任」。同人堅信「必先有批評家，然後有眞文學家」，故「力願提倡批評主義」，但又「不願爲批評主義之奴隸」；「而稍殺自由創造之精神。」〔註2〕

改革後的《小說月報》12卷第1號推出全新的作者陣容與令人耳目一新的著譯。計創作7篇，譯叢8篇，文論4篇，書報介紹1篇，海外文壇消息6則，文藝叢譚5則，插圖兩幅加文字說明。〔註3〕就作者言：茅盾12篇，鄭振鐸6篇，王統照3篇，周作人兩篇，葉聖陶、冰心、許地山、瞿世靈、耿濟之、孫伏園、沈澤民、潘垂統各1篇。作者基本上是文學研究會成員。這是他們最早的集體亮相。

附錄所刊文學研究會宣傳與簡章都十分簡單。最重要的只有一句話：「將文藝當作高興時的遊戲或失意時的消遣的時候，現在已經過去了。我們相信文學是一種工作，而且又是於人生很切要的一種工作；治文學的人也當以這事爲他終身的事業，正如勞農一樣。」這段話給文學定了位：文學「於人生很切要」，作家當以文學爲「終身事業，正如勞農一樣」。這說明儘管他們的文學觀未必十分一致，但都屬「爲人生」的文學派，都持嚴肅的態度。晚年茅盾回憶說：這個改革宣言不署名，文中屢言同人，亦即表示代表文學研究會大多數的意見。我署名的《文學與人的關係及中國古來對於文學者身份的誤認》一文，「著重說明文學目的是綜合地表現人生」，「要有時代的特色」。又說「文學者表現的人生應該是全人類的生活」，文學作品中的人物的「思想和情感一定屬於民眾的，屬於全人類的，而不是作者個人的」。《小說月報》自茅盾任主編起，稿件大部分爲文學研究會會員所撰。除《小說月報》外，爲開拓陣地，他們還辦了《文學旬刊》。後來改名爲《文學周報》，直發行到375期才終刊。〔註4〕

〔註2〕　1921年1月10日《小說月刊》12卷1號頭題，《茅盾全集》第18卷第55～57頁。

〔註3〕　迄今未見有說明改革後的十二、十三兩卷《小說月報》插圖的「文字說明」之作者是誰的材料，據當時茅盾獨立編刊情況及說明文字的風格推斷，當出茅盾手筆。

〔註4〕　《我走過的道路》，《茅盾全集》第34卷第183頁，第184頁，第186頁。

改革後的《小說月報》受到社會熱烈歡迎與好評。第一期五千冊旋即銷畢。第二期印七千冊，到第十二期已印一萬冊。許多讀者把該刊作為自己的精神生活的一部分。許多報刊著文給予好評。《時事新報・學燈》主編李石岑就發表了一篇讚揚倍加的評論文章。但《小說月報》也遭到舊文人的抵制，包括當時在商務印書館後來成了政壇名人的陳叔通，就把贈刊原封退回，以示抗議。為回答這些頑固派，茅盾 1921 年 2 月 3 日《致李石岑》信中，表示了頗為恢宏的抱負：「現在的《小說月報》只是純而正罷了」，「中國的新文藝正在萌芽時代，我們以現在的精神繼續做去，眼光注在將在，不做小買賣，或者七年八年之後有點影響出來」。「我們的最終目的是要在世界文學界中爭個地位，並盡我們民族對於將來文明的貢獻。」〔註5〕

茅盾立下為國內外讀者提供更好的精神食糧之宏願，辦刊就更加兢兢業業，集思廣益。從現存的書信中可知，他廣泛發信徵求意見。僅致周作人徵求意見的信就有好幾封，更不用說鄭振鐸了。他還經常經過周作人徵求魯迅的意見。魯迅則給予全力的支持。商務館方領導人包括高夢旦在內，「對於改革很有信心。」陳獨秀、魯迅、陳望道、鄭振鐸、周作人等各界人士也都出謀獻策。讀者群中也分裂為支持與反對兩大陣營。一時《小說月報》成為社會熱點之一。茅盾在《致周作人》信中說：「從前看《小說月報》者，大抵是老秀才，新舊幕友，及自附於『風雅』之商人，思想是什麼東西，他們不會想到的；他們看《小說月報》一則可以消閑，二則可以學點濫調，新近有個定《小說月報》而大失所望（從今年起）的『老先生』，來信痛罵今年的報，說從前第十卷第九卷時真堪為中學教科書，如今實是廢紙，原來這前九、十兩卷便是濫調文字最多的兩卷也。」茅盾出力不討好，又「沒有充分時間念書，難過得很」。他說自己一度想辭職做點個人的事：「（一）看點中國書，因為我有個研究中國文學的痴心夢想；（二）收集各種專講各國民情民俗的書來看一點；（三）試再讀一種外國語；（四）尋著我自己的白話文。」〔註6〕但是牢騷歸牢騷，奉獻照樣奉獻。所以茅盾這些計劃都因繼續全力以赴編刊而流產。1922 年 6 月，他在《致陳德徵》中說：我「以為現在這種時局，是出產悲壯慷慨或是頹喪失望的創作的適宜時候，有熱血的並且受生活壓迫的人，誰又耐煩坐下來翻舊書啊，我是一個迷信『文學者社會之反影』的人；我愛

〔註5〕 1921 年 2 月 3 日《時事新報・學燈》，《茅盾全集》第 36 卷第 14～15 頁。
〔註6〕 1921 年 9 月 21 日《致周作人》，《茅盾全集》第 36 卷第 32～33 頁。

聽現代人的呼痛聲訴冤聲，不大愛聽古代人的假笑佯啼，無病呻吟，煙視媚行的不自然動作」。「去年年底曾也有一時想讀讀舊書，但現在竟全然不想了。」〔註7〕茅盾繼續集中精力唱「獨角戲」。而且唱得有聲有色。

茅盾非常了解舊文學的底細。中國的舊小說，他幾乎都讀過（包括一些彈詞），包括有些難得的書（如《金瓶梅》等）。他明白這些無助於今天的讀者。他想給讀者提供嶄新的精神食糧。但卻碰到讀者的思想文化、藝術口味與接受水平問題。茅盾認為：「文學裡含有平民的精神或文學民眾化，乃是可能而且合理的事，但若想叫文學去遷就民眾」，「專以民眾的鑒賞力為標準而降低文學的品格以就之」，「卻萬萬不可」。「要曉得文學民眾化云者，並非是叫文學屈就民眾的嗜好」；「民眾的賞鑒力本來是低的，須得優美的文學作品把他們提高來。」「中國的純正藝術」「素來不曾和民眾接觸；所以中國民眾賞鑒藝術的能力低到極點。」「我們在這積重難返的時候提倡純正藝術，自然難免『文學自文學，民眾自民眾』」；「但我相信」，「這種現象，不會長久的。」〔註8〕茅盾「覺得現在一般人看不懂『新文學』，不全然是不懂『新式白話文』，實在是不懂『新思想』」。茅盾認為：「鑒賞力之高低和藝術本身，無大關係；和一般教育，卻很有關係。鑒賞能力是要靠教育的力量來提高，不能使藝術本身降低了去適應。」因此要努力想法改變「新文學內所含的思想及藝術上的方法不合於他們素來的口味」的狀況。〔註9〕但茅盾也講靈活性，只要不失上述大前提，他也贊成以適當的方式適應程度低與欣賞口味與習慣的做法。例如，「本來中國人一向看紅男綠女天神天將的小說太多了，他們的腦筋，這樣刺激慣了，看輕描淡寫的東西，便看不進；這也是程度關係，照實驗心理學講，程度底的人，看顏色是喜歡紅紅綠綠的，聽聲音是喜歡震天撼地的金鼓聲音的」，因此茅盾不贊成「注重在藝術，略輕思想」，倒贊成在藝術表現上「專選結構上有『層層疊障』的，那才是一般 laymen〔註10〕所歡迎的呢」！〔註11〕

為使半封建半殖民地中國讀者接受域外新思想，茅盾在《小說月報》12卷10號指出了《被損害民眾的文學號》。翻譯並發表了《近代波蘭文學概觀》、

〔註7〕　1922年6月10日《致陳德徵》，《茅盾全集》第36卷第63～64頁。
〔註8〕　1922年8月10日《致張侃》，《茅盾全集》第36卷第75～76頁。
〔註9〕　1922年1月10日《致梁繩褘》，《茅盾全集》第36卷第43～44頁。
〔註10〕英語，意為普通人，俗人。
〔註11〕1920年1月《致傅東華》，《茅盾全集》第36卷第6頁。

《近代捷克文學概觀》、《芬蘭的文學》、《新猶太文學概觀》、《新興小國文學述略》等七篇文論；《我的姑母》（波蘭）、《瘋姑娘》（芬蘭）、《巴比崙的俘虜》（烏克蘭）、《雜譯小民族詩》等各類作品共 11 篇（組）。還配以同類插畫 6 幅。正是在此專號的《引言》中，茅盾提出了讀了令人感到石破天驚的觀點：「民族的文學是他民族性的表現，是他歷史背景社會背景合時代思潮的混產品！」「凡在地球上的民族都一樣是大地母親的兒子；沒有一個應得特別的強橫些，沒有一個配自稱為『驕子』！所以一切民族的精神的結晶都應該視同珍寶，視為全人類共有的珍寶！而況在藝術的天地內是沒有貴賤不分尊卑的！凡被損害的民族的求正義求公道的呼聲是真的正義真的公道。在榨床裡榨過留下來的人性方是真正可寶貴的人性，不帶強者色彩的人性。他們中被損害而向下的靈魂感動我們，因為我們自己亦悲傷我們同是不合理的傳統思想與制度的犧牲者；他們中被損害而仍舊向上的靈魂更感動我們，因為由此我們更確信人性的砂礫裡有精金，更確信前途的黑暗背後就是光明！因此，我們發刊這『被損害的民族的人文學號』。」〔註12〕在 12 卷之外，他還於 1921 年 9 月出版了一期篇幅均相當於 3 期的「號外」：《俄國文學研究》。作為雜誌，從「五四」運動到現在，這麼集中地介紹俄國 19 世紀至 20 世紀初的批判現實主義乃至革命現實主義兼及其他流派作家作品的文學的特刊，仍然是鳳毛麟角。「號外」發表了長篇論 20 篇，譯作 29 篇，文諷與評介 4 篇，插畫 4 幅，文藝家照片 11 幅。作者與譯者均是名家：魯迅、瞿秋白、周建人、張聞天等均在其中，更不用說茅盾、鄭振鐸、周作人、王統照、郭紹虞等文學研究會的發起人。所評介的俄國作家從普希金到高爾基，舉凡俄國文學史上的「重鎮」，均在「號外」中與中國讀者見了面。從系統性言，幾乎是 19 世紀至 20 世紀初俄國文學史的縮影。它充滿了追求民主、自由、平等、博愛與人道主義的精神。

這兩個專號，是從「新思想」與「純正藝術」提高中國讀者水平的極好的方式，也是對中國文壇與中國廣大讀者最好的集中引導。在茅盾讀書生涯中，這兩個專號算得上最強者。

沙裡淘金選佳篇　跟蹤讀評新文學

茅盾立志通過編《小說月報》和自己的理論批評工作，促進新文壇「創

〔註12〕《小說月報》第 12 卷 10 號頭題。

造自有的新文學」，並力爭使中國新文學能在世界文學占一席地位，展示中華民族文學創新精神。（每月一期）約 13 萬字左右的《小說月報》，由於茅盾一個人是唱「獨角戲」，即便是從來稿中三篇選一，則他每月閱讀的文字也在 40 萬字左右。他在一篇文章中說：「我被迫處在一個不自然的境地，每天不能不看過八九篇的創作；那都是些長逾五千字，短至一千餘字的短篇小說。」〔註13〕這就已經每月約閱讀百餘萬字了。加上其他體裁的創作和論文、譯著，也許我這每月閱讀 40 萬字左右的估計還過於保守。如果把他跟蹤閱讀其他報刊，擇取論題等評介文章的閱讀數量計算在內，則每月當以數百萬計，才會接近實際。

　　茅盾閱讀編選簽發稿件，均係精讀細讀，而非走馬觀花；重點稿件還認眞修改加工，從不馬虎。他畢生的編輯工作一貫如此。充分反映出一位編輯大家與理論批評大家一絲不苟的態度與敬業精神。好在這時他不過二十五六歲，正是精力充沛時期。即便如此，那甘肩重負、爲他人作嫁的奉獻精神，也在新文學史上樹一楷模！

　　編輯之外，茅盾還參與引導讀者閱讀過程，他雄視全國文壇，以評論起引導作用。他採用與民族傳統的文學批評「評點」派相近的新形式：附注、附記等等方式；話雖三言五語，但常切中肯綮。如《冰心小說〈超人〉附注》〔註 14〕以多芬爲筆名寫道：「雁冰把這篇小說給我看過，我不禁哭起來了！誰能看了何彬的信不哭？如果有不哭的啊，他不是『超人』，他是不懂得罷！」這是在突出肯定冰心以情感人的特點與優長。有的附注的寫法是由此及彼、縱橫開闔，微觀與宏觀相結合地提出理論性與導向性的問題。如在《落華生〔註15〕小說〈換巢鸞鳳〉附注》〔註16〕中，茅盾首先肯定此作是寫「廣東一個縣的實在的事情」。情節具「極濃厚的地方色彩」。二者歸一，形成的突出特點是「眞」；甚至眞到「非廣東人也許不能領略」的程度。然後茅盾宏觀地立論：「中國現在小說界的大毛病，就在於沒有『寫實』的精神」；他特別批評「上海有一班人自命爲是寫實派，可是他們所做的小說的敘述，都是臆造的」。最後茅盾以魯迅刊於《新青年》的「幾篇創作」爲範例：認爲這「確

〔註13〕《一般的傾向》，1922 年 4 月 1 日《時事新報‧文學旬刊》第 33 期，《茅盾全集》第 18 卷第 176 頁。
〔註14〕1921 年 4 月 1 日《小說月報》12 卷 4 號，《茅盾全集》第 18 卷第 95 頁。
〔註15〕這是許地山的筆名。
〔註16〕1921 年 5 月 10 日《小說月報》12 卷 5 號。《茅盾全集》第 18 卷第 96 頁。

是『眞』氣撲鼻。本報上的《命命鳥》﹝註 17﹞與此篇我讀之也有此感」。這裡突出強調的是運用寫實主義創作方法寫生活眞實性與藝術眞實性有機統一的作品問題。並且把魯迅、許地山等個別作家作品之成功與上海文壇之失誤對比分析，以便對文壇全局作正確的引導。在《劉綱小說〈兩個乞丐〉附記》﹝註 18﹞中，茅盾提出了「五四」時期最令人觸目驚心的「人吃人的罪惡」的問題。茅盾從《兩個乞丐》出發，要讀者思考「在這黑暗之中，我們各人到底占一個怎樣的位置」？他引證陀思妥耶夫斯基的名言：「誰犯了罪，這也不是他一個人的過失，我們大家共同擔任的。」由此茅盾推論道：「在『理想世界』尚未實現的時候，誰又能免了『掠奪人』『損害人』的罪！」這裡茅盾把文學思想傾向的社會剖析性命題，引申到罪惡的社會制度與該制度導致的罪惡誰負責任，我們每個人亦應反省自己的責任這一重大的社會政治命題。這樣讀作品寫評論，具有巨大的警世作用。不僅在「五四」當時，就是在今天，也是罕見的。儘管茅盾寫的是三言五語，但茅盾作為集社會政治家與理論批評家於一身的社會剖析眼光和恢宏視野，已初露端倪。言不在多而在精。茅盾繼承「評點」傳統的「附言」式批評方式彌足珍貴。

茅盾跟蹤閱讀與評論的另一種批評方式是純屬宏觀研究的綜論方式。其開篇作是《春季創作漫評》。﹝註 19﹞文章開頭提出了《小說月報》既關注海外文壇，更關注國內文壇的方計；說明發表此「綜論」文章即緣於此。原計劃本來擬一月一評。眞做起來卻難。原因是統計起來，一個月「發表的創作文學本來數目不多，好的更少」；「原來國內創作壇簡直寂寞到極點了！」於是才改為「季評」。此篇所評是春季即 1 至 3 月。茅盾統計全國春季發表的創作所能「搜羅到」的計「短篇小說 87 篇，劇本 8 篇，長篇小說兩種」。數量之少，「實在令人看了喪氣。」茅盾宣告了他批評的標準。一是「把小說當作私人的禮物，一己的留聲機，如什麼《訂婚日記》之類不涉及社會內涵，純屬「私人小說」者不評。二是「專門模仿西洋小說的皮毛」，「實是節譯西洋的六便士雜誌上的無聊小說而改用中國人名」者不評。不屬以上兩類，「表現的手段太低，或者思想不深入」，但有一看的價值者，只列篇名。茅盾列出的共 24 篇。第四類是「本身是比較的更好，而且我對他也有一點

﹝註17﹞ 魯迅的幾篇指《狂人日記》、《孔乙己》、《藥》；《命命鳥》與《換巢鸞鳳》作者都是許地山。

﹝註18﹞ 1921 年 8 月 10 日《小說月報》12 卷 8 號，《茅盾全集》第 18 卷第 130 頁。

﹝註19﹞ 1921 年 4 月《小說月報》12 卷 4 號，《茅盾全集》第 18 卷第 80～86 頁。

意見的，統統提出來另加一點評論」。茅盾列出篇目單評的作品共 20 篇。他
特別看重的是兩篇：一篇是田漢的話劇《靈光》。茅盾結合著田漢另一話劇
《環珢璘與薔薇》一起作了綜合評價。茅盾特別肯定其動作描寫好，「對話
也都流暢」，讀時「覺得伶俐有趣」等長處。但也坦言其不足：「『角色的個
性』，不很明朗」，引「不起深刻的感覺」。究其原因，則是「田君於想像方
面儘管力豐思足，而於觀察現實方面尚欠些工夫」。這的確抓住了田漢劇作
的通病。茅盾特別看重的另一篇也是話劇：陳大悲的《幽蘭女士》。他特別
看重此劇對其主題「私產的罪惡」對於「私產制的攻擊用自然主義表現出來，
不說一句『宣傳』式的話」而主題自現，「實是不容易企及的手段。」茅盾
認為這和陳大悲「對於戲劇親身有過多年體驗」有關。茅盾說他寫這些評論，
「只是按照我現在的理解力與判斷力批評眼前的文字，這文字是什麼人做
的，我只得完全不管。」這種對事不對人，好就說好、壞就說壞的實事求是
的批評態度，是值得稱道的。

　　接著茅盾寫了另一篇綜評文字：《評四、五、六月的創作》。〔註20〕茅盾
此文換了個評論方法，他從有「什麼背景便產生出什麼樣的文學」的觀點出
發，一面為這三個月文學創作數量的增多（小說 120 多篇、劇本 8 篇，比上
一季多了三分之一）而高興，一面又為題材的狹窄而憂心。他把所閱 130 餘
篇作品之題材分為六類：寫戀愛的 70 篇以上，寫一般生活的 20 多篇，寫家
庭生活的 9 篇，這兩類其中多數又可歸於第一類即戀愛類。寫農民生活的 8
篇。寫學校生活的 5 篇。寫城市勞動者的 3 篇。總計寫男女戀愛婚戀生活的
過半還強約八九十篇。寫城鄉勞動者的總共才 11 篇。由此茅盾斷定：一、「知
識階級中人」和城鄉勞動者「隔膜得很厲害」。二、「一般青年對於社會上各
種問題不能提起精神注意。」「只有跟著性欲本能而來的又是切身的戀愛問
題能刺激他們。」三、從傳統主義的束縛裡解放出來後，又因個人主義趨勢
而「流於強烈的享樂主義的傾向」。茅盾還批評這些「作品都像是一個模型
裡鑄出來的」。不是寫家庭包辦、婚姻不自主，就是寫「三角式戀愛」這兩
類「悲劇」，所寫的人物之面目、思想、舉動、語言，都「是一個樣的」。不
能「一個有一個的個性」。顯然不是直接取材於人生，而是「摹擬的偽品」。
比「舊日『某生某女』體小說高得不多」！茅盾特別稱道魯迅的《風波》、《故
鄉》和葉聖陶的《曉行》、《一課》，都是有真切人生體驗，藝術也屬上乘之

〔註20〕1921 年 8 月 10 日《小說月報》12 卷 8 號，《茅盾全集》第 18 卷第 131～136 頁。

作。最後茅盾提出建議：「到民間去經驗了，先造出中國的自然主義文學來。否則，現在的『新文學』創作要回到『舊路』。」

在《一般的傾向——創作壇雜評》〔註21〕中茅盾進一步批評了這種千篇一律類似後來的公式化概念化的雷同傾向。他指出：「從客觀方面說，天下本無絕對相同的兩件事，從主觀方面說，天下亦決無兩人觀察一件事而所見完全相同的」。因此只有「先做過綿密的觀察而後寫」。才能寫得眞，寫得好，因此茅盾要求作家「先深入自己周圍的人生世態大本營」。徹底糾正拿「做詩的態度去作小說」；更要糾正摹仿別人的惡習！

在《讀〈小說月報〉13卷第6號》〔註22〕中茅盾熱情肯定冰心的《遺書》「抒寫自己情感」時「明麗婉妙而常帶點嫩黃色的悲哀」，使「她的散文富有詩趣」。作者心中以「爲國死是極尊榮的」和「母親之愛」爲寄託，雖是寫「遺書」，卻以「超脫現實而仍不逃避現實」「否認現實」而「異於中國古來厭世達觀派」。他特別欣賞冰心說的「我對於世間一切的事上，都能支撐自己」這句話，並且感慨地說：這「有怎樣大的勇氣呀」！

「五四」前後，茅盾對新文壇諸創作最傾注熱情的是魯迅的小說和雜文。可以說在「五四」文學前驅和後來的魯迅研究者中，茅盾是跟蹤閱讀魯迅並且畢生研究魯迅的第一人和惟一的作家兼理論批評家。也可以說茅盾是魯迅的最「知音」者。

茅盾最早著文稱道魯迅的文章是1921年5月1日發表的《落華生小說〈換巢鸞鳳〉附注》。第二次則是1921年8月10日《評四、五、六月的創作》中極力稱道《風波》尤其是《故鄉》。第三次是在1922年2月10日刊於《小說月報》13卷2號的《對〈沉淪〉和〈阿Q正傳〉的討論》。〔註23〕他指出《阿Q正傳》雖只登了四章，已可斷言它「實是一部傑作」。「阿Q這人，要在現實社會中去實指出來，是辦不到的」；但「總覺得阿Q這人很是面熟」，因爲「他是中國人品性的結晶呀」！茅盾認爲阿Q可以和俄國大作家岡察洛夫筆下的奧勃羅莫夫相媲美。這是對魯迅及其阿Q的典型性最早的也是最高的評價。

〔註21〕 1922年4月《時事新報·文學旬刊》第33期，《茅盾全集》第18卷第176～178頁。
〔註22〕 1922年6月11日《時事新報·文學旬刊》第40期，《茅盾全集》第214～218頁。
〔註23〕 《茅盾全集》第18卷第159頁。

　　到了 1923 年 10 月茅盾在《讀〈吶喊〉》〔註24〕中，在過去的跟蹤閱讀研究的基礎上，開始對魯迅作宏觀考察與綜合評價。茅盾首先肯定了魯迅的《狂人日記》其實是反封建反禮教的「總宣言」的歷史地位。茅盾是把魯迅的《吶喊》放在當年《新青年》「提倡『文學革命』，方在無情地猛攻中國的傳統思想」的重大歷史背景上考察魯迅創作的。這就更容易看清楚 1918 年 4 月他的小說處女作《狂人日記》發表於《新青年》時其「離經叛道」思想的意義：先指出傳統的舊禮教的「吃人」的罪惡，對它發出「最刻薄的攻擊」。這篇極「新奇」的小說，放在《新青年》「無句不狂，有字皆怪」的革命輿論陣地上，「便也不見得怎樣怪」。但魯迅這名字每在《新青年》上出現，人們就馬上想到《狂人日記》。「這奇文中冷雋的句子，挺峭的文調，對照著那含蓄半吐的意義，和淡淡的象徵主義的色彩，便構成了異樣的風格，使人一見就感著不可言喻的悲哀的愉快。」「只覺得受著一種痛快的刺激，猶如久處黑暗的人們驟然看見了絢麗的陽光。」茅盾說：他「自己確在這樣的心理下，讀了魯迅君的許多隨感錄和以後的創作」。

　　第二，茅盾高度評價了魯迅對辛亥革命之失敗及其經驗教訓的深刻描寫：辛亥革命在中國歷史上是一件大事，「反映在《阿Q正傳》裡的」，卻「叫人短氣」。但這並非魯迅「故意輕薄『神聖的革命』」，誰若有當年的親身經歷，必定會相信魯迅對其革命不徹底性的，「描寫是寫實的」。由此還可以「覺悟」「十二年來政亂的根因」。茅盾是辛亥革命的親歷者，這些評價是眞切體驗形成的見解。

　　第三，茅盾對魯迅通過阿Q等形象對中國國民劣根性的揭露給予很高評價：茅盾率先指出《孔乙己》、《藥》、《明天》、《風波》、《阿Q正傳》等作品中魯迅愛用的背景——魯鎮和咸亨酒店、未莊等等，「都是中國人的灰色人生的寫照」。在此背景中「出生」的阿Q，具有極強的典型性。尤其是魯迅對其「精神勝利法」性格特徵的描寫，一方面充分代表了中國特產「國民劣根性」；另一方面這「『阿Q相』未必全然是中國民族所特具。似乎這也是人類的普遍弱點的一種。至少，在『色厲而內荏』這一點上，作者寫出了人性的普遍的弱點來了」。茅盾此論點，後來爲中外文學界、學術界普遍認可。

　　第四，對魯迅的悲觀情緒與對希望的執著追求，作出客觀公允的評價：一方面茅盾引用《頭髮的故事》中的主人公第一人稱的「我」所說的指責辛

─────────────────

〔註24〕《文學周報》第 91 期，《茅盾全集》第 18 卷第 394～399 頁。

亥以來革命家的預約——落空的許多話，特別是「我」「借了阿爾志跋綏夫的話問你們：你們將黃金時代的出現預約給這些人們的子孫了，但有什麼給這些人們自己呢」？茅盾承認這針對辛亥革命以來不徹底性的指責，雖流露了悲觀情緒，但確有其事實依據。茅盾認為這《頭髮的故事》中「我」的悲觀主義確像魯迅的悲觀情緒的反映。但同時也指出：魯迅對革命一直執著地希望與追求，茅盾引證了魯迅《吶喊·自序》中關於「幾個人既然起來，你不能說決沒有毀壞這鐵屋的希望」這段話；而且還引證了《故鄉》中另一個「我」的那段名言：「希望是本無所謂有，無所論無的。這正如地上的路；其實地上本沒有路，走的人多了，也便成了路。」茅盾指出的這悲觀與希望同在的複雜情況，非常實際地反映了魯迅當時思想深處存在的矛盾。而且這矛盾在革命知識分子中，帶很大的普遍性。

第五，茅盾指出「魯迅君常常是創造『新形式』的先鋒；《吶喊》裡的十多篇小說幾乎一篇有一篇新形式，而這些新形式又莫不給青年作者以極大的影響，必然有多數人跟上去試驗」。他還引用丹麥大批評家布蘭兌斯的話支持自己對魯迅藝術形式方面表現出的創新精神的評價，認為這是天才、勇氣與靈感的有機結合的產物，因此「有要求被承認的權利」。

魯迅不是文學研究會的成員。但在「為人生，並且改良之這人生」的思想追求，與寫實主義的藝術追求方面，他們有共同的追求。魯迅及其主編的《語絲》團結了一批文學新人，如茅盾及其文學研究會以及《小說月報》所團結的這批文學新人，呈犄角之勢，共同匯成一支新文學大軍。十多年來，兩支隊伍並肩戰鬥，又逐步匯入後來的「左翼作家聯盟」中去。茅盾對魯迅的跟蹤閱讀與中肯評價，其實正是政治方向、文學方向與藝術追求上的共鳴與認同！

茅盾也實踐了他在《小說月報改革宣言》中的承諾，在介紹方面，對人生派與藝術派「兩無偏袒」。因此對略後於文學研究會而成立的以郭沫若為首的創造社，一直採取團結爭取的態度。他和鄭振鐸曾宴請郭沫若，當面邀他加盟文學研究會。但由於文學研究會主張「為人生的文學」，與創造社及郭沫若當時堅持的「為藝術的文學」主張之間相互對立。聯盟未成，反而爆發了長達數年的論戰。論戰之不可避免，固然有文學宗派與文人相輕的因素，但本質地看，這和文學觀的對立有很大關係。儘管如此，茅盾對創造社成員的理論主張與創作，不僅跟蹤閱讀研究，也作出了大致公允的評價。上邊提到

的他對田漢的熱情肯定就是一例。

茅盾在《〈創造〉給我的印象》〔註25〕中，對創造社主將之一郁達夫《藝文私見》一文中謾罵自己的話，只用第一節的很小的篇幅略作「回敬」，其餘二、三、四節都是對創造社作家作品的評價。他讀了郭沫若的第一部詩集《女神》、郁達夫的第一部短篇集《沉淪》，張資平的第一部長篇《沖積期的化石》及《約檀河之水》等短篇，以及田漢的話劇《咖啡店之一夜》等不少劇作。可以說，到寫此文爲止，茅盾把創造社主要成員的主要作品都跟蹤閱讀過了。經過細致研究，才寫成這篇頗帶敏感性的評論的。不過由於此評論文章是在論戰過程中所寫，其眞意也是末段這幾句話：「創造社諸君的著作恐怕也不能竟說可與世界不朽的作品比肩罷。所以我覺得現在與其多批評別人，不如自己多努力，而想當然的猜想別人是『黨同伐異的劣等精神，和卑劣的政客者流不相上下』，更可不必。眞的藝術家的心胸，無有不廣大的呀。我極表同情於創造社諸君，所以更望他們努力！更望把天才兩字寫出在紙上，不要掛在嘴上。」所以茅盾評價作品雖也力求一分爲二，但除對郁達夫的《茫茫夜》，張資平的《上帝的女兒》已發表的前兩段肯定略多外，其餘各作，批評多而肯定少。且多從藝術上挑毛病，思想分析涉及較少。儘管其判斷大都中肯，但似宜給予更多的肯定以利發展。這種片面性與過濃的情緒，使創造社後來的反批評有機可乘。在茅盾畢生的理論批評文章中，這種偏頗，比較罕見。當係與門戶之見有關，不過茅盾是在郁達夫著文謾罵之後，後發制人的，有情緒也是可以理解的。

重估舊小說 批判「學衡」派

若從歷史定位縱向考察，「五四」前後新文學與舊文學爭奪陣地、確立文藝發展方向的鬥爭，大體以「五四」爲界，可分爲前後兩個階段。在「五四」前夕，以《新青年》爲陣地，以陳獨秀、胡適、錢玄同、魯迅爲主將的新文學陣營，與林紓（琴南）爲代表的舊文學陣營之間的論戰，是第一次決戰。隨著「五四」運動的爆發，新文學力量日益強大，使舊派文學潰不成軍。新舊之爭，白話與文言之爭，以新文與白話文的勝利告一段落。但是這場鬥爭

〔註25〕1922 年 5 月 11 日、21 日，6 月 1 日《時事新報‧文學旬刊》第 37、38、39 期，《茅盾全集》第 18 卷第 199～205 頁。

只是前哨戰，而非總決戰。隨著「五四」潮落，舊文學又重整旗鼓、再興攻勢。這些是以南京東南大學胡先驌、吳宓、梅光迪等自稱「學貫中西」的「學衡」派的崛起。他們實際仍與林紓代表的舊文學派有血緣關係；他們是文化保守主義的舊文學派在理論上的代表。1922 年 1 月《學衡》雜誌創刊前，已先後有胡適與梅光迪之論爭、羅家倫與胡先驌之論爭為前奏，吳宓主編的《學衡》創刊後，他們有了陣地，遂發起了第二次文化保守主義對新文化運動與新文學陣營的進擊。如果說「五四」前夕林琴南既是舊文學理論上的代表又是創作（林譯小說）的代表，「五四」後的這場鬥爭，「學衡」派及稍後以北洋軍閥教育總長章士釗辦的「甲寅」雜誌為陣地的「甲寅」派，則都是舊文學派在理論上的代表。與林譯小說有血緣關係的鴛鴦蝴蝶派或稱「禮拜六派」，則是舊文學創作上的代表。

茅盾主編的《小說月報》和他與鄭振鐸為首的文學研究會，則是在新舊文學第二次大決戰，也是總決戰中，殺出的一支新軍。他們與分化後繼續革命的以陳獨秀為首的《新青年》派，及以魯迅為首的「語絲」派，形成犄角之勢，緊密配合，從文學創作與理論兩個方面，參與了這次總決戰。而他們在創作與理論兩方面，都是最具實力的戰鬥集體，因此文學研究會諸作家及《小說月報》，成為此刻擁有讀者最多的最大的陣地和團體。他們從理論與創作兩條戰線同時出擊。茅盾則成為在理論戰線上與魯迅並肩作戰的「副師」式的人物。創造社這時的創作，也對舊文學有強大的衝擊，但他們熱衷於「為藝術」的藝術主張的倡導，更熱衷於文學研究會打內戰，不僅沒有參加新舊文學的理論決戰，反而牽扯與分散了新文學陣營的力量！這是令人遺憾的。由此也充分暴露出「為藝術而藝術」派的侷限性。

為讀者閱讀方便，理論之爭與創作之爭，雖在時間上呈歷時性交叉進行態勢，我這裡卻只能先說理論之爭，再說創作之爭。與「學衡」派的理論之爭，主將是魯迅。但茅盾在《學衡》雜誌創刊前，就跟蹤閱讀梅光迪、胡先驌等為一方，胡適、羅家倫為另一方的前哨戰中對立對方發表的全部文章。《學衡》創刊後，該派與魯迅之間立即爆發出論戰，雙方發表的全部文章，茅盾也認真閱讀、研究，並有了宏觀把握。所以他一旦出擊，就扔出一批「集束手榴彈」。包括：《評梅光迪之所評》、《近代文明與近代文學》（均刊 1922 年 3 月 1 日《時事新報‧文學旬刊》）、《駁反對白話詩者》（3 月 11 日該刊 31 期）、《「寫實小說之流弊？」》（11 月 1 日該刊 54 期）、《真有代表舊文化舊文藝的

作品麼？》、《反動？》（均見 1922 年 11 月《小說月報》13 卷 11 號）、《雜感》
（1923 年 4 月 12 日《時事新報・文學旬刊》70 期）、《雜感》（6 月 2 日該刊
75 期）、《文學界的反動運動》（1924 年 5 月 12 日《文學周報》121 期）、《進
一步退兩步》（5 月 19 日該刊 122 期）、《四面八方反對白話聲》（6 月 23 日該
刊 127 期）。從文章發表日期可見，茅盾持續奮戰了兩年多。與魯迅同樣進行
著韌性的戰鬥。

　　過去很長一段時間，許多文學史對這場論爭的評價基本上持全盤否定
「學衡」代表的「新」的文化保守派，全盤肯定魯迅、茅盾代表的新文化主
流派。茅盾晚年在《我走過的道路》中基本上也持此態度。他對自己與對方
的分歧，以及自己所作的批判，作出了簡要概括：「『學衡』派反對新文學，
提倡復古，是當時的時代思潮中的一股逆流。」他們是留過洋的教授，「是
穿洋服、說洋話的復古派。他們標榜『國粹』，攻擊白話文和新文化運動，
卻又鍍上一層西洋的金裝，說什麼『凡夙昔尊崇孔孟之道者，必肆力於柏拉
圖、亞里士多德之哲理』，『凡讀西洋之名賢傑作者，則日見國粹之可愛』。
其實他們對西歐文化是一竅不通。他們的主要論點是：反對文學進化論，白
話不能代替文言，言文不能合一，主張摹仿古人等。」當時「反動的軍政界
和文藝界的舊勢力聯合起來進行反攻，形成『四面八方的反對白話聲』。但
也由於新文藝界內部的分化和混亂」，「早年曾經提倡白話文的胡適一伙」，
這時卻大呼「國粹」，「埋頭在故紙堆中」去「整理國故」了。但是魯迅與胡
適分道揚鑣後，繼續堅決回擊「學衡」派。在《估「學衡」》中舉大量例證
說明「『學衡』派自己還沒有弄通古文，卻自謂肩負捍衛古文的重任來教訓
新文學者，這是不知羞恥」。「因為『學衡』派的特點是『中西合璧』，喜歡
賣弄洋『典故』，來論證其復古理論」。茅盾則取另一個打擊點突破口，他的
「有些文章就著重揭露他們對西歐文學的無知和妄說」。這恰好與魯迅異曲
同工，配合默契。如「梅光迪的《評提倡新文學者》是一篇反對文學進化論
的長文章，其立論的外國根據，是所謂『英國文學評論大家韓士立多斥文學
進化論為流俗之錯誤，而吾國人乃迷信之』。我在《評梅光迪之所評》中指
出韓士立多已死了一百年」，「西歐文學評論界早就否定了韓的觀點」。而且
「西歐的『文學底種類的進化論』的興起，還在韓士立多死了以後。所以梅
光迪是『顛倒系統』，企圖『以一人之嗜好，抹煞普天下之真理』」。

　　「『學衡』派在反對白話文，主張言文不應合一上，也搜尋外國的『根
據』。」胡先繡就說：這是「中外皆然」的「歐西文言，何嘗合一」？對此

茅盾反詰道：你們既留洋研究西洋文學，難道連你們「所欽仰的英美文學大家原來都是用白話做文章」這鐵一般的史實都不知道？難道連「在西洋文學史出過大風頭的」希臘人「現在正和我們一樣，在拋棄他們那『極美而有悠久歷史的文言』（即古希臘文）」的現況都不知道？這兩問竟使胡先驌啞口無言！

　　「學衡」派的吳宓還把矛頭「指向了新文學中的寫實主義」。茅盾反駁並揭露「他把歐洲的寫實小說同中國的黑幕小說和『禮拜六派』小說相提並論。事實上，吳宓對於歐洲的寫實主義小說並沒作全面的研究，只把帝俄時代的寫實派大師如托爾斯泰、果戈理、屠格涅夫拿來作例子，這足以證明他對於托爾斯泰等等是毫無所知的」。〔註26〕

　　近些年一些現代文學史新著返觀歷史時，可能因為歷時性距離較大的關係，其評價歷史時所持的態度較為冷靜與客觀。他們一方面承認新文學運動的偉大歷史功績，「新文化的泛功利主義已形成為不可逆轉的時代潮流」；一方面也承認新文學由於功利目的過強，在重社會改造現實效應之同時，對文學的道德內容有所忽略。「學衡」派的復古主義當然要批判，但其「反撥五四新文化激進主義」的行動，仍反映了一定的「歷史必然要求」。當然他們又認為「激進主義」的過失，「在耽於保守和中庸的中國也許是不得不付出的代價。」〔註27〕這種看法是比較公允的。

　　茅盾所維護的文學創作中堅持言文統一的白話文地位，堅持創作「自有的新文學」必不可少的「文學進化」、重客觀的寫實主義方向，反對復古倒退的立場，顯然是正確的。個別措詞（如說「學衡」派對托爾斯泰「毫無所知」，對西洋文學「一竅不通」等）帶有偏激色彩。當然這和當事人的情感傾向有關係。但是茅盾的主流，是在為讀者開拓用人人都懂的白話文創作反映社會現實、表現時代精神、排斥封建復古傾向的文學作品的健康道路。因此不僅在當時，就是今天看，正是茅盾而不是「學衡」派，才是歷史必然要求的代表者和使之儘早實現者。由此觀之，今天的年輕學者說「學衡」派體現了「歷史必然要求」，顯然欠妥！

　　除了理論論爭之外，茅盾為新文學開拓陣地，為讀者創造健康的閱讀環境，提供有益的讀物，清除有害的讀物方面，同樣進行了一次大論戰。這就

〔註26〕　《我走過的道路》，《茅盾全集》第 34 卷第 243～247 頁。
〔註27〕　《二十世紀中國文學史》上冊，第 366 頁。

是《小說月報》面世之後，鴛鴦蝴蝶派一次次發起攻擊之後，茅盾後發制人，對其進行了有力的回答。他寫了《這也有功於世道麼？》（1921 年 7 月 30 日《文學旬刊》9 號）、《自然主義與中國現代小說》（1922 年 7 月 10 日《小說月報》13 卷 7 號）、《「寫實小說之流弊」》、《雜談》（均見 1922 年 11 月 1 日《文學旬刊》54 號）、《真有代表舊文化舊文藝的作品麼？》、《反動》（均見 1922 年 11 月 10 日《小說月報》13 卷 11 號。以上兩批文章，均收入《茅盾全集》18 卷）。其中《自然主義與中國現代小說》既是對封建文學的總清算，也是糾正文壇逆風的具總對策性的具歷史意義與劃時代意義的文獻。

由於茅盾「幾乎讀過全部中國舊小說（包括一些彈詞），對一度占領舊《小說月報》陣地的那些「黑幕小說」、「鴛鴦蝴蝶夢派小說」，茅盾更是反覆研讀，所以他的批評切中肯綮。他首先作「正名」的工作。他認為「五四」以前用「鴛鴦蝴蝶」稱舊派小說是可以的。因為他們所寫的總是「三十只鴛鴦同命鳥，一雙蝴蝶可憐蟲」這一套。「『五四』以後，這一派中有不少人也來『趕潮流』了，他們不再老是某生某女，而居然寫家庭衝突，甚至寫勞動人民的悲慘生活了，因此，如果用他們那一派最老的刊物《禮拜六》來稱呼他們，較為合適。」

茅盾把當時文壇的小說分成新舊兩派。既不諱談新派的短處，也不抹煞舊派的長處。他採取具體分析、比較鑒別、有揚有棄的「反撥」態度與方法。他把現代舊派小說分成三種：「第一種是舊式章回體的長篇小說。」這種小說思想上貫穿著的一是「把聖經賢傳上朽腐了的格言」作題旨的「文以載道」的觀念；二是本著「吟風弄月」、「假啼佯笑」的「遊戲」觀念。其甚者竟編「男女淫欲之事，創為『黑幕小說』，以快其『文字上的手淫』」。雖也用白話寫「現代的人事」，但作者「大都不是有思想的人」，「亦不能觀察人生入其堂奧；憑著他們膚淺的想像力」，用「可憐的膽怯的自私的中國人的盲動生活填滿了他的書」。這種書藝術上是舊章回小說的僵化格式，「完全用商家『四柱帳』的辦法，筆筆從頭到底」，寫人物不論主次，其結局「一絲不漏」交待到底，寫故事則用下圍棋方法，「一排一排向外擴展」，直到不能向前才換個角再來，那記帳式的敘述寫的只「是個無思想的木人，不是活人」，根本不成其為藝術品。

第二種可分甲乙兩系。甲系是「不分章回的舊式小說」。「乙系是一方剿襲舊章回體的腔調和結構法，他方又剿襲西洋小說的腔調和結構法」的「中

西混合的舊式小說」。但作者又不懂英文，實際是仿隨意改編的林譯中文小說的路數，即只略知西洋小說布局方法，仍不離中國舊小說「悲歡離合終至於大團圓的舊格式」。「稱之爲小說」，其實「勉強得很」。

「第三種是短篇居多，文言白話都有」。作者多半懂點外文，「卻不去看研究小說作法與原理的書籍，僅憑著遺傳下來的一點中國小說的舊觀念」，兼取西洋短篇小說，「顯而易見的一點特別布局法而已」。寫法似是「記帳式」的老寫法。但其取材卻如前所說頗會「趕潮流」，既寫家庭衝突，甚至也寫勞動者的悲慘生活，特別是「『禮拜六派』中有人在『趕潮流』。足以迷惑一般的小市民，故而其毒害性更大」。因此茅盾著重舉《留聲機片》這個短篇爲例，從思想內容到寫作方法全面作出分析，然後得出結論：「作者既然沒有確定的人生觀，又沒有觀察人生的一副深炯眼光和冷靜頭腦，所以他們雖然也做了人道主義的小說，也做描寫無產階級窮困的小說，而其結果，人道主義反成了淺薄的慈善主義，描寫無產階級的窮困反成了譏刺無產階級的粗陋與可厭了。」還有的作者從拜金主義出發，表現的是「書中自有黃金屋，書中自有顏如玉」的人生觀，他們把小說當作商品；只要有處推銷，都可粗製濫造。「只要能迎合社會心理，無論怎樣遷就都可以的。」

經過綜合剖析，茅盾總結道：以上三種舊派小說的最大的思想錯誤是遊戲的消遣的金錢主義的文學觀念」。藝術上的共同錯誤一是「連小說重在描寫都不知道」，一時堅持「記帳式」的敘述，「現代感覺銳敏的人看了，只覺味同嚼蠟。」二是「不知道客觀的觀察，只知主觀的向壁虛造」，以致不能「再現」實事，「滿紙是虛僞做作的氣味。」茅盾認爲排除這三層錯誤觀念。他開的藥方就是「提倡文學上的自然主義」。

茅盾把舊派與新派作了對比，認爲區別的方法是看其所持的文學態度：「舊派把文學看作消遣品，看作遊戲之事，看作載道之器，或竟看作牟利的商品，新派以爲文學是表現人生的，疏通人與人間的情感，擴大人們的同情的。」因此新派文學不論好歹，總比舊派「正派得多」。但茅盾也承認，新派的多數，藝術上也犯舊派那種「不能客觀的描寫」的毛病。他們也「注意社會問題，同情於第四階級，愛『被損害者與被侮辱者』」。但對其生活不熟悉，即便「手段怎樣高強」，也露出「不眞實的馬腳」。寫對話很難「口吻逼肖」，「心理也很隔膜」。他們又認定「小說是宣傳某種思想的工具」，而一吐爲快。可是思想內容或許成功了。「藝術上實無足取」。同樣是缺乏實地觀察、

忽視客觀描寫所致。茅盾開出藥方，也是「文學上的自然主義」〔註28〕

　　綜上所述，不難看出：茅盾雖然對舊派進行理論與創作兩方面的回擊，但他進行的是客觀的實事求是的批評，更在正面的理論建設與正確方向的引導。與舊派的惡意攻擊，毫無共同之處。這一切表現出的是一種大家風範。歷史是一面鏡子，照見了過去，也照示出未來。茅盾所論當年文壇舊事，今天文壇上彷彿仍有這些舊影子在隱隱晃動！

校注西方譯本　編注國學讀物

　　茅盾以《小說月報》等為陣地與舊文學的對陣，其實在商務館方，也有與此相應的類似的對陣。一個偶然性的因素使舊勢力在館方占了上風：這就是高夢旦辭去編譯所所長之職推薦胡適繼任，胡適不肯就職又轉薦其在上海中國公學上學時的英文老師王雲五。王雲五於 1922 年 1 月正式上任，這是「禮拜六」派等舊文學勢力重掌商務部分大權的標誌。王雲五上任伊始，就藉口茅盾的《自然主義與中國現代小說》點了《禮拜六》的名，他們將提起訴訟；故要茅盾在《小說月報》上公開道歉。茅盾當即嚴辭拒絕。他說：「《禮拜六》先罵《小說月報》和我個人足有半年之久，我才從文藝思想的角度批評了」它，「如果要打官司，倒是商務印書館早就應該先控告『禮拜六』派。況且文藝思想問題，北洋軍閥還不能來干涉，『禮拜六』派是什麼東西，敢做北洋軍閥還不敢做的事情？」茅盾表示：要「把這件事原原本本，包括商務的態度，用公開信的形式，登在《新青年》」以及京、滬四大副刊上，「喚起全國的輿論，看『禮拜六』派還敢不敢打官司。」王雲五怕把事鬧大，只好暫罷，但他偷偷審查《小說月報》發排稿，被茅盾發現：茅盾當即指責他違背「館方不干涉《小說月報》的編輯方針」的協議。現在只有兩法，或館方停止檢查，或者「我辭職」。館方保守派樂得茅盾辭職，但又怕他離開商務後另辦雜誌公開對陣，故一再挽留。且許以自己選做願做的事，館方「決不以別的編輯事務打擾」。從 14 卷起由鄭振鐸任《小說月報》編輯方針的連續性。茅盾本不同意留館，但陳獨秀因茅盾當時利用《小說月報》作掩護，擔任中共中央聯絡員，與地方黨組織秘密聯繫。如果離職，中央與地方的聯繫將受影響。故要茅盾不要離館。茅盾只好服從組織需要。遂向館方提出編完 13 卷後辭職；

〔註28〕以上引文，凡未注明出處者，均見《茅盾全集》第 18 卷第 225～234 頁。

但這最後兩期的編務，館方不得干涉。館方只好答應。

於是茅盾利用《小說月報》13 卷 11 號、12 號的篇幅，對「禮拜六」派發起凌厲攻勢。他在《真有代表舊文化舊文藝的作品嗎？》中，引用《晨報附刊》子嚴的《雜感》一文，指出：「『禮拜六派』（包括上海所有定期通俗讀物）對於中國國民的毒害，是趣味的惡化。」他們「把人生當作遊戲、玩弄、笑謔；他們並不想享樂人生，只把它百般揉搓使它污損以為快，……這樣的下去，中國國民的生活不但將由人類而入於完全動物的狀態，且將更下而入於非生物的狀態去了」，成為「猿猴之不肖子」。「我們為要防止中國人都變為『猿猴之不肖子』，……有反抗『禮拜六派』運動之必要。」〔註 29〕這樣的文章，茅盾共發表了四篇。這是他離職前送給王雲五及「禮拜六」派的「禮物」。

茅盾從 1923 年起一邊幫鄭振鐸辦《小說月報》，一邊自定了兩項任務：一是標點林琴南譯的《薩克遜劫後英雄略》（英國作家司各特著，原名）、《艾凡赫》和伍光建譯的《俠隱記》、《繼俠隱記》（法國作家大仲馬著，原名《三個火槍手》）；並寫詳細的譯傳。二是給《國書小叢書》編選《莊子》、《淮南子》和《楚辭》，標點加注，並寫長篇續言。館方為籠絡茅盾，不得不打破其每月標譯多少字的「科學管理法」，茅盾多少時間完成一種，不加規定，這使茅盾有了繼續他所說的「文學與政治的交錯」的自由。這時他的女兒亞男不滿兩歲，兒子阿桑剛滿月，孔德沚正從事婦女運動，家務由母親照料。

茅盾評點的第一部書是《撒克遜劫後英雄略》（現譯名為《艾凡赫》）。茅盾在北大讀英文時用的教材之一就是此書：洋教員用英文直接串講了一遍，因此茅盾對此書有很深的了解。而且此作是林琴南所譯小說中與原文出入最少的一種，〔註 30〕其文筆又跌宕多姿，得原作風格之二三。茅盾曾說：「我喜歡規模宏大、文筆恣肆絢爛的作品」，而「司各特的文筆縱橫馳騁，絢麗多姿」，恰恰是他特別喜愛的作家之一。所以茅盾選了此作。「標點加注，很快就弄完了。」〔註 31〕早在 1920 年 1 月茅盾在《致傅東華》中就說：「我們現在譯小說，一定欲好好兒做一篇序，最好是長引，我們現尚無華文本的西洋文學思潮史。」有了序或長引，就可幫助讀者了解作者其人，其文學主張，及全部

〔註 29〕《茅盾全集》第 34 卷第 211～213 頁。
〔註 30〕林琴南不懂外文，他譯書是由懂外文者口譯，他記錄成文。他還隨意刪節改動，因此大都與原作有較大的出入。
〔註 31〕《茅盾全集》第 26 卷第 427 頁。

作品等情況。〔註32〕所以茅盾標點校注之同時，寫了一篇極長的《司各特評傳》。

　　為此他讀了包括24部各種體裁的長詩，22篇長篇歷史小說以及許多論文在內的全部司各特的作品。還讀了三大卷的《司各特傳》（其女婿所寫）、法國洛利安的《比較文學史》、英國珊次倍爾的《十九世紀文學史》、丹麥布蘭兌斯的多卷本《十九世紀文學主潮》、法國泰納的《英國文學史》以及意大利美學家柯洛克的《司各特論》（這些書均據英文版讀）。這些學者對司各特的評價不一，茅盾介紹了這些不同評價，旨在使讀者有全面的了解。茅盾在評傳中描述了司各特前期創作：多種體裁的長詩的全貌；又講了因為拜倫是當時英國詩壇之冠，司各特只能屈居第二。故轉而寫歷史小說。遂在小說創作領域居最輝煌的地位。但他的歷史小說與福樓拜不同，福樓拜雖不專攻歷史小說，卻下工夫研究歷史並作社會考察，因此其歷史小說十分忠於歷史真實性。司各特卻不下此工夫，只是「拈取一個歷史故事的骨架，然後隨意配置他想像中的人物」，故「不符合史實者極多」。但是茅盾認為：司各特「運用十八世紀的進步的治史學的方法，把古代正史的記載，俗歌的逸事，用想像的繩索貫穿起來，又披上了近代小說的精密結構的外衣，於是遂建立了歷史小說的模範」。故能馳騁想像，放開他那絢麗的縱橫馳騁的文筆，使「廣大讀者神魂顛倒」，佩服得「五體投地」。〔註33〕

　　茅盾的《司各特評傳》共論及司各特的作品（詩與歷史小說）25種；遂作介紹此25種作品內容的《司各特重要著作解題》。他還以司各特及其作品與評論文章提供的情況為據，作《司各特著作編年錄》。以此兩文作為《司各特評傳》的兩個附錄。連同《司各特評傳》本身，一起附在1924年7月商務印書館出版的林紓、魏易譯述、沈雁冰校注的《撒克遜劫後英雄略》中。

　　茅盾之所以選伍光建據英譯本節譯的大仲馬的《俠隱記》、《續俠隱記》來標點校注，是因為伍光建的刪節很有分寸，保持了原作人物描寫個性突出的優點，原書精彩部分也全能保留。而且其白話譯文別具一格，樸素有趣。

　　寫《大仲馬評傳》主要是根據大仲馬的著作與《回憶錄》，也參考了麥蘭兌斯的《十九世紀文學主潮》、法國文學史家法格的《法國文學史》。此評傳寫法很有特點。他把「小傳」放在第二部分，像《司各特傳》一樣，把各

〔註32〕　《茅盾全集》第36卷第6～7頁。
〔註33〕　《司各特評傳》，《撒克遜劫後英雄略》一書第3頁。

派論者對大仲馬的不同評價置於文末，而第一部分卻以《戲曲家與小說家》為題，寫茅盾自己對大仲馬的評價。茅盾先從十九世紀法國文壇「古典主義與浪漫主義的衝突」這個大背景，托出「大仲馬是建立浪漫派戲曲的重要之助」，來論證大仲馬既是「偉大的浪漫派戲曲家」，又「是一個偉大的歷史小說家」。然後茅盾把大仲馬與司各特作一對比：兩位作家的創作道路都分前後兩期。後期都是偉大的歷史小說家；而前期的司各特是詩人，大仲馬卻是戲曲家。「小說家司各特」勝過「詩人司各特」；大仲馬則相反：「戲曲家大仲馬勝過小說家大仲馬」，但從成就考察：「這兩位大作家的令名，都建築在他們的長篇小說上！」因為大仲馬的戲曲得寫出「人類靈魂」而重在娛樂，「只不過是文學上的古董罷了。」但其小說思想內容中「包含了些人性的永久原素，是不受時間影響的」。藝術上「能夠從對話裡巧妙地寫出動作的發展，和人物的心理的變幻」；人物描寫極少直接敘述，「大都是從人物的聲音笑貌言論舉止上暗示讀者。」「所以戲曲使大仲馬成為法國文學史上浪漫運動一個重要角色，而小說使大仲馬成為一個歷百世而不朽的世界的作家。」〔註34〕《大仲馬評傳》置於《俠隱記》之前，隨書由商務印書館於 1925 年 3 月出版，是我國當時唯一一部系統論大仲馬之作。

此後茅盾於 1924 年發表了專著《歐洲大戰與文學》。這是我國惟一一部紀念第一次世界大戰的理論著作。它從反戰思想切入，以對戰爭的態度界分各國作家作品。其中對持反戰態度貢獻特大的羅曼‧羅蘭和巴比塞，有精彩的吃重的描寫與論述。1925 年茅盾還為他與張聞天合譯的《倍那文德戲曲集》寫了長篇序言《倍那文德的文風》，茅盾很少寫長篇劇論。此文是一特例。

1925 年商務印書館出版《學生國學叢書》（後改名《中學生國文補充讀本》）。從叢書的策劃者是胡適的朋友朱經農，似乎反映了胡適對國學的態度。但茅盾介入此事，一是因為其服務對象是青年學子，特別是中學生。二是因為該叢書從經、史、子、文、詩、詞、曲、傳奇、小說取材列選題；並把孟子從「經」中拉出來和莊子、荀子、韓非子並列為「子」。而且把傳奇、小說也列為「國學」。這一切都打破了宋元以來傳統思想的束縛。因此茅盾承擔了《莊子》、《淮南子》兩書。

茅盾先搞《淮南子》選注。他在「幾例」中交待：所選文章共含《俶真》、

〔註34〕《大仲馬傳》，《俠隱記》第 3～5 頁。

《覽冥》等共 8 篇。是根據文典「搜集眾說，間附己意」的《淮南鴻烈集解》本。校注的底本，是浙江局刻莊鴻逵校本。茅盾按老習慣寫了長篇《緒言》。〔註35〕為寫此《緒言》，茅盾閱讀使用了大量古籍，如《史記》、《漢書》、《隋書》、《舊唐書》、《新唐書》、《宋史》；如《山海經》、以及陸德名的《莊子釋文》、殷敬順的《列子釋文》、孔穎達的《毛詩正義》，司馬貞的《史記索隱》以及《開元占經》、《太平御覽》；又如《呂氏春秋》，《昭明文選》和洪邁的《容齋續筆》，胡應麟的《少寶山房筆叢》等等。《緒言》共四節，一是據《漢書·劉安傳》介紹劉安生平。說明「《淮南子》21 篇，舊題漢淮南王劉安撰」，「實係劉安所招的賓客合作，歸在劉安名下。」稱為《內書》。此外的 19 篇，當是《淮南子》33 篇之殘缺。二是就參與編撰此書的作者作了考證。三是對此書舊注中高誘、許慎二注作了考證。四是據《淮南子》內容多自相矛盾處舉例證明，此書決非一人所撰。而且後人的偽作也雜於其內。《緒言》最後得出結論：《淮南子》決非一人撰著，立一家之言。雖大意是舊宗於老子道德之旨，然通觀全書，則駁雜甚殊。「此書多記『古今治亂，存亡禍福，世間詭異瑰奇之事』（高誘序），後世作家，嘗多徵引；其文詞『奇麗宏放，瑰目璨心，謂挾風霜之氣，良自不誣』（胡應麟語）。揚雄嘗以淮南王與司馬遷並稱，可說是漢世的傑作。古來文人多愛此書，大概就取它的材料詭異和文詞奇麗罷。」〔註36〕

　　《淮南子》校注及《緒言》用了三個月的時間，這期間也同時為《莊子》校注作準備，但《莊子》是茅盾自幼讀的典籍，所以駕輕就熟。其底本是浙江局刻的通行本。從其 33 篇中選了 12 篇。當時書名一度叫《節本莊子》，1926年 1 月商務出版該書時正式名稱為《莊子（選注本）》。茅盾也寫了長篇《緒言》。《莊子》的構成不像《淮南子》那麼複雜。但茅盾也就許多重要問題作了考證，因此他研讀參考了不少典籍：如《史記》、《漢書》、《後漢書》、《北齊書》；如《水經注》、《呂氏春秋》、《列子注》；如《昭明文選》、《世說新語》；如《經典釋文》、《藝術類聚》；如嚴群的《道德指歸論》、蘇軾的《莊子祠堂記》、章太炎的《齊物論釋》等等。《緒言》也是四節：一是引證群書為莊子作傳；二是考證《莊子》諸篇的真偽；三是就歷代的幾十家注本作辨認；四

〔註35〕收入 1926 年 3 月商務印書館出版的《淮南子（選注本）》，見《茅盾全集》第19 卷。

〔註36〕《茅盾全集》第 19 卷第 100～101 頁。

是論述莊子思想及其產生的時代背景，並作出評價。茅盾認為：古人說莊子「獨與天地精神往來，而不傲倪於物；不譴是非，以與世俗處；上與造物者遊，而下與外死生無死生者為友」。這幾句話「便是莊子思想的概要」。茅盾指出：「莊子那個時代七雄並立，連年戰爭」，民不堪苦；思想界又極混亂，是非莫分，詭辯叢出。因此，莊子的「否定一切的虛無主義自然會產生」。莊子把有無、大小、是非、善惡的界限與自身價值都否定了。兵亂苛政也不當回事，更沒提出一條撥亂反正的方案。這一切頗近於現代的無政府主義。「莊子的人生觀是一切達觀，超出於形骸之外的出世主義。」其言論或有偏激，其「行為卻中和平易之至」。「在中國古代思想史上，莊子自有他的地位；他是他那時代的產兒。」「《莊子》一書本身的價值及其對於後代的思想（例如晉代）的影響，都不容忽視。」「但若我們不是取歷史的研究的態度，而思想莊子之道於今世，那就犯了『時代錯誤』的毛病了，這也是我們應該注意的。」〔註37〕

搞完《淮南子》、《莊子》兩本選注之後，茅盾就投入「五卅」運動和商務印書館大罷工中去了。直到罷工取得勝利，茅盾才回到日常的編輯工作：選注《楚辭》。〔註38〕

按照習慣，茅盾仍是遍閱典籍，弄清來龍去脈，作總體性把握。他查閱的典籍很多，如《史記》、《漢書》、《隋書》；如劉勰的《文心雕龍》、顧炎武的《日知錄》；如王船山的《楚辭通釋》、朱熹注的《楚辭》與王逸注的《楚辭》；如歷來認為是《楚辭》之淵源的《詩經》等等。因為茅盾此前對中國神話有深入的研究，《楚辭》是其研究的重要資料，所以茅盾形成了許多言之有據的新見解。他在《〈楚辭〉與中國神話》一文中作了扼要的論述，此文先刊於1928年3月《文學周報》6卷8期，後作為《〈楚辭〉選讀·緒言》隨該書出版。〔註39〕

茅盾首先為《楚辭》定性：幾個文學天才以神話為源泉，發展創造成「新形式的純文藝作品，而為後人所楷式；這便是數千年來艷稱的《楚辭》了」。接著為《楚辭》寫了位：「中國古代的純文學作品，一是《詩經》，一是《楚辭》。」「論其性質，則《詩經》可說是中國北部的民間詩歌的總集，而《楚辭》則為中國南方文學的總集。」最後茅盾推翻了舊說：過於受「『尊孔』的

〔註37〕《茅盾全集》第19卷第89～92頁。
〔註38〕《〈楚辭〉選讀》出版較晚。是1928年9月，有茅盾的長篇緒言。
〔註39〕同上。

毒，以《詩經》乃孔子所刪定，特別地看重它，認為文學的始祖，硬派一切時代較後的文學作品都是『出於詩』，所以把源流各別的《楚辭》也算是受了《詩經》的影響」。「結果必致抹煞了《楚辭》的真面目。」茅盾以其神話研究占有的充分材料為據，斷定《楚辭》的來源並「非北方文學的《詩經》，而是中國的神話」。他認為：「認清了這一點，然後不至於將《九歌》解釋為屈原思君之詞與自況之作，然後不至於將《天問》解釋為憤懣錯亂之言了。」在《楚辭》研究諸家眾說紛紜中，這個觀點不僅獨樹一幟，而且是切近實際，因而具科學性與可信性的確論。

茅盾還引經據典，論述了《楚辭》名稱之由來；追溯了已佚失的漢代劉向「校書」的楚辭這一最老的版本；比較了今存的朱熹所注與王逸所校注的版本，認為朱本較「尚多竄亂增訂」的王逸注本更可靠。最後，茅盾考證了《楚辭》的內容與各篇的作者究竟是誰，其中又多創見：如認為《九歌》是「古代南中國的宗教歌舞，每歌頌一神，含有豐富的神話材料，經屈原寫定而成今形；其中涵義，皆屬神話，無關於君臣諷諫或自訴冤結」。「《天問》是屈原所作」，「但只是他在閒暇時所寫的雜感——對於神話傳說中不合理質素之感想，和他的身世窮愁無關。」〔註40〕這都是新穎可信的學術見解。

茅盾這三本選注及三篇緒言，提供了精選的普及國學的讀本，作出正確的導讀；提供了非常辯證的實事求是的讀古書的方法。他的許多導向性新見，不僅在當時，即便在今天，也有指導作用。目前我們的古籍選注本多如牛毛；但為中學生及相當中等程度的讀者精選校注的好讀本，仍然鮮見。能冠以茅盾這三篇高水平的緒言者，更是鳳毛麟角。

因此，茅盾這三部選注本，仍有再版的價值。真能如此，定能滿足現實讀書生活之需要。

〔註40〕以上引文均見《〈楚辭〉與中國神話》（即《楚辭選讀・緒言》），《茅盾全集》第 28 卷第 86～94 頁。

第五章 「用自己的眼睛去讀世間這一部活書」

「文學與政治交錯」　書生投筆「從戎」

　　魯迅說：「世間最不行的是讀書者。因為他只能看別人的思想藝術，不用自己。」「較好的是思索家。因為能用自己的生活力了，但還不免是空想，所以更好的是觀察者，他用自己的眼睛去讀世間這一部活書。」〔註1〕若用這個標準衡量茅盾，則他既是「較好的思索者」，又是「更好的」「觀察者」。因為從 1920 年加入上海共產黨小組始，他不僅「用自己的眼睛去讀世間這一部活書」，而且逐步站上革命濤頭與戰鬥前沿，有一段還成了職業革命者。剛開始他是「文學與政治交錯」，1926 年脫離商務印書館前後，有一段時間他成了職業革命家，到處奔波革命：先是廣州、上海，後是武漢，直到大革命失敗後由廬山返回上海轉入地下，這才重新回到文學崗位，開始了職業作家的創作生涯。

　　1921 年中國共產黨成立後，茅盾利用《小說月報》是他一個人唱「獨角戲」的便利條件，擔任黨中央的聯絡員。全國各地基層組織來人，得先找他，對上暗號後，安置妥來人，才安排他與中央接頭。各地給中共中央的來信，也寄給他，地址就寫「商務印書館《小說月報》編輯部沈雁冰先生收轉鍾英小姐」，「鍾英」是「中央」的諧音。此事一度引起懷疑與議論。同事們認為

〔註1〕　《讀書雜談》，16 卷本《魯迅全集》第 3 卷第 443 頁。此意本是蕭伯納的，魯迅引述其大意並表示贊同。

這「鍾英」是「第三者」插足。直到摯友鄭振鐸私拆了一次信，發現是談地下黨的事，他大吃一驚，不但冰釋了疑惑，從此他倒代茅盾剖白：「他沒有外遇。」鄭振鐸還幫茅盾留意收轉此類信件。茅盾辭去《小說月報》主編後，陳獨秀仍讓他留在商務印書館，繼續以《小說月報》為掩護，作中共中央聯絡員的工作。

1921 年冬，黨派印刷工人徐梅坤來商務印書館與茅盾合作，以商務的印刷所為基礎，組建了上海印刷工人工會基層組織；他們在職工中發展黨員，建立起中共商務印書館支部。茅盾參與支委會領導工作。他們還藉慶祝「五一」節的機會，在北四川路尚賢堂對面空地，舉行紀念「五一」勞動節大會；由茅盾作《「五一」節的由來及其意義》的報告。

1921 年冬，茅盾到李達任校長、由中共中央辦的培養婦運幹部的平民學校教英文。學生中有王劍虹（後與瞿秋白結婚）、丁玲、王一知等。1923 年春，茅盾還到黨辦的上海大學執教，在中文系教《歐洲文學史》與《小說作法》，在英文系教《希臘神話》。〔註 2〕據茅盾當時的學生黃紹衡回憶：茅盾教學之外還指導學生寫作，「同學請他評改詩文稿」，他「均不辭辛苦，多予指正以至動筆修改」。黃紹衡多次投稿均被退回。「灰心極了。」茅盾舉法國科幻小說作家凡爾納的書稿被退過 15 次，第 16 次投稿才得出版的例子，鼓勵他繼續努力。「後來果真發表了一些文章。」〔註 3〕茅盾所教的學生中頗有成名者，如施蟄存、戴望舒、丁玲等。當了茅盾兩次學生的丁玲回憶說：「我喜歡沈雁冰先生講的《奧德賽》、《伊里亞特》這些遠古的、異族的極為離奇又極為美麗的故事，」從中「產生過許多幻想」。我「翻歐洲的歷史、歐洲的地理」，把它和中國的「民族的遠古的故事來比較。我還讀過沈先生《小說月報》上翻譯的歐洲小說。他那時給我的印象是一個會講故事的人，但是不會接近學生。他從來不講課外的閒話，也不詢問學生的功課，所以我以為不打擾他最好。早在平民學校教我陀思妥耶夫斯基的《窮人》的英譯本時，他也是這樣」。丁玲受茅盾教益極大，故終生稱他「沈先生」。〔註 4〕

在上海大學，茅盾結認了瞿秋白並開始了第一次並肩戰鬥的友誼。

1923 年 7 月中共中央把建黨後即成立的上海執委會改組為兼管江、浙兩

〔註 2〕 《上海大學史料》第 50 頁，52 頁，53 頁，《濟濟一堂的教師隊伍》、《中文學程表》。
〔註 3〕 《沈雁冰先生初進上海大學任教》，《桐鄉茅盾研究會會刊》（三）。
〔註 4〕 《丁玲近作》第 76 頁。

省的中共上海兼區執行委員會。當時的執行委員共 5 人，即：「梅坤、南山、振一、雁冰、中夏。」〔註5〕雁冰即沈雁冰、亦即茅盾。他分工擔任執行委員兼國民運動委員會委員長。國民運動委員會的委員有林伯渠、張太雷、張國燾等。足見茅盾當時在黨內的地位很高。1922 年至 1923 年，茅盾的足跡踏遍江浙、蘇杭以至寧波。公開的活動是到各地暑期講演會講演。掌握當時史料的蘇州高中校史辦公室的同志告訴我：實際茅盾是到各地發展黨組織。

不久國共實行第一次合作，共產黨員以個人身分加入國民黨。茅盾也按黨中央安排加入，並以中共上海兼區國民運動委員會委員長身分負責對包括國民黨在內的統一戰線領導工作。就在此時，他在上海兼區執委會的一次會議上結識了代表中央參加會議的毛澤東。並應毛澤東的要求，做因不滿意陳獨秀家長作風故擬退黨的劭力子、陳望道、沈玄廬的說服工作。因為國民運動委員會還領導工會、婦運等工作，茅盾還和婦運先驅向警予同志一起，領導婦女運動工作。1924 年 1 月 13 日中共上海兼區執委會改選。據記錄，茅盾得 16 票，位居第一位，可見他的威信也很高。他一度還兼任執委會書記。直到 1924 年他應邵力子之邀，擔任邵力子主編的《民間日報》副刊《社會寫真》（後改名《杭育》）的主編，才辭去執委會職務。但這年 10 月起，他又擔任實際是工運領導機構的「民校」的工人運動委員會組織部指導委員，繼續兼商務印書館黨支部委員。

這時，「五卅」運動爆發了。茅盾以上海大學教授身分隨學生隊伍走上南京路。他多次參與遊行。五月三十日那天，他和孔德沚、楊之華加入遊行隊伍。走到南京路先施公司門前時，老閘捕房開排槍打死打傷十多名遊行群眾。次日他們又參加了抗議示威遊行。他以親歷目睹的血的事實為據，發表了《五月三十日的下午》、《暴風雨——五月三十一日》、《街角的一幕》〔註6〕等報告文學。他作為上海大學教職員救國同志會代表，向報界發表抗議講話，起草了宣言並簽名。他參與創辦了《公理日報》，與鄭振鐸、葉聖陶等一起主持編務，他還參與組織了商務印書館工會。以黨支部書記身分參與領導「五卅」稍後的商務大罷工的罷工委員會和臨時黨團。在「五卅」之後的革命低潮期中，商務大罷工都取得了勝利。茅盾是與館方進行談判的罷工委員會代表之

〔註5〕 引自中共上海兼區執委會會議記錄，原件存於上海檔案館。

〔註6〕 刊於 1925 年 6 月 14 日、7 月 5 日、7 月 19 日《文學周報》第 177、180、182 期，收入《茅盾全集》第 11 卷。

一。罷工勝利後，茅盾起草的復工條件協議，原手稿至今仍完好地保存在北京圖書館。

1925 年孫中山逝世。國民黨內右派勢力在北京西山開會反對孫中山的「聯俄、聯共、扶助農工」三大政策，決定開除共產黨員出黨；重新改組國民黨。史稱「西山會議派」；又稱「改組派」。其上海的同黨奪取了環龍路 44 號國民黨上海市黨部，同時分批開除中共黨員。茅盾是第二批被開除的。中共中央針鋒相對，指令惲代英和茅盾聯合國民黨左翼力量一起組建了兩黨合作的國民黨上海特別市黨部。1925 年 12 月正式成立。惲代英任執委會主任委員兼組織部長，茅盾任宣傳部長。他們與右派控制的市黨部形成對壘。12 月底茅盾和惲代英六人當選爲出席在廣州召開的國民黨第二次全國代表大會代表。

1926 年元旦之夜，他們離滬赴廣州。這次大會代表中，中共黨員約占三分之二。大會重申堅決執行孫中山的「三大政策」。大會作出決議，把「西山會議派」開除出國民黨。徹底扭轉了一度逆轉的政局。會上推汪精衛任國民政府主席兼國民黨中央宣傳部長。但這部長一職由毛澤東代理。會後茅盾被留下擔任國民黨中宣部秘書。因該部不設副部長，茅盾實際承擔常務副部長工作。他和同事蕭楚女同住東山廟前西街 38 號毛澤東寓所樓下。毛澤東、楊開慧及兩個孩子岸英、岸青住樓上。他和毛澤東第一次也是畢生唯一的一次朝夕相處，協同工作。茅盾接手的第一個任務是從第 5 期起編發原由毛澤東編的國民黨政治委員會機關報《政治周報》；他在刊物上發表了《國家主義者的「左排」及「右排」》、《國家主義——帝國主義最新式的工具》和《國家主義與假革命不革命》等政論。〔註7〕這是茅盾跟蹤閱讀報上的文章，把握「西山會議派」以曾琦、左舜生爲首把持的《醒獅周刊》輿論陣地的導向，揭露其宣傳反動的「國家主義」，打著「左排蘇俄帝國主義」，「右排英、日帝國主義」旗號，實際充當英、日帝國主義反蘇反共的工具這一反動本質的當時最有力度的一批文章。

茅盾接手的第二個任務是正面宣傳孫中山的「三大政策」。他利用紀念十月革命的機會，爲 1926 年 1 月國民革命軍總部編的《革命史上幾個重要節日》一節，寫了長篇論文：《蘇俄「十月革命」紀念日》〔註8〕此文長達九節，是

〔註7〕 收入《茅盾全集》第 15 卷，「排」是「排斥」的意思。
〔註8〕 見《茅盾全集》第 15 卷。

他最早也最系統的論述十月革命及其對中國革命的指導作用及影響的長篇巨著。他認真研閱了列寧、斯大林等論述十月革命的文章，提出很多精闢見解。如茅盾說：十月革命是「世界社會革命的第一頁」；其「孿生子」就是「西方的無產階級革命運動和東方的被壓迫民族的民族革命運動」。文章還充分論述了代表這兩大革命潮流的列寧和孫中山這兩位歷史巨人及其領導作用；充分肯定了中國工農大眾在國民革命中的決定作用；他號召全黨全民團結奮進，「勿忘總理的遺教」，「努力革命，走上正確的道路！」他還和蕭楚女一起起草了國民黨第二次全國代表大會宣傳大綱，並印發全國；指引了全國的宣傳輿論導向。

這期間毛澤東託病請假就醫，實際是赴湘粵邊界視察農民運動。經國民黨中央批准，這期間由茅盾代理毛澤東的代理宣傳部長職務。茅盾還應邀到廣州中學演講。他用他早年熟知的希臘神話普羅米修斯偷天火幫助人類的故事，比喻中國革命：「偉大的孫中山先生就是普羅米修斯，革命的三民主義就是火。」茅盾還多次會見了文學研究會廣東分會的同仁劉思慕、梁宗岱、葉啓芳、湯澄波等。「如數家珍地有的放矢地談論起當時文壇的流派，動向」，給他們以啓發與獎掖。茅盾還幫他們審稿、改稿。這批年輕人晚年仍承認「茅公可說是我的引路人」。〔註9〕可見茅盾隨時有意識地在播撒革命文學的種子。

不久蔣介石發動了反蘇反共的「中山艦事件」。革命形勢逆轉。這時在上海的中共中央電召茅盾回滬工作。毛澤東也委託茅盾回上海辦個黨報，與國民黨右派把持的上海《民國日報》抗衡。茅盾遂於3月底返滬。

茅盾在廣州的革命活動，報刊上常有報導。遂引起北洋軍閥控制下的上海駐軍的注意。他們曾多次到商務印書館查問。茅盾回滬後，商務館方就派鄭振鐸婉轉表示「勸辭」之意。茅盾鑒於舊勢力把持的館方的寡情，遂忿而辭職，從此離開了為其奮鬥長達10年之久的商務印書館；開始了職業革命家的生涯。他代表中共中央擔任國民黨上海特別市黨部主任，兼任國民黨中宣部上海交通局長等職。在中共黨內，他擔任由中共上海兼區執委會改組的中共上海區委地方政治委員會委員。4月下旬又被委任為中共上海區委委員並分管「民校工作」。「民校」是中共黨內分管對國民黨及工、農、婦運領導工作之代稱。實際和茅盾原任的國民運動委員會委員長的工作範圍差不多。這是茅盾再次參與中共上海地下黨的領導工作。此外他還兼任中共中央宣傳部消

〔註9〕 劉思慕：《羊城北望祭茅公》，《憶茅公》第172～173頁。

息科長的工作。

茅盾每天奔波在虹口區寓所、中共閘北區委聯絡處和國民黨中宣部上海交通局等秘密機關之間。為怕暴露，他常借外邊地點開會。葉聖陶家因為門口掛有藍底白字的「文學研究會」的牌子，葉聖陶既是茅盾的至友，又是無黨派人士，他的夫人胡墨林是中共地下黨員，兩人都可起掩護作用。故茅盾常在此召開地下黨會議，會場設在客堂後間的樓梯底下。開會時葉聖陶按約定開門，接進來人，就自去書齋做自己的事。他從不打問。〔註10〕

1926 年 7 月 1 日，設在廣州的國民政府發表北伐宣言。10 月葉挺率北伐軍獨立團攻克武漢。年底，中共中央派茅盾赴武漢中央軍事政治學校武漢分校任政治教官。這是他畢生置身軍界惟一的一次。行前接武漢來電，讓茅盾代辦在滬招生、聘教官諸事。事畢他攜夫人孔德沚乘船動身，在船上過的 1927 年元旦。抵武漢後，軍校安排他住武昌閱馬場福壽里 10 號。軍校實際負責人是總教官惲代英，教育長劉演達。茅盾身著戎裝，登上軍校講台，從文弱書生成了英姿勃勃的軍官。軍校設政治與軍事兩科，外加女生隊。茅盾分頭到三處上課。女生隊的學生中有後來成了他長篇小說《虹》中梅行素之原型的胡蘭畦，也有後來大名鼎鼎的趙一曼，和後來成了名作家的謝冰瑩。茅盾同時還兼武昌中山大學教授。

這時蔣介石加劇反共的危局已經形成。黨中央為加強宣傳攻勢，又調茅盾任漢口《民國日報》總主筆。他遂脫下軍裝，遷往漢口歆生路德安里 1 號報社樓上下榻。《民國日報》名為國民黨湖北省黨部的機關報，實際由共產黨控制，社長是中共創始人之一董必武；總經理是毛澤東的弟弟毛澤民。編輯方針由中共中央宣傳部定。但部長彭述之遠在上海，實際由瞿秋白分管，這是繼在上海大學之後，茅盾與瞿秋白的第二次合作。茅盾到報社不久，蔣介石就發動了「四一二」反革命政變。隨即成立了由他控制的南京政府。與汪精衛為主席的國民黨南京中央政府分庭抗禮。這些活動都各有諸帝國主義分別支持。對此茅盾以主筆身分，每天寫一篇社論發表，進行激烈抨擊，以引導輿論。其主題第一就是揭露帝國主義支持下新舊軍閥鎮壓革命的血腥罪行，如《袁世凱與蔣介石》、《蔣逆敗相畢露了》、《英帝國主義挑釁》等。茅盾用對比方式列出蔣介石與袁世凱酷似的六大罪狀，以證明「蔣介石實在是一個具體而微的袁世凱」。第二個主題是宣傳中國共產黨的堅固工農團結

〔註10〕葉聖陶：《「賦別寄哀思」》，《新文學史料》1982 年第 4 期。

的根基等方針政策，駁斥污蔑農民運動與「痞子運動」之類謬論。如《堅固後方》、《革命者的仁慈》、《堅固農工群眾與工商業者的革命聯盟》、《工商業者工農群眾的革命聯盟與民主政權》等。茅盾特別強調「武裝民眾」、「嚴勵鎮壓城市反動派」，「根除農村封建勢力」三大戰略，認爲這是保護民主政權的大政方略。他特別致力批駁國民黨右派污蔑農運爲「痞子運動」的謬論，這些觀點與毛澤東的《湖南農民運動考察報告》異曲同工。因此陳獨秀多次向茅盾施加壓力，要他少登或不登「過激言論」。在瞿秋白、董必武支持下，茅盾置之不理，照登不誤。茅盾文章的第三個主題是揭露新老反動派鎮壓群眾運動，發動武裝叛亂等罪行。如《撲滅本省各屬的白色恐怖》、《肅清各縣的土豪劣紳》、《夏斗寅的失敗》等。〔註11〕這些文章有三個特點：一是應變的敏銳性與及時的政治導向性。二是不就事論事，而是剖析事件或問題的前因後果，總結出經驗教訓與規律。三是既反右，又防「左」。特別可貴的是在「左」剛冒頭時就敲起警鐘；同時又注意保護群眾的革命積極性。當時茅盾也有建黨初期就存在的一定的「左」傾幼稚病。如他對蔣介石代表的反動勢力估計不足，有革命速勝論的急躁情緒。他認爲「蔣的勢力已到末日」，號召「我們再努力一點，早些把他完全送進墳墓去呀」。〔註12〕

　　但是不久形勢再度逆轉。汪精衛放棄了僞裝的「革命」姿態，公開與蔣介石合流鎮壓共產黨與工農革命。陳獨秀卻步步退讓，使革命形勢更加危急！黨不得不轉入地下。茅盾在發表了最後一篇社論《討蔣與團結革命勢力》後，奉黨中央之命，攜一張兩千元的支票，赴九江交黨組織。茅盾乘船離開武漢，抵九江接頭。接待他的原來是先到一步的董必武。這時九江形勢也極嚴峻。董必武說：「你的終點是南昌，支票也帶到南昌交給黨組織。現在火車已經被封鎖不能通行，但有條翻盧山下後山赴南昌的小路，你可以試試。你萬一仍過不去，可返上海。我們也要馬上轉移。」茅盾上山後發現，後山的小路也被封鎖。而國民黨右派正在山上召開會議。茅盾此時又患痢疾。只好躲在旅店不敢露面，以防被發現。山上也只能買到八卦丹權作治療。如此數日，就聽到南昌舉行「八一」起義的消息。茅盾這才明白，讓他去南昌，是參加起義。那張支票是起義經費的一部分。但這時他仍去不了南昌，只好

─────────────

〔註11〕 以上文章均乃《民國日報》社論名義發表於該報，現收入《茅盾全集》第15卷。

〔註12〕 《蔣逆敗相畢露了》，《茅盾全集》第15卷第353～354頁。

暫避。

　　直到國民黨右派的會議結束，頭面人物紛紛下山，茅盾的腹瀉也已好轉，才遵董必武之囑返上海。途中轉車，遭反動軍警搜查，搜出那張支票。茅盾急中生智，把支票送該軍警遂得脫身。他途中再次換車，這才潛回上海。他把經歷向黨組織一一匯報。遂採取的鋪保方式提出該支票的款項，免去了黨的損失。

　　孔德沚由武漢先期返滬。她告訴丈夫：國民黨已頒發通緝令；茅盾也在通緝令名單之上，國民黨反動軍警也曾來家盤查。孔德沚放風說：茅盾去了日本。於是夫妻決定，對外仍維持此說。茅盾則躲在家中，不公開露面，以避鋒芒。仍通過孔德沚保持與地下黨的聯繫。朋友中只有葉聖陶、魯迅、周建人等知道茅盾回來了。剛從廣州回來的魯迅，還特地來訪。他倆和同來的周建人一起交流了廣州、武漢、南昌及上海三次工人起義（周建人一直在上海）的情況，以及對局勢的看法與困惑。

　　就這樣，茅盾用「自己的眼睛」，熟讀了從中國共產黨建立，到大革命掀起高潮然後又失敗的波譎雲詭的第一次革命戰爭時期「世間這一部活書」。這種深切的人生體驗，既是他創作《蝕》、《虹》這兩部震動中國文壇的長篇小說的生活基礎；又是他在反思中國革命經驗教訓之同時，反思自己的生活道路和反思「五四」以來中國新文學第一階段的發展道路的時代的政治的參照。

重讀「五四」文學　撰寫作家專論

　　茅盾的牯嶺之行，對他一生各個側面，都是重要的轉折。在廬山養病期間，他思考了許多問題。「五四」以來新文學走過的道路，就是其思考的幾個重大問題中非常重要的一個。他在「山裡養病，竟把魯迅的著作全體看了一遍，頗有些感想」。回到上海不久，魯迅也從廣州返滬。當時葉聖陶正主編《小說月報》，〔註13〕正缺評論稿。他向茅盾約稿，並希望第一篇就寫《魯迅論》。這不僅是因為魯迅是「五四」以來文學的「重鎮」，也因為魯迅剛剛返滬，發表此文也有歡迎之意。茅盾欣然答應了，因為他正好把多年來跟蹤閱讀魯迅、評論魯迅之所積系統化，再把重讀的那些感想納入其中。這樣的

〔註13〕鄭振鐸因為具革命傾向，怕有危險，其岳父高夢旦安排他出國躲避。

文章，既是對魯迅的系統的評價，也是對「五四」以來新文學發展的疏理與總結。

　　茅盾文章中說他把魯迅已出版的作品「全體看了一遍」，是幾乎包括魯迅前期的絕大部分作品。其中小說集有：《吶喊》（1923 年 8 月新潮出版社）和《彷徨》（1926 年 8 月北新書局）。此外就是《故事新編》中已發表的前五篇：《補天》、《奔月》、《理水》、《采薇》和《鑄劍》。雜文集有：《墳》（1927 年 3 月未名社）、《熱風》（1925 年 11 月北新書局）、《華蓋集》（1926 年 6 月北新書局）、《華蓋集續編》（1927 年 5 月北新書局）；此外就是《而已集》中已發表的包括《革命時代的文學》、《讀書雜談》、《答有恒先生》等名篇在內的前八篇文章。學術論著有《中國小說史略》上冊（1923 年 12 月新潮出版社）和下冊（1924 年 6 月北新書局）、《小說舊聞鈔》（1926 年 8 月北新書局）等。此外還有魯迅的許多譯作。不過茅盾的《魯迅論》重點論述的是小說和雜文，其他問題未能涉及。文章始終結合著當時文壇新舊各派，包括陳西瀅為代表的「現代評論」派、郭沫若為代表的創造社、蔣光慈為代表的太陽社等對魯迅的種種歪曲攻擊與不準確不科學的評論；特別是 1926 年未名社出版的《關於魯迅及其著作》中所收的文章。因此《魯迅論》帶有很濃的史論與駁論相結合的色彩。

　　茅盾作這史論性的評價，是以「五四」以來文學思潮發展史的回顧為參照系的。他說：迄今為止，「『五四』的壯潮所產生的一些『風雲兒』，早已歷盡了多少變幻！沿著『五四』的潮流而下的那一班人，固不用說；便是當時的卓然的『中堅』卻也很令人傷感。病死的，殉難的，退休的，沒落的，反動的，停滯的，形形色色，都在歷史先生的跟前暴露了本相了。時代的輪子，毫無憐憫地碾斃了那些軟脊骨的！只有腳力健者能夠跟得上，然而大半還不是成了 Outcast！」〔註14〕「然而攻擊老中國的國瘡的聲音，幾乎只剩下魯迅一個人的了。他在 1925 年內所作的雜感，現收在《華蓋集》內的，分量竟比 1918 年至 1924 年這六年中為多。1926 年做的，似乎更多些。『寂寞』中間這老頭兒的精神，和大部分青年的『闌珊』，成了很觸目的對照。」茅盾認為：「單讀了魯迅集。」〔註15〕這觀點具有讀書方法論的意義。

　　茅盾從《關於魯迅及其著作》中摘引了小學生馬珏、女士曙天對魯迅形

〔註14〕　《讀〈倪煥之〉》，《茅盾全集》第 19 卷第 197 頁。Outcast，英語：意即流浪者。
〔註15〕　《魯迅論》，《茅盾全集》第 19 卷第 144～145 頁。

象的皮毛的膚淺的描繪，也摘了所謂大學名教授陳西瀅不無惡意的漫畫式的描繪。然後指出了認識魯迅的正確途徑：「從魯迅自己的著作上」，包括把其小說與雜文對照著讀，然後才能作出準確與正確的描繪。正是以魯迅全人與其著作全文爲依據，茅盾就敢於義正辭嚴地批駁創造社理論家張定璜對魯迅態度的諷刺與歪曲：面對「一群在飢餓裡逃生的中國人」，以「沉默的旁觀者」的「大膽的強硬的甚至殘忍的態度」，作「老實的不客氣的剝脫」，從而形成了「老於手術富於經驗的醫生的特色」。「第一個，冷靜，第二個，冷靜，第三，還是冷靜。」這三個「冷靜」在中國現代文學史上，是很有影響的判斷，茅盾老實不客氣地反駁這種歪曲魯迅形象與精神的「結論」，他認爲這和魯迅及魯迅作品毫不相干。首先，事實與張定璜的諷刺描繪相反，魯迅「不是一個站在雲端的『超人』，嘴角上掛著莊嚴的冷笑，來指斥世人的愚笨卑劣的；他不是這種樣的『聖哲』！他是實實在在地生根在我們這愚笨卑劣的人世間，忍住了悲憫的熱淚，用冷諷的微笑，一遍一遍不憚煩地向我們解釋人類是如何脆弱，世事是多麼矛盾」！第二，魯迅「決不忘記他自己也分有這本性上的脆弱和潛伏的矛盾」。魯迅「老實不客氣的剝脫我們男男女女，同時他也老實不客氣的剝脫自己」。茅盾引證了魯迅在《一件小事》中把「皮袍」下「榨出」的渺小的「我」的形象，與壓傷了人敢於負責的洋東夫那「高大的身影」（愈來愈高大）作尖銳對比，特別引證了魯迅由此獲得的深切感受：「教我慚愧，催我自新，並且增長我的勇氣和希望。」

茅盾又引證魯迅在《端午節》中借用方玄綽的描寫所表現的材料來證明，這決非創造社善於「掄板斧」的成仿吾所理解的，是表現魯迅的「憤世嫉俗」與「懷才不遇」。而是借方玄綽的「差不多」說與「易地則皆然」心理，來「剝露人性的弱點」，「而且很坦白地告訴我們，他自己也不是怎樣例外的聖人。」茅盾又引魯迅在《墳‧後記》中的話：「我的確時時解剖別人，然而更多的是更無情面地解剖我自己」，那原因一是「我還想生活，在這社會裡」。二是通過這人性弱點的「解剖」，「偏要使所謂正人君子也者之流多不舒服幾天，所以自己便特地留幾片鐵甲在身上，站著，給他們的世界上多有一點缺陷，到我自己厭倦了，要脫掉了的時候爲止。」茅盾還大段引用魯迅的散文詩集《野草》中的名篇《這樣的戰士》中對「戰士」的描寫，他「走進無物之陣」，面對以「一式點頭」爲「殺人不見血的武器，許多戰士都在此滅亡」，面對「頭上有各種旗幟，繡出各樣好名稱：慈善家、學者、文士、長者、青年、雅士、

君子……」「頭下有各樣外套，繡出各式好花樣：學問、道德、國粹、民意、邏輯、公義、東方文明……」「但他舉起了投槍」，「一切都頹然倒地；——然而只有一件外套，其中無物。無物之物已經脫走，得了勝利，因為他這時成了戕害慈善家等類的罪人。」「但他舉起了投槍。」直到他「在無物之陣中老衰，壽終。他終於不是戰士，但無物之物則是勝者」。於是天下「太平」。「但他舉起了投槍！」茅盾對此徹底不妥協的韌性戰精神，無限感慨地說：「魯迅是怎樣辛辣倔強的老頭兒呀！」面對魯迅徹底揭露別人更無情地揭露自己之弱點的「自己批評」態度，茅盾十分感動地說：這「使我也『努力的要想到我自己，教我慚愧，催我自新』。人類原是十分不完全的東西，全璧的聖人是沒有的。但是赤裸裸地把自己剝露給世人看，在現在這世間，可惜竟不多了。魯迅板著臉，專揭露別人的虛偽的外套，然而我們並不以為可厭，就因為他也嚴格地自我批評自己分析啊」！茅盾這話，在今天也有現實性。

茅盾第一次從中國思想發展史與中國現代文學史的高度，充分肯定了魯迅雜文的思想藝術價值。他從反駁張定璜說魯迅作品表達的情感基調「不是那可歌可泣的青年時代的感傷與奔放，乃是舟子在人生的航海裡飽嘗了憂患之後的嘆息」的誤斷出發，作出茅盾自己的判斷：魯迅「胸中燃著少年之火，精神上，他是一『老孩子』！」他的著作裡「沒有『人生無常』的嘆息，也沒有暮年的暫得寧靜的歆羨與自慰（像許多作家常有的），反之，他的著作裡卻充滿了反抗的呼聲和無情的剝露。反抗一切的壓迫，剝露一切的虛偽！老中國的毒瘡太多了，他忍不住拿著刀一遍一遍不懂世故地盡自刺」。「魯迅憤然說：難道所謂國民性者，真是這樣地難於改變的麼？」他不相信，因此面對「『反改革』的空氣濃厚透頂了」他十分憎惡，決不甘心罷休。他仍堅信：「現在的辦法，首先還得用那幾年以前《新青年》上已經說過的『思想革命』。還是這一句話，雖然未免可悲，但我以為除此沒有別的法。」

正因此，茅盾特別讚賞魯迅哪怕孤軍奮戰，也不怕「寂寞」，堅持韌性戰鬥的精神與勇氣。一方面他承認魯迅所說，既「沒有什麼主義要宣傳」，也從不擺出什麼「青年導師」的「面孔」。「然而他卻指引青年們一個大方針：怎樣生活著，怎樣動作著的大方針。」其中包括，一、青年人的奮鬥目標：「一要生存，二要溫飽，三要發展。」二、人生態度：「苟有阻礙這前途者，無論是古是今，是人是鬼，是《三墳》、《五典》，百宋千元，天球河圖，金人玉佛，祖傳丸散，秘製膏丹，全都踏倒它。」三、戰鬥精神：「世上如果還有真要活

下去的人們，就先該敢說，敢笑，敢哭，敢怒，敢罵，敢打，在這可詛咒的地方擊退了可詛咒的時代！」四、要有記性與韌性：「記性不佳」，「能忘卻，所以往往照樣地再犯前人的錯誤。」譬如賽跑，既要讚賞跑得最快者，更要鼓勵「不恥最後」的堅持到底者。魯迅反對「嗤笑」「失敗的英雄」的惡劣態度。正是這種態度使中國「見勝兆則紛紛聚集，見敗兆則紛紛逃亡」。因而「少有韌性的反抗，少有敢單身鏖戰的武人，少有敢撫哭叛徒的吊客」。而茅盾認爲：魯迅正是敢於勝利、韌性戰鬥的大勇者。五、「鼓勵青年們去活動去除舊革新」，「努力大膽去創作，不要怕幼稚。」但「也不贊成無謂的犧牲」。所以魯迅指出：「改革自然常不免於流血，但流血非即等於改革。血的應用，正如金錢一般，吝嗇固然是不行的，浪費也大大的失算。」六、防止「所謂正人君子學者之流的欺騙青年」，這些人正如魯迅生動的比喻：「人群中也很有這樣的山羊」，他們「確是走在一群胡羊的前面，脖子上還掛著一個小鈴鐸，作爲智識階級的徽章」。「能領了群眾穩安平靜地走去，直到」包括袁世凱在內的反動統治者所希望的「他們應該走到的所在」。魯迅反對青年人「循規蹈矩」，似待宰割的家豬。他希望青年人寧肯像長著「兩個牙，使老獵人也不免於退避」的「野豬」。這才有脫離「宰割」，能生存下去的命運與前景。因此茅盾特別引證了魯迅教導青年莫上欺騙青年的「正人君子」的當，堅持韌性戰鬥的著名警句：「墨寫的謊言，決掩不住血寫的事實。血債必須用同物償還。拖欠得愈久，就要付更大的利息。」

儘管茅盾寫《魯迅論》時，魯迅的《而已集》中的雜文大部分尚未發表，但從以上諸方面的概括不難判斷，茅盾大體概括了以 1927 年爲界的魯迅前期雜文所反映的魯迅精神和魯迅雜文的思想藝術價值。今天看來，這些論斷仍是科學的。

有了這些精闢的概括，茅盾就能實現其讀魯迅的「雜感能幫助你更加明白」其「小說的意義」這一目標。茅盾把魯迅的《吶喊》中的 15 篇小說和《彷徨》中的 11 篇小說分爲兩類：除《不周山》、《兔和貓》、《幸福的家庭》、《傷逝》等外，「大都是描寫『老中國的兒女』的思想與生活。」而且「《吶喊》和《彷徨》中的『老中國的兒女』，我們在今日依然隨時隨處可以遇見」，並不像成仿吾所說的那樣：看見這些「奇形怪狀的人」和「典型」，「猶如我們跑到了一個未曾到過的國家」，這些「典型」「沒有與我們相同的地方可以使我們猜出他們的心理狀態」。茅盾鄭重地說：「我和這位批評者的眼光有些不

同，在我看來，《吶喊》中間的人物並不是什麼外國人，也不覺得『跑到了一個未曾到過的國家』」，「我覺得他們雖然頂了孔乙己……等名姓，他們該是一些別的什麼，他們不但在《吶喊》的紙上出現，他們是『老中國的兒女』，到處有的是！在上海的靜安寺路，霞飛路，或者不會看見這類人，但如果你離開了『洋場』，走到去年上海市民所要求的『永不駐兵』區域以外，你所遇見的，滿是這一類的人。」這就充分肯定了魯迅小說的人物典型是具充分民族性與普遍性的典型。

茅盾還肯定了魯迅小說人物典型的深刻性：「《吶喊》所能給你的，不過是你平日所唾棄——像一個外國人對於中國人的唾棄一般的——老中國的兒女們的灰色的人生。說不定，你還在這裡面看見了自己的影子！」針對張定璜、成仿吾的上述誤判，茅盾奉勸他們把《阿Q正傳》讀到兩遍以上然後再看，「你總也要承認那中間有你的影子。你沒有你的『精神勝利的法寶』麼？」茅盾斷定：「總之，阿Q是『乏』的中國人的結晶；阿Q雖然不會吃大菜，說洋話」，「然而會吃大菜，說洋話……的『乏』的『老中國的新兒女』，他們的精神上思想上不免是一個或半個阿Q罷了。不但現在如此，將來——我希望這將來不會太久——也還是如此。」茅盾由此充分肯定了魯迅作品的永久性與預見性特徵；並引用尚鉞的話：魯迅「拿著往事，來說明今天，來預言未來的事」，〔註16〕來證明自己的論點：「魯迅只是一個凡人，安能預言；但是他能夠抓住一時代的全部，所以他的著作在將來便成了預言。」

茅盾還把《彷徨》中《幸福的家庭》、《傷逝》、《在酒樓上》、《孤獨者》四篇「魯迅所不常做的現代青年的生活的描寫」單獨提出來分析，這些都屬於魯迅所說的「夢醒了無路可走」的「五四」青年。他們發出的「不是被壓迫者的引吭的絕叫，而是疲憊的婉轉的呻吟，這呻吟直刺入你的骨髓，像冬夜窗縫裡的冷風，不由你不毛骨悚然」。茅盾特別讚賞《孤獨者》塑造的魏連役這個典型：「他有一顆赤熱的心，但是外形很孤僻冷靜。他在嘲笑咒罵排擠中活著，甚至幾於求乞地活著」，「他雖然已經灰卻了『壯志』」，「已經躬行我先前所憎惡，所反對的一切，拒斥我先前所崇仰，所主張的一切了。我已經真的失敗，——然而我勝利了。」茅盾解釋說：「失敗」而又「勝利」這相悖的判斷，具有深刻的內涵：「他以毀滅自己來『復仇』」，因他的環境與性格的「改變」，「剝露了許多人的醜相。」所以「他勝利了」！而且「他也照他預

_____

〔註16〕以上所引張定璜、成仿吾、尚鉞的話，均見《關於魯迅及其著作》一文。

定地」計劃把異化了變壞了的「自己」也毀滅了，這是「他勝利了」的又一層含意。茅盾特別欣賞小說的結尾：「隱約像是長嗥，像一匹受傷的狼，當深夜在曠野中嗥叫，慘傷裡夾雜著憤怒和悲哀。」這正是魏連殳不甘屈服、不甘毀滅的心聲。他壯志未酬，因此死不瞑目。也因此茅盾認定：這四篇「風格獨異」，「不是『老中國的兒女』的灰色人生的寫照。」〔註17〕但只是「五四」以來青年生活之一角。

茅盾一方面認爲魯迅小說「表現了『五四』的精神」，另一方面又認爲魯迅「並沒有反映出『五四』當時及以後的刻刻在轉變的人心。《吶喊》中間有封建社會崩坍的響聲，有黏附著封建社會的老朽廢物的迷惑失措和垂死掙扎，也有那受不著新思潮的衝擊，『不知有漢，無論魏晉』的老中國的暗陬的鄉村，以及生活在這些暗陬的老中國的兒女們，但是並沒有都市，都市中青年們的心的跳動」「很遺憾地沒曾反映出彈奏著『五四』的基調的都市人生。」《彷徨》中部分作品雖「彈奏著『五四』的基調的都市的青年知識分子生活的描寫」，「然而也正像《吶喊》中的鄉村描寫」「只能表現了『五四』時代青年生活的一角；因而也不能不使人猶感到不滿足。」〔註18〕

茅盾另一篇作家論《王魯彥論》寫於《魯迅論》之前，但發表於其後。〔註19〕因爲此前沒寫過作家論，而魯迅又是重頭戲，所以用寫《王魯彥論》來試筆。茅盾從牯嶺回到上海，就有寫作家論系列的準備與計劃。他的朋友「郢先生」替他「搜集了最近幾年來國內新文壇的收穫」，雖「僅限於小說」，「已經是很豐富的一堆了」。這是他後來繼續寫的《冰心論》、《廬隱論》、《落華生論》等的最初資料積累。但這時王魯彥的創作並不多，除短篇集《柚子》中的 11 篇外，還有《小說月報》18 卷上發表過的《黃金》、《毒藥》、《一個危險的人物》。茅盾又是先讀全文才論全文的。

茅盾此文提出關於讀書與評論的許多精闢的理論與觀點。例如他說：「假使你是一位科學家，用精密的科學方法，來分析來剝脫中國社會的人層，你總該不至於失望你的工作的簡單易完。從最新的說洋話吃大餐到過外國的先生們起，到」「老中國的兒女們，你至少可以分出十層八層的不同的人樣」或

〔註17〕 以上引茅盾論魯迅的文字凡未注出處者，均見《魯迅論》，《茅盾全集》第 19 卷第 133～161 頁。
〔註18〕 《讀〈倪煥之〉》，《茅盾全集》第 19 卷第 200 頁。
〔註19〕 1928 年 1 月 10 日《小說月報》第 19 卷 1 號，《茅盾全集》第 19 卷。以下引文沒有注出處者，均出此文。

「『文化代』來」。時間就像壓縮了「呈現在現代的中國社會內，使我們恍如到了歷史博物館」。它體現了「神秘的中國」「是如何的廣大複雜」。而「五四」以來我們的作家「並沒有辜負這神秘的祖國」，茅盾身邊這一堆郢先生搜集來的書中，就「藏著整個的中國社會存在；我們社會內的各『文化代』的人們都有一個兩個代表站在這一大堆小說裡邊」。據此理論，茅盾分別給魯迅、葉聖陶和王魯彥的小說中的典型人物定了位：魯迅的典型「是本色的老中國的兒女」，葉聖陶的典型是「城市小資產階級」；王魯彥的典型則是「多少已經感受著外來工業文明的波動」的「鄉村的小資產階級」。魯迅筆下老中國兒女那「天經地義的人生觀念」，「在王魯彥的作品裡已經褪落了」。這是些「危疑擾亂的被物質欲支配著的人物」，反映出「似乎正是工業文明打碎了鄉村經濟時應有的人們的心理狀況」。「很明顯的是現代的複雜中國社會內的一層」的代表，反映著「現代的複雜中國社會」的狀況。這是非常準確的判斷。

茅盾指出：王魯彥的創作心態特點是：「向善心」，「常常鼓勵他作為一個人類的戰士，然而他又自疑沒有那樣的勇力」，「這便是作者的銳敏感覺所發現的人生的矛盾和悲哀」。「作者太赤熱的心，在冷冰冰的空氣裡跳躍，它有很多要詛咒」、「共鳴」、「反抗」，「它焦灼地團團轉，終於找不到心安的理想，些微的光明來」。有人說王魯彥的這種心態「沒有積極的價值」，茅盾卻不以為然：因為「至少這是一顆熱騰騰跳動的心，不是麻木的冷的死的」。王魯彥是文學研究會的中堅力量之一，這正是他與同仁們共具的熱切期望改變人生的積極的態度。茅盾也指出王魯彥從此功利目的出發使有些作品有明顯的「教訓主義的色彩」。茅盾希望他拋棄這毛病，而「用他的銳敏的感覺去描寫鄉村小資產階級，把他的 canves〔註20〕擴展開來，那麼，一定還有更好的成績」。

茅盾很欣賞王魯彥描寫手腕的「自然和樸素」，認為這「是作者的卓特的面目」。「作者的詼諧大都帶一點冷諷的氣味，所以雖然只是些瘦瘠的詼諧，也還有咀嚼的餘味」。他認為其「最大的毛病是人物的對話常常不合該人身份似的太歐化了太通文了些」的語言。茅盾認為「小說中人物的對話，最好是活的白話，而不是白話文」。至於有人指責王魯彥「缺乏積極的精神和中心思想」，茅盾承認這是缺陷：但「以為正亦不足為病。文藝本來是多方面的，只要作者是忠實於他的工作，努力要創造些新的，能夠放大了他們敏密的感覺，

〔註20〕英語：畫面。

那麼即使像如史伯伯那樣平凡的悲哀，也是我們所願意聽而且同情的」。由此特定角度與主點，茅盾引申出一個普遍性的命題：「我們中間已有了不少的希望未死理想未死的人們在那裡滋長蓓蕾，努力要撤去舊的，換上一些新的。我就覺得凡是新的，不論是如何幼稚，未成熟，總是好的，引人敬愛，發人興感。」這是從特定角度所下的結論。

也因此出發點，當茅盾讀了 1928 年 1 月 1 日在上海創刊的《太陽》月刊，就寫了《歡迎〈太陽〉》的短評，表示歡迎，他說：「《太陽》旗幟下的文學者，要求光明，要求新的人生；他們努力要創造出表現社會生活的新文藝。」〔註21〕茅盾引用了其《卷首語》。其中有些話非常精闢而熱切，不妨引來作為本節的結語：

> 弟兄們！向太陽，向著光明走！
>
> 我們也不要悲觀，也不要徘徊，也不要懼怕，也不要落後。
>
> 我們相信黑夜終有黎明的時候，正義也將終不屈服於惡魔手。
>
> 我們只有奮鬥，因為除開奮鬥而外，我們沒有出路。
>
> 倘若我們是勇敢的，那我們也要如太陽一樣，將我們的光輝照
>
> 遍全宇宙。

茅盾肯定魯迅，肯定王魯彥與葉聖陶，甚至還不存門戶之見地肯定批判自己時毫不留情面的《太陽》月刊。就因為茅盾他們「五四」以來都是追求一個目標，他們都是「向著太陽」，欲「征服一切」黑暗，「開闢新的園土」，「栽種新的花木」的文學戰士！

《幻滅》《動搖》《追求》和《從牯嶺到東京》

茅盾 1927 年 8 月下旬從廬山回到上海，隱居景雲里 11 號甲的寓所三樓過地下生活。表面上他似乎賦閒，其實他內心很不平靜。晚年回憶往事時，他對此有段精闢的概括：「那時，我對於大革命失敗後的形勢感到迷惘，我需要時間思考、觀察和分析。自從離開家庭進入社會以來，我逐漸養成了這樣一種習慣，遇事好尋根究底，好獨立思考，不願意隨聲附和。」「它的好處，大家都明白」，但「在我的身上也有副作用，這就是當形勢突變時，我往往停

〔註21〕 《歡迎〈太陽〉》，1928 年 1 月 8 日《文學周報》第 5 卷第 20 期，《茅盾全集》第 19 卷第 163 頁。

下來思考，而不像有些人那樣緊緊跟上。1927 年大革命的失敗，使我痛心，也使我悲觀，它迫使我停下來思索：革命究竟往何處去」？〔註 22〕這反思所得的內容，反思過程中的情感波動與取向，大都傾注在他的長篇處女作《幻滅》、《動搖》、《追求》中。這部後來結集出版總題名爲《蝕》的三部曲，打上了茅盾反思中國革命發展史與叩問自己的參與革命過程情感體驗歷程與心態波動的心靈發展史的鮮明烙印。所以這是他「用自己的眼睛去讀世間這一部活書」的主觀內心感受的折光。

茅盾在肯定魯迅的《吶喊》眞實地描寫了「老中國的兒女們」之同時，對其沒寫出「都市中青年們的心的跳動」感到不滿足。《彷徨》對此雖有部分描寫，但「只能表現了『五四』時代青年生活的一角」而不是主流或「全般」。茅盾自己提筆開始小說創作，顯然有意識地要填補這一空白，寫「五四」青年和都市「時代女性」的全般生態與複雜人生取向，以展示「全般」，想對「五四」以來文學發展有較大的突破。從這個意義上講，《蝕》三部曲又是茅盾反思「五四」以來新文學發展史所結的碩果。

茅盾說他構思《蝕》的過程，大體有三個階段。最初是 1926 年，「大革命的前夜」。他見到許多小資產階級出身的時代女性，或對革命抱「異常濃烈的幻想」，或在生活中「碰了釘子，於是憤憤然要革命」，她們雖「不過在邊緣上張望」，但也有置身其中，甚至相當狂熱者。據此茅盾逐漸構思出幾種「完全不同的典型」，「試寫小說的企圖也就一天一天加強」。有一次會後下了大雨，茅盾與一女同志共持一傘送她回家。想到她在會上激昂發言時的情景，看到她「此時臉上還帶著興奮的紅光」，茅盾「『文思洶湧』，要是可能」，定會「在大雨下」提筆。「這晚回家後就計劃了那小說的第一次大綱」。第二階段是 1927 年在武漢和赴牯嶺之際。在這大漩渦、大矛盾，以及革命失敗後面臨的大動蕩中，茅盾「眼見許多人出乖露醜」，「眼見許多『時代女性』發狂頹廢，悲觀消沉」，於是一年前寫下的小說大綱又浮上心頭，在「意識上閃動」。直到從廬山回滬，潛在家中過「地下生活」，在革命史反思與文學史思想的心態中，才翻出那份大綱，準備寫作。因爲時代劇變使原型產生巨變，大綱也只能「大加改削了」。〔註 23〕

茅盾這樣概括其創作的特點：「我是眞實地去生活，經驗了動亂中國的最

〔註 22〕　《我走過的道路》，《茅盾全集》第 34 卷第 382～383 頁。
〔註 23〕　《幾句舊話》，《茅盾全集》第 19 卷第 439～442 頁。

複雜的人生的一幕，終於感得了幻滅的悲哀，人生的矛盾，在消沉的心情下，孤寂的生活中，而尚受生活執著的支配，想要以我的生命力的餘燼從別方面在這迷亂灰色的人生內發一星微光，於是我就開始創作了。」〔註24〕因此，茅盾給他的創作方法作了這樣的定位：「我愛左拉，我亦愛托爾斯泰。」「他們的作品」都「是現實人生的批評和反映」。「左拉因為要做小說，才去經驗人生；托爾斯泰則是經驗了人生之後才來做小說。」左拉對人生是「冷觀」的；托爾斯泰卻充滿熱愛，兩人的態度恰恰相反。我雖然「鼓吹過左拉的自然主義，可是到我自己來試作小說的時候，我卻更近於托爾斯泰了」。所以儘管茅盾說：「《幻滅》和《動搖》中間並沒有我自己的思想，那是客觀的描寫，《追求》中間卻有我最近的思想和情緒。」〔註25〕實際上這只是主體意識、主觀情感傾向之投入的「量」的區別，而非「質」的區別。客觀地說，《蝕》三部曲既是以生活真實為依據的藝術真實性很強的時代現實的反映，又因茅盾上述革命功利主義目的（在人生中「發一星微光」）與主觀情感（悲觀與幻滅但並非動搖，十分強烈的投入，而打上作家思想情感與主體意識傾向極為鮮明的印記。這是人所公認的。

　　茅盾非常準確地概括了《蝕》的總主題：「寫現代青年在革命壯潮中所經過的三個時期：（1）革命前夕的亢昂興奮和革命既到面前時的幻滅；（2）革命鬥爭劇烈時的動搖；（3）幻滅動搖後不甘寂寞尚思作最後之追求。」〔註26〕在時間上小說所寫大體以 1926 年北伐大軍誓師武漢到 1927 年「四一二」到「七一五」蔣介石汪精衛相繼叛變，發動反共高潮，大革命宣告失敗之後。但《幻滅》事件發生之時間的後半，正是《動搖》事件發生時間的全部。

　　《蝕》的最突出的文學史貢獻有三點：第一是「敢涉足他人所不敢而又是人們所關注的重大題材」。「直接反映 1927 年大革命的作品，除了《蝕》」，迄今「尚無其它的」。〔註27〕《幻滅》與《追求》分別借助革命知識青年特別是其中的「時代女性」，側面反映大革命進程氣勢在人們生活與心靈中的深刻投影；《動搖》則正面寫革命高潮中工農運動的澎湃氣勢，錯綜複雜的矛盾鬥爭，及其在領導層中，在國民黨內部、與共產黨和國民黨之間的路線鬥爭。這是以茅盾的武漢編輯生活積累，直接採訪和佔有的第一手現實材料做紮實

〔註24〕　《從牯嶺到東京》，《茅盾全集》第 19 卷第 176～177 頁。
〔註25〕　《從牯嶺到東京》，《茅盾全集》第 19 卷第 176 頁，180 頁。
〔註26〕　《從牯嶺到東京》，《茅盾全集》第 19 卷第 179 頁。
〔註27〕　《外文版〈茅盾選集〉序》，《茅盾全集》第 27 卷第 444 頁。

依據的。至今還無人能寫出可以取代的同類作品，更不用說超越其思想藝術水平了。

第二是推出了兩類典型人物系列。首先是「時代女性」系列。茅盾致力描寫的時代女性很多，突出的「只有兩型」：「靜女士、方太太屬於同型」，這是性格嫻靜、內向的東方女性典型；「慧女士、孫舞陽、章秋柳，屬於又一的同型。」〔註 28〕這是性格潑辣、外向的類乎西方女性的典型。兩者的共性是均具或強或弱的革命小資產階級知識分子兩重性，都受過「五四」、「五卅」運動與大革命的洗禮，都衝出家庭牢籠走上社會，程度不同地置身革命大潮，具追求民主、自由、個性解放要求，並有一定行動的「時代女性」。但其個性卻迥然不同，前者嫻靜、溫婉、柔弱、內秀、多愁善感，大都遊離在革命大潮的邊緣；後者開朗、潑辣、剛強、果斷，具男性般的陽剛之氣。其思想之解放到「性」解放的程度。她們投身革命大潮，敢於站在濤頭，有時甚至有過「左」行為；落潮期則頹唐以至頹廢，有時甚至有過激行動。兩種女性都受個人主義及搖擺性的侷限。她們在順境時是積極力量，逆境時則消極消沉；後者還可能成為有破壞性的盲動力量。通過「時代女性」這兩類典型的塑造，茅盾提出現代知識型革命青年與時代女性應走什麼樣的人生道路，革命應如何團結改造這種占比例很大的革命力量的重大問題。

其次是居對立統一地位的假「革命」以至反革命的男性典型系列。方羅蘭在革命順境中是「口頭革命派」，有革命的趨向與口頭的宣言，而缺乏真正意義的革命行動。在革命逆轉時則妥協、逃避，無往而不動搖，甚至客觀上成了反革命力量的幫凶。胡國光則是土豪劣紳中之偽裝革命者。他鑽進基層領導集團中，把革命推向極「左」，然後使之急劇向右轉，最終達到以反革命勢力鎮壓工農革命的目的。這是一種極具時代特色的反革命典型，兩者都打上了大革命時期獨特的時代印記。

在中國現代文學史上，還沒有別的作家能以同類典型人物達到以至超越茅盾已臻的思想藝術水平。

第三個貢獻是《蝕》開創了中國現代文學史上以心理剖析為主，以社會剖析為輔的社會心理剖析小說流派，以堅實的藝術創造奠定了這一流派的基礎，足以影響後來的幾代作家。至今還有人踏著茅盾開拓的方向繼續前進。

但是，茅盾這些開拓性貢獻，在《幻滅》、《動搖》、《追求》陸續發表之

〔註28〕　《從牯嶺到東京》，《茅盾全集》第 19 卷第 179 頁。

當時，雖然引起很大的轟動，但沒有得到應有的肯定性評價，而且還一直受到極「左」文藝思潮的批判與打擊。茅盾自《幻滅》問世，並繼續寫《動搖》、《追求》時，就跟蹤閱讀了一篇又一篇這類的批評文章。他發現這類文章首先來自以革命文學倡導者自居的後期創造社成員，其突出的代表人物就是成仿吾和傅克興。其次是來自剛成立的以蔣光慈為首的太陽社，其撰寫批判茅盾文章的代表人物則是錢杏邨。當然，他們不光批判茅盾，而且批判魯迅、葉聖陶，甚至連本是戰友和創造社元老的郁達夫也成了他們批判的對象。然而茅盾當時無暇顧及。他要集中力量把「三部曲」寫完。不過他已經明顯地感到對《幻滅》、《動搖》、《追求》的批評，並非針對個人，而是極「左」思潮泛濫的表現。

茅盾的隱居生活嚴重危害了他的健康。而且時間久了，他回上海轉入地下的消息也愈傳愈廣，很有被捕的可能。於是他接受了老朋友陳望道的建議，於1928年9月初離開上海乘船經神戶轉乘火車，抵日本的首都東京。在東京安置下之後，茅盾動手寫長篇論文《從牯嶺到東京》。此文於7月16日寫畢。〔註29〕此文是對《幻滅》、《動搖》、《追求》的批判文章的總答辯：也是對正在進行的關於「革命文學」口號論爭中表現出的極「左」觀點的系統的批評。

茅盾把這些批判文章歸納了一下，發現無非是集中在兩點：其一是說茅盾及其《幻滅》、《動搖》、《追求》是站在「將變為資產階級底上層小資產階級立場」，其「意識仍然是資產階級的，對於無產階級是根本反對的」。其二是認定「三部曲」「除卻暴露了他自身機會主義的動搖外，是沒有什麼意義的」。他們指責作品沒有寫出正面形象來，他們認定茅盾把中國革命當作「絕路」，給小資產階級「指示一條投向資產階級的出路，所以對於革命潮流是有反對作用的」。這些觀點在茅盾的答辯文章《從牯嶺到東京》發表以後，由傅克興集其大成，形成了「四頂帽子」。這四頂帽子其實就是一頂：小資產階級及其文學已經成為革命的對象——資產階級。這就混淆了實辦資產階級、民族資產階級及小資產階級三個不同階段或階層的界限與本質區別。

《從牯嶺到東京》共8節，1至6節談「三部曲」的創作，其餘兩節是對文壇「左」的偏向的批評及自己今後方向的自白。文章既有誠懇的自我批評，也有坦率的反批評。

〔註29〕初刊於1928年10月18日《小說月報》第19卷10號，見《茅盾全集》第19卷第176頁。

　　首先，針對脫離當時客觀現實，純屬「左」傾主觀臆斷的批評意見，茅盾據「三部曲」所反映的客觀現實及作品描寫是否真實，既作自白，也作答辯。茅盾反覆指出：「《幻滅》等三篇作品只是時代的描寫，是自己能夠如何忠實便如何忠實的時代描寫。」因此作品的內容是有充分的客觀現實依據的。他反覆強調：「《幻滅》和《動搖》中間並沒有我自己的思想，那是客觀的描寫；《追求》中間卻有我最近的思想情緒。」那是因為「知道了一些痛心的事」，「親愛者的乖張。」這使「我有點幻滅」，「悲觀」、「消沉」。從而導致作品「極端悲觀的基調」。〔註30〕這裡所說的「親愛者的乖張」，是指1927年形成的茅盾的摯友瞿秋白為代表的第一次「左」傾機會主義路線。在1927年8月7日召開的中共中央緊急會議（史稱「八七」會議）上，批判了陳獨秀的右傾機會主義路線錯誤，撤銷了陳獨秀的總書記職務。選舉了以瞿秋白為首的臨時中央政治局，同年11年召開的臨時中央政治局擴大會議，通過了瞿秋白的「左」傾路線；批判了代表正確路線，分別舉行了「八一」南昌起義和秋收起義，並向井岡山進軍的周恩來、毛澤東，甚至還給予他們黨內處分。這種由右傾向「左」傾逆轉的形勢，使處於「幻滅」之中的茅盾更加迷惘、困惑、悲觀。這些情緒顯然反映到「三部曲」中。《追求》的反映更為明顯。茅盾對此作自我批評，完全必要。不過「三部曲」決非像批評者所說的一無是處。它在肯定時代女性的革命積極性之同時，對其狂熱性、搖擺性以及「左」傾盲動行為，明顯地持批評態度。對方羅蘭的妥協動搖、胡國光的反革命活動，則不僅是批判，甚至有尖銳的揭露。作品對「時代女性」群，對方羅蘭，對胡國光分別持批評、批判和揭露的態度，其分寸把握是很適度的。這一切既反映了茅盾正確的政治取向，也流露了他當時情緒上的弱點。同時，茅盾這些描寫，首先是建立在「忠實的時代描寫」基礎上，茅盾的反批評也是正確和客觀的。

　　第二，茅盾充分論述了「這是幻滅，不是動搖」的道理與客觀形成依據；有力地反駁了論者所說「三部曲」暴露了茅盾「自身機會主義的動搖」等不公正的批評。他指出他所說的「幻滅」，是指某些革命者在「革命未到來之前」，以為一旦革命到來「彷彿明天就是黃金世界」這一不切實際的「幻想」的「破滅」。他說：這些人中「不但有小資產階級，並且也有貧苦的工農」。在大革命失敗的殘酷現實粉碎了這種不切實際的幻想之後，他們「都曾在那

〔註30〕《茅盾全集》第19卷第180頁，185頁。

時有過這樣一度的幻滅」。茅盾自己亦復如是。前面提到，早在 1922 年寫《自治運動與社會革命》時，他就有「立刻舉行無產階級的革命」，這革命一定勝利，「而且這勝利即在最近的將來」〔註31〕的不切實際的幻想。1927 年「四一二」反革命政變發生後，茅盾在《蔣逆敗相畢露了》一文中，仍斷言：「蔣逆已至最後的掙扎了，我們再努力一點，早些把他完完全全送進墳墓去呀！」〔註32〕經過大革命失敗的事實教訓與反思，茅盾在《從牯嶺到東京》中承認：這是「由左傾以至發生左稚病」。正是由於大革命的失敗，使茅盾早在建黨初就有的這一「幻想」徹底破滅了。這是「幻滅」的第一層含義。茅盾又指出了「由救濟左稚病以至右傾思想的漸抬頭，終於為大反動」〔註33〕這一更加嚴重的殘酷現實，這是指陳獨秀右傾機會主義與蔣汪反革命政變得逞斷送了大革命的好形勢，使茅盾追求數年的革命目標毀於一旦。這是「幻滅」的又一層含義。

　　第三，關於沒有寫「出路」與寫正面人物的種種批評問題：創造社、太陽社的成仿吾、克興、錢杏邨等所謂的「出路」，正是他們所擁護的瞿秋白代表的在革命低潮期仍主張「不斷革命」、「不斷起義」的「左」傾機會主義路線；也就是茅盾所說的「親愛者的乖張」。茅盾明確地宣布：「我實在是自始就不贊成一年來許多人所呼號吶喊的『出路』。這『出路』之差不多成為『絕路』，現在不是證明得很明白？」〔註 34〕結束「文革」進入新時期，鄭超麟在回憶錄中提供了旁證：茅盾一次與他談話時表示：「他不滿意於『八七』會議以後的路線，他反對各地農村進行暴動。他說一地暴動失敗後，即使以後有革命形勢農民也不肯參加暴動的。這是第一次，我聽到一個同志明白反對中央新路線。」可見茅盾對第一次「左」傾路線錯誤，從一開始就持反對態度。鄭超麟還說：他這反對意見，「後來寫在他的《從牯嶺到東京》文章中」。〔註 35〕而後期創造社、太陽社的批評文章，恰恰是站在瞿秋白錯誤路線上，批評茅盾不把此極「左」路線當作「出路」寫，並說這是「落伍」，是「他自身機會主義的動搖」，是「對於革命潮流有反對作用的」。對此，茅盾當然不服，他反問道：「說這是我的思想落伍了罷，我就不懂為什麼像蒼

〔註31〕《茅盾全集》第 14 卷第 204 頁。
〔註32〕《茅盾全集》第 15 卷第 354 頁。
〔註33〕《茅盾全集》第 19 卷第 182～183 頁。
〔註34〕《茅盾全集》第 19 卷第 181 頁。
〔註35〕《鄭超麟回憶錄》（1919～1931 年）內參本第 176 頁。

蠅那樣向窗玻片盲目撞便算是不落伍？說我只是消極，不給人家一條出路麼，我也承認的；我就不能自信做了留聲機呀喝著：『這是出路，往這邊來！』是有什麼價值並且良心上自安的。我不能使我的小說中人有一條出路，就因為我既不願意昧著良心說自己以為不然的話，而又不是大天才能夠發現一條自信得過的出路來指引給大家。」「我想來我倒並沒有動搖過。」「幻滅的人對於當前的騙人的事物是看清了的，他把它一腳踢開」；「或者從此不管這些事；或者是另尋一條路來幹。」〔註36〕茅盾當然屬於後者。到寫《從牯嶺到東京》時止，他已經認識了「幻滅」「悲觀」是失誤。他說：「我很抱歉，我竟做了這樣頹唐的小說。」〔註37〕「但是請恕我，我實在排遣不開。我只能讓它這樣寫下來，作一個紀念；我決計改換一下環境，把我的精神甦醒過來。」因此他到了日本，到寫《從牯嶺到東京》時止，他已「看見北歐運命女神中間的一個很莊嚴地在我面前」。「她的永遠奮鬥的精神將我吸引著向前！」「《追求》中間的悲觀苦悶是被海風吹得乾乾淨淨了」我「是決定要試走這一條路」。〔註38〕

「北歐女神」所指為何？茅盾自己有多次解釋。1929 年 5 月他說：「在北歐神話，運命女神也是姊妹三個。」「象徵了無盡的時間上的三段。」姊姊象徵衰老的「過去」，幼妹象徵「不可知的『未來』」。二妹 Verdandi「盛年，活潑，勇敢，直視前途；她是象徵了『現在』的」。茅盾決計「既不依戀感傷於『過去』，並不冥想『未來』」，他要做北歐女神 Verdandi 般「敢於凝視現實的」「真的勇者」。「要使人們透視過現實的醜惡而自己去認識人類偉大的將來，從而發生信賴」。〔註39〕1961 年他在信中更明確地揭櫫了這「洋典故」的內涵：「北歐的運命女神見北歐神話，當時用這個洋典故，寓意蓋在蘇聯也。」〔註40〕根據 1981 年 3 月 31 日中共中央恢復沈雁冰黨籍的決定中的判斷，茅盾是「1928 年以後」，即赴日本之後，「同黨雖失去了組織與聯繫，仍然一直在黨的領導下從事革命的文化工作。」在東京，他比在上海活動方便，聯繫也多，獲得的信息也多。此時，他在武漢辦報的摯友錢亦石正在東京，出席 1928 年 6 月 18 日在莫斯科召開的中共第六次代表大會的代表，包

〔註36〕《從牯嶺到東京》，《茅盾全集》第 19 卷第 181 頁、183 頁。

〔註37〕「小說」特指《追求》。

〔註38〕《茅盾全集》第 19 卷第 186 頁、194 頁。

〔註39〕《寫在〈野薔薇〉的前面》，《茅盾全集》第 9 卷第 521～523 頁。

〔註40〕《茅盾全集》第 37 卷第 50 頁。

括董必武在內，許多人途經日本轉蘇聯，都是經錢亦石與在京都的茅盾另一
個老同事老朋友楊賢江，負責中轉赴蘇聯的。茅盾很容易了解到這次會議撥
亂反正的內容：明確了中國革命的性質仍是中國共產黨領導下的資產階級民
主主義性質的革命，也正是這次會議糾正了瞿秋白的「左」傾路線錯誤。這
裡茅盾所說的「北歐運命女神」「蓋指蘇聯」，一方面是指蘇聯的存在，指示
著包括中國革命在內的世界革命的方向；另一方面就指在蘇聯召開的中共六
大的撥亂反正，糾正「左」傾，給中國革命指示了新的方向。因此，寫《從
牯嶺到東京》時的茅盾，比寫《追求》時要樂觀得多，他要結束一年多的「反
思」，樂觀地執著現在，重新振作與行動了。

關於沒有寫出「正面人物」的問題，茅盾在《從牯嶺到東京》中作的是
結合著尚未找到出路問題作側面回答。他實際也承認：對方的這一批評是對
的。1952 年他在《茅盾選集·自序》中說：這「三部曲」「共寫了三十左右的
人物」，只有李克這個次要人物算得上「是肯定的正面人物」，「1925～1927 年
間，我所接觸的各方面的生活中，難道竟沒有肯定的正面人物的典型麼？當
然不是的。然而寫作當時的我的悲觀失望情緒使我忽略了他們的存在及其必
然的發展。」由此茅盾上升到理論：「一個作家的思想情緒對於他從生活經驗
中選取怎樣的題材和人物常常是有決定性的」；「待到憬然猛省而深悔昨日之
非，那已是《追求》發表一年多以後了。」〔註 41〕茅盾這些認識，是符合實
際的。

第四，關於「無產階級文藝」與「標語口號文學」問題：「新的文藝應該
是無產階級文藝」，這是 1928 年「革命文學」論爭中創造社、太陽社爭相宣
傳的中心口號，茅盾認為這「主張是無可非議的，但表現於作品上時，卻亦
不免未能適如所期許」。茅盾指出：「過去半年的所有此方向的作品」，「暴露
了不能擺脫『標語口號文學』的拘囿。」茅盾懷疑其「是否有文藝的價值」。
因為它雖「有革命熱情而忽略於文藝的本質，或把文藝也視為」「狹義的」「宣
傳工具」。這些作者不僅不熟悉工農大眾的生活與思想感情，甚至也不能用大
眾化語言寫作品。雖然你是「為勞苦群眾而作」，但「你的太歐化或是太文言
化的白話」工農大眾讀不懂也聽不懂！所以他們還是看「灘簧小調花鼓戲等
一類你所視為含有毒質的東西」。因此許多作家反對這種創作傾向因而「嘆息
搖頭」，「並不是反對革命文藝」。「如果你能夠走進」人民大眾的「生活裡，

〔註41〕《茅盾全集》第 24 卷第 207 頁。

懂得他們的情感思想，將他們的痛苦愉樂用比較不歐化的白話寫出來，那即使你的事實中包孕著絕多的新思想」，他們仍「會喜歡你」。〔註 42〕在當時，這是相當清醒的正確判斷，可惜對方聽不進去！

最後，茅盾提出了革命文藝的讀者對象，除工農大眾外，還應該包括小資產階級；而且也應該把他們當作描寫的對象。茅盾針對「左」傾機會主義把小資產階級等同於反動資產階級因而列為革命對象的錯誤，頗具膽識地提出：「中國革命的前途還不能全然拋開小資產階級。」他堅信對此「將來的歷史會有公道的證明」。茅盾進一步指出：「現在的『新作品』」「太不顧到小資產階級」是一大偏向。他嚴屬批評那種把「為小資產階級訴苦，便幾乎罪同反革命」的「很不合理的事」！茅盾從實際出發，旗幟鮮明地判定：由於文化程度等的限制，當前的主要讀者群不是工農大眾，而是小資產階級讀者。他「相信我們的新文藝需要一個廣大的讀者對象，我們不得不從青年學生推廣到小資產階級的市民，我們要聲訴他們的痛苦，我們要激動他們的熱情。為要使新文藝走進小資產階級市民的隊伍，代替了《施公案》、《雙珠鳳》等，我們的新文藝在技巧方面不能不有一條新路」：「重要的是使他們能夠了解不厭倦。」〔註 43〕

《讀〈倪煥之〉》和《虹》

茅盾 1928 年 12 月初旬由東京遷到京都，投靠先住京都的楊賢江夫婦，由其代租了房子。這時茅盾一方面從事短篇小說、散文的創作與學術著述，一方面仍密切關注著國內文壇，繼續反思「五四」以來新文藝發展道路的經驗和教訓。他讀了許欽文、王統照、周全平、張資平以及創造社、太陽社許多代表作家的作品；也跟蹤閱讀他們辦的《太陽月刊》和《文化批判》等刊物。日有所思，月有所積；及至他讀完 1928 年 1 至 12 月號《教育雜誌》連載的葉聖陶的長篇小說《倪煥之》，〔註 44〕茅盾的思考已經成熟。1929 年 5 月 4 日，茅盾完成了另一篇論文巨著《讀〈倪煥之〉》。〔註 45〕

〔註 42〕　《從牯嶺到東京》，《茅盾全集》第 19 卷第 187～191 頁。
〔註 43〕　《從牯嶺到東京》，《茅盾全集》第 19 卷第 190～193 頁。
〔註 44〕　《倪煥之》始作於 1928 年 1 月，同年 11 月 15 日寫畢。
〔註 45〕　初刊於 1929 年 5 月 12 日《文學周報》第 8 卷第 20 號，《茅盾全集》第 19 卷第 197～217 頁。以下引文，凡未注出處者，均出此文，均見此書上述各頁。

　　這篇長文仍然像《從牯嶺到東京》那樣高屋建瓴，從「五四」以來這十年文學思潮發展史的反思落筆。他贊成這十年以「五卅」為界分前後兩期的觀點。仍然認定：這十年，特別是「五四」到「五卅」這六年，總體看來，只有魯迅的《吶喊》「在攻擊傳統思想這一點上」「表現了『五四』的精神。然而並沒有反映出『五四』當時及以後的刻刻在轉變著的人心。」「沒曾反映出彈奏著『五四』的基調的都市人生」。《彷徨》「表現了『五四』時代青年生活的一角」，而非「全般」，「因而也不能不使人猶感到不滿足」。茅盾又列舉了「五四」以來文壇主力如王統照、郁達夫、許欽文，也列舉了頗有影響的張資平、周全平。這些作家的作品特別是短篇或短篇集，如《春雨之夜》、《沉淪》、《趙先生的煩惱》和《苔莉》、《夢裡的微笑》，「大都用現代青年生活作為描寫的主題」，但「所反映的人生還是極狹小的」，不能「充分表現了現實生活中的青年的彷徨的心情」；更「沒表現出『彷徨』的廣闊深入的背景」，因而「缺乏濃郁的社會性」，和「透徹的時代性」。

　　茅盾一針見血、毫不隱諱地分析其原因：「當時的文壇上發生了一派忽視文藝的時代性，反對文藝的社會化，而高唱『為藝術而藝術』的主張，這樣的入了歧途！」「當時宣傳著感情主義，個人主義，享樂主義，唯美主義的創造社諸君實在也是分有了當時的普遍的『彷徨苦悶』的心情。」「去年成仿吾所痛罵的一切，差不多全是當初他自己的過犯。」茅盾聲明：這「並非是翻舊帳，不過借此說明了時代對於人心的影響是如何之大，從而也指出了何以六年前板著面孔把守了『藝術的藝術之宮』的成仿吾會在六年後同樣地板起了面孔來把守『革命的藝術之宮』，正自有其必然律」。但是他們的轉向「並沒有懺悔以往的表示，而是一種『先驅』的，『灼見』的態度」，反倒批判當時就注意人生問題、社會性、時代性等等的反映的文學研究會的代表人物茅盾、葉聖陶等人，把他們當成小資產階級以至資產階級代表來批判。「這使得不健忘的人們頗覺忍俊不禁」。不過茅盾認為：這未必像某些「不客氣的猜度所說的竟是投機，是出風頭」。茅盾的這些批評就事論事說，的確言之成理，持之有據。但若宏觀地看，把上述文壇誤區全歸罪於創造社，這也不公平。因為文學研究會諸作家雖然倡導為人生的藝術，注意社會性的描寫，但其在反映時代性上，也不夠充分。所以還是茅盾總結的下面一點，倒是根本原因。而這是創造社、文學研究會及其他進步作家共同的弱點。

　　這就是：除了茅盾等極少數人外，作家普遍地「不曾參加實際運動和地

下工作」，既缺乏革命思想與時代精神的充分把握，也缺乏實踐體驗與認知。「直到地下工作的第一次果實的『五卅』運動爆發時」，「時代的前進的輪子」「推動了象牙塔裡的唯美主義者」；包括創造社在內，也發表了「改變方向」的宣言。茅盾認為，這恰恰證明：「正是人的思想乃受社會環境所支配，而社會環境乃受經濟條件所支配。」因此茅盾對太陽社、創造社為爭奪倡導「革命文學」口號的「正統」或「發見權」的行為，覺得「實在是很無聊的」。何況他們既缺乏清算過去錯誤傾向的自我批評精神，又從右倒向極「左」、動輒批判別人，動輒給人扣上「反革命」帽子，對此茅盾大不以為然。認為這「也可以了解於從個人主義、英雄主義、唯心主義轉變到集團主義、唯物主義，原來不是一翻之易，所以覺得他們宣言中留著一些舊渣滓的氣味」。茅盾說：他並非要「揭穿人家的『舊瘡疤』，不過借此證明了時代對於人心的勢力之偉大」，創造社正是「跟著『五卅』時代向前走了」，這才「覺悟了而且丟去了出死力擁護過的資產階級文藝的玩意兒」。承認這些無損於當事人，反而客觀地證明了這本是客觀存在的運行規律。

茅盾認為還存在「跟著一個一個時代的潮流往前走的無名氏」，他們「湊合成了時代的社會的活力。描寫這些活力，即使並沒指引出什麼顯明的將來的路」，也合乎集體主義精神。我們過去沒有留下表現「五四」時代的作品，「現在如果來描寫『五四』對於一個人有怎樣的影響，並且他又怎樣經過了『五卅』而到現在」新的革命壯潮中泅泳，也是可貴的體現時代性、社會性的佳作。他認為葉聖陶的長篇小說《倪煥之》正是這樣的作品。因此特著文從革命思潮與文學思潮發展史的角度予以褒揚。茅盾之所以特別看重《倪煥之》，因為其主人公倪煥之的個人經歷，反映了時代進程與取向：「五四」前後他與志同道合者包括其愛侶金佩璋一起「試驗新教育」，但客觀上無法戰勝社會的阻力，主觀上教育、愛情與婚姻的理想追求又都未能實現，因而陷入多重的幻滅。「五卅」把倪煥之沖到實際運動中去，並成為 1927 年大革命高潮「社會的活力中一滴」。局勢的陡轉使他心碎，並再度幻滅。作者也不知前景會怎樣，只好以患「腸窒扶斯」來「結束了他的生活的旅程」，彌留時他慨嘆自己的失敗，但仍堅信「將來自有與我們全然兩樣的人」會成功。丈夫之死使一度脫離時代壯潮陷入小家庭圈子的金佩璋覺悟並振作起來。這結尾雖嫌突兀，但與倪煥之臨終時不失卻對未來的憧憬，卻是異曲同工之舉。茅盾統觀葉聖陶此前的《隔膜》、《火災》、《線下》、《城中》、《未厭集》

等五個短篇集，驚喜地發現只有他的第一部長篇《倪煥之》「第一次描寫了廣闊的世間。把一篇小說的時代安放在近十年的歷史過程中。而且寫一個「富有革命性的小資產階級知識分子」十年來受時代壯潮推動「從鄉村到都市，從埋頭教育到群眾運動，從自由主義到集團主義」，這種個人的人生道路發展的描寫，反映了「五四」至「五卅」再到大革命的時代發展與劇變，在中國現代文學史上這是第一部。十年來很少有人有意地要表現一種時代現象，社會生活，而葉聖陶的《倪煥之》，這幾個「第一」恰恰都自覺地做到了。因此茅盾認為這是「『扛鼎』的工作」。

由此作的經驗與意義出發，茅盾進一步把它昇華為理論，以「有意識地描寫『五四』對於某個人有怎樣的影響」這要求，提到合乎「時代性」的審美標準的高度。他對「時代性」作出了科學的闡述與界定。他認為「時代性」除了「表現了時代空氣而外，還應該有兩個要義：一是時代給與人以怎樣的影響，二是人們的集團的活力又怎樣地將時代推進了新方向。換言之，即是怎樣地催促歷史進入了必然的新時代，再換一句說，即是怎樣地由於人們的集團的活動而及早實現了歷史的必然」。這才是「新寫實派文學所要表現的時代性」！這個時代性理論的提出，實在非同小可！自 19 世紀別林斯基再三論述時代性以來，到茅盾對時代性的闡述時止，各種論述，多如牛毛。然而還沒有第二個理論家能像茅盾論述得這樣精闢和透徹。茅盾之所以能臻此境界，是因為他成功地運用了馬克思主義關於評價個人在時代發展中所起的歷史作用的評價標準，用來解決文學作品塑造典型以體現時代性，並作出合乎時代精神的審美表現與評價這一重大問題。

難能可貴的是，茅盾由葉聖陶的經驗中，還提升出使作品臻於時代性的正確途徑：「思想與技巧，兩方面之均衡的發展與成熟。」他指出：「作家們應該覺悟到一點點耳食來的社會科學常識」，「僅僅準備好一個被動的傳聲的喇叭」，和「僅僅用群眾大會時煽動的熱情的口吻」來寫，「是不夠的」、「不行的」。「準備獻身於新文藝的人須先準備好一個有組織力，判斷力，能夠觀察分析的頭腦」，「能夠自己去分析群眾的噪音，靜聆地下泉的滴響，然後組織成小說中人物的意識，他應該刻苦地磨煉他的技術，應該揀自己最熟悉的事來寫描。」

正是基於上述時代性的高立點，和對「有意識地描寫『五四』對於某個人有怎樣的影響」這一歷史要求的自覺認識，或許也是受到葉聖陶《倪煥之》

的啓發，認識到此書「不曾很明顯地反映出集團的背景」，並要彌補倪煥之在大革命失敗後認不清出路，卻不無遺恨地死去這一不能顯示正確方向的結局的缺點，當然也是要自覺地糾正《幻滅》、《動搖》、《追求》三部曲中的幻滅、悲觀等消極情緒，以及同樣沒有指明「出路」的缺陷，茅盾這才創作了第二部長篇小說：《虹》。

茅盾的創作立意，是「欲爲中國近十年之壯劇，留一印痕」。〔註46〕和《蝕》寫了時代女性系列不同，〔虹〕只塑造了梅行素這一個時代女性典型。通過她的人生道路與性格的縱向發展的描寫，貫串上述壯劇的歷史進程。茅盾實際完成的只是第一卷：由「五四」前夕寫到「五卅」運動爆發後梅女士投入時代壯潮爲止。性格發展的描寫，是沿著梅女士闖過「家庭關」、「社會關」和「革命關」這不斷解決的矛盾衝突縱線展現出來的。

寫梅女士闖「家庭關」，不僅包括「五四」文學常寫的主題：衝破包辦婚姻，實現自我解放與婚姻自主。茅盾還突破常規，寫梅女士爲替父還債，寧願就範於這包辦婚姻，嫁給債主表兄柳遇春。她自動鑽入「柳條牢籠」，本擬婚後馬上就衝出這「柳條牢籠」，以使其人財兩空的方式，實現報復的目的，但婚後她幾乎被柳遇春的馴順討好等柔情所「籠」住。然而她終於割斷情思，毅然離家出走。這種特殊行爲方式與獨創性構思及精彩描寫，可與易卜生筆下的《玩偶之家》的林敦夫人相媲美。充分展示出受過「五四」時代精神洗禮的梅女士，以「在家不從父，出嫁不從夫」爲表現方式的，狂狷自傲、「不顧一切往前衝」的反封建叛逆性格特徵。這就較其他同類作品，在體現時代性上有很大的突破。

梅行素性格發展第二階段，是闖過社會關。由家庭牢籠闖入社會這個被魯迅稱爲「娜拉走後怎樣」的問題，我在一篇論文中稱之爲「易卜生」命題。魯迅指出的答案，是「墮落、回來、餓死」三條路。因爲女人在社會上很難獲得經濟權。魯迅的《傷逝》中的子君提供的是「回來」（重返封建家庭）的答案。曹禺的《日出》中的陳白露，提供的是「墮落」的答案：它證明了魯迅的論斷：「自由固不是錢所能買到的，但能夠爲錢而賣掉。」茅盾筆下的梅女士沒有走這兩路，也沒有走「餓死」的絕路。但她同樣面對魯迅所說的「一匹小鳥」的天敵：「貓」和「鷹」的吞噬；因爲有「五四」精神的武裝，雖被

〔註46〕《虹·跋》，《茅盾全集》第 2 卷第 271 頁。

家庭囚籠困圍過，她並未「麻痺了翅子，忘卻了飛翔。」〔註47〕梅女士憑藉強勁的翅膀，靠教書自謀生路，取得了獨立的經濟權。她採取利用矛盾的方法，去對付教育界的社會醜惡勢力與反動軍閥政治勢力；並且利用本想打她的主意的四川軍閥惠師長（原型是楊森）妻姜成群的矛盾，獲得出川赴滬的機會，終於闖過了社會關。

梅女士性格發展第三階段，是過革命關。在上海，她有機會接觸了地下黨，從而想眞正地參加革命。但她的自由主義、個人主義特別是個人英雄主義，與革命紀律、革命需要與集體主義思想之間的衝突，使她經歷了更加深刻的內心衝突，所走的路也坎坎坷坷，但是她那「不顧一切向前衝」的性格，既帶來侷限，也給她以原始的動力。她終於克服了融「我」於「群」的痛苦，參加了「五卅」運動，走上了南京路！她懷著「時代的壯劇就要在這東方的巴黎開演，我們都應該上場，負起歷史的使命來」〔註48〕的壯志，走上新的人生戰鬥歷程。

由於生活積累有厚有薄，茅盾寫梅女士性格發展前兩個階段即過家庭關、社會關時，顯得厚重和生動；而寫過革命關時，因對地下黨生活了解不深，寫梁剛夫等地下黨的活動，即茅盾所說的「集團的背景」，顯得隱晦單薄，只好借助所擅長的時代女性的內心衝突描寫，彌補這個不足。儘管如此，和同類作品比，《虹》仍有一定的突破：它對《蝕》與葉聖陶的《倪煥之》都未解決好的寫革命出路問題。

按照茅盾「爲中國近十年之壯劇，留一印痕」的計劃，《虹》之後還有續篇《霞》：「梅女士參加了『五卅』運動，還要參加1927年的大革命，但1927年當時的武漢，只是黑夜前的幻美，而且易散。」這就是蔣汪勾結寧漢合流鎮壓革命的歷史逆轉。這時梅女士「到武漢後申請入黨而且被吸收」。但「共產黨員這光榮的稱號，只是塗在梅女士身上的一種『幻美』」，她能否眞正「無產階級化」，還要經過種種考驗！茅盾設計的情節是：她「在白色恐怖下在南方從事黨的地下工作，被捕」；「某權勢人物見其貌美，即以爲妾或坐牢任梅女士二者擇一，梅女士寧願坐牢。在牢中受盡折磨。後來爲黨設法救出，轉移到西北某省仍做地下工作。」〔註49〕但因生活積累不足，茅盾未敢貿然下

〔註47〕《娜拉走後怎樣》，十六卷本《魯迅全集》第 1 卷第 159～161 頁。
〔註48〕《茅盾全集》第 2 卷第 253 頁。
〔註49〕《我走過的道路》，《茅盾全集》第 34 卷第 422～423 頁。

筆，後來又因日本政局逆轉，留在日本有政治危險，不得不回國。回國後他又投入新的戰鬥，而終於未能補充生活，完成續篇《虹》，給中國現代文學留下無法彌補的缺憾。

即便如此，《虹》不僅是對茅盾個人作品《蝕》的超越：終於擺脫悲觀，寫出樂觀的革命前景。自「五四」十多年以來的作家作品，或不能體現出時代性與社會性，或即便有所體現，卻因「概念化」「標語口號化」的侷限而缺乏藝術生命力。茅盾的《虹》彌補了這個遺憾。從突破這些侷限言，《虹》開創了有血有肉的革命文學新局面。《野薔薇》與《宿莽》中的其他短篇，又各從不同的側面，對《虹》作出了一定的補充。

這一時期，茅盾系統地閱讀「五四」以來幾乎全部的新文學作品，通過作家論、作品論與《從牯嶺到東京》、《讀〈倪煥之〉》等長篇論文的寫作，系統地總結了文學發展、文學思潮之歷史經驗與教訓；並且通過兩部長篇《蝕》、《虹》與兩個短篇小說與散文集《野薔薇》、《宿莽》的寫作，努力彌補上述文學史缺陷，力圖使自己的作品達到時代性、社會性的高要求。儘管他的創作實踐也不盡人意，但總體上仍把新文學史提高到一個新的水平線。把握了這個系統工程的內在有機聯繫，不論對了解茅盾的讀書生涯，還是系統地閱讀「五四」以來頭十年的作家作品，都有了一條可以總攬全局的綱。這就是本書雖然篇幅有限，我仍廣泛展開論述視野，對這重點問題詳加論述的原因。

大革命失敗後，茅盾潛於地下，重返文壇，操起如椽大筆，形成了理論著述與創作的第一個高潮期。這期間他出版的學術著作共 11 部：《小說研究ABC》（1928 年 8 月）、《歐洲大戰與文學》（1928 年 11 月）、《中國神話研究ABC》（1929 年 1 月）、《騎士文學 ABC》（1929 年 4 月）、《近代文學面面觀》（1929 年 5 月）、《現代文藝雜論》（1929 年 5 月）、《神話雜論》（1929 年 6 月）、《六個歐洲文學家》（1929 年 9 月）、《西洋文學通論》（1930 年 8 月）、《希臘文學 ABC》（1930 年 9 月）、《北歐神話 ABC》（1930 年 10 月）。這些書大部分是舊作的結集，小部分是新作。特別是 1929 年寫的《西洋文學通論》，是他外國文學研究的集大成之作。為寫此書，他又系統地重點閱讀了西方文學名著與文藝思潮資料，用馬克思主義觀點，糾正了自己過去美學觀中存在的偏頗。此作是中國外國文學史著中第一部貫串著馬列主義美學觀的，重在疏理文學思潮發展規律的，史論結合的巨著。至今仍有後人未能企及處。

這期間茅盾還出版了許多譯著：西班牙作家柴瑪薩斯的小說《他們的兒

子》（含長達七章的《柴瑪薩斯評傳》，1928 年 6 月）、希臘作家帕拉瑪茲的小說《一個人的死》（含長達四章的《帕拉瑪茲評傳》，1928 年 11 月）。此處還有短篇小說合集《雪人》（1928 年 5 月），包括 12 個國家的 19 位作家的作品，其後附有這 19 位作家的小傳。

這些譯作有編《小說月報》時的舊譯，有大革命失敗後的新譯，共同標誌著茅盾翻譯生涯的顛峰期。

這些著譯充實了並在一定程度上提高了新文學的水平，也多角度地充實了當時以至今天的讀者的閱讀生活，並且開闊了他們的視野。

第六章　左翼文壇的高峰

回顧「五四」　展望前景

　　1930 年 4 月 5 日茅盾回到上海。他突出感到江山依舊，時勢懸殊的反差。當年的「革命者」成了新權貴，與舊官僚握手言歡；一度轟轟烈烈地革命景象被白色恐怖所淹沒！這時孔德沚在與地下黨有關係的一所「弄堂」中學任教導主任，有一次險些被來搜查的軍警逮捕。兩個孩子在商務印書館屬尚公小學讀三年級和一年級，由母親照料。茅盾被通緝的處境尚未解除，他覺得須換個住處。這時馮雪峰寄寓在他家。他倆一見如故，開始了此後幾十年並肩戰鬥的友誼。茅盾到隔壁看望了葉聖陶，感謝他照料家屬的情意。又由葉聖陶陪著拜會了住在後弄堂的魯迅。魯迅正譯法捷耶夫的《毀滅》。話題雖多，但魯迅隻字不提已經成立了左聯。

　　茅盾又去拜見了表叔盧鑒泉。他此時是交通銀行的董事長和浙江實業銀行的大股東，南京政府正擬委任他為上海造幣廠廠長。所以門庭若市，軍、政、工、商、金融界要人鉅子多有過從。此後茅盾就常來盧公館走動，目的之一是打聽消息。《子夜》的生活素材與人物原型，有很多就是在這兒積累的。

　　茅盾一切安頓就序，就著手於 6 月中旬搬家。先是遷到公共租界靜安寺東的新蓋樓房。因房租太貴又於 8 月遷往愚園路口慶雲里一家石庫門內的三樓廂房。他仍化名方保宗，教書的。寧波籍的二房東比較好處，也深信不疑。這次遷居前，母親為省房租，堅持回烏鎮老宅居住。從此茅盾每年總有多次返鄉探母，這也是他搜集素材創作《子夜》、《農村三部曲》的機會。

茅盾回國約半月餘，馮乃超通過先茅盾回國的楊賢江的介紹，來請茅盾加入左聯。他出示了全名為中國左翼作家聯盟的「綱領」與「行動綱領」；問茅盾是否願加入。茅盾說：「照綱領的規定，我還不夠資格。」馮乃超說：「綱領」是奮鬥目標，只要同意就可以了。於是茅盾就成了左聯成員。茅盾晚年寫道：「三十年代的左翼文藝運動在中國現代文學史上有著偉大的功績。它是中國革命文學的奠基者和播種者。這個運動在共產黨的領導下，以魯迅為旗手，而『左聯』則是它的核心。『左聯』在繼承『五四』文學革命的傳統，創導無產階級革命文學，介紹馬克思主義的文藝理論，培養一支堅強的左翼、進步的文藝隊伍等等方面，都作出了輝煌的成就，有著不可磨滅的功勛。在抗日戰爭中，以『左聯』為核心的這支隊伍撒向了全國，成為當時解放區和國統區革命文學運動的中堅。全國解放後，這支隊伍又成為全國多條文藝戰線的骨幹和核心。可以說，無視『左聯』的作用，就無法理解中國的現代和當代文學史。」〔註1〕

但是左聯也存在「左」的問題。對此茅盾是逐漸發現的。首先他發現鄭振鐸、葉聖陶沒有參加。後來問馮雪峰，知道多數盟員不贊成他們參加。郁達夫因是魯迅提名才勉強同意的。於是茅盾知道：「革命文學」口號論爭中「左」的傾向雖因黨中央制止壓了下來，勉強聯合，成立了「左聯」，但「左」傾宗派主義仍然存在。茅盾接著面對的是示威遊行，飛行集會，撒傳單，貼標語等本屬群眾運動工作，並非作家所為的事。魯迅從不參加這些活動；茅盾也就「自由主義」了。久之就招來背後的批評。馮雪峰只好以「年紀大了，身體又不好」等由代為排遣。這時茅盾明白：為什麼初會魯迅時，他隻字不提以他為首的剛成立的左聯問題了。茅盾感到：「說它是文學團體，不如說更像個政黨。」

1930 年 8 月 4 日，左聯執委會通過題為《無產階級文學運動新的情勢及我們的任務》的決議。由於受立三路線的影響，這個決議充滿了「左」的偏向。如決議根本不提作家的創作活動。反倒給具創作熱情的作家扣上「作品主義」的帽子。決議也蔑視小資產階級出身的作家（其實左聯現有盟員大都出身小資產階級），事實上正是這些出身小資產階級的作家，特別是魯迅、茅盾等新培養出的出身小資產階級的作家，在魯迅的率領下衝鋒陷陣，取得巨大勝利。決議硬搬蘇聯的「工農通訊員」的經驗，把開展「工農兵通訊員運

〔註1〕 《我走過的道路》，《茅盾全集》第 34 卷第 436～437 頁。

動」藉此培養工農作家的工作，極端化為左聯壓倒一切的任務。其實當時的白色恐怖環境下，根本沒有下鄉下廠下部隊去培養工農兵作家的可能。事實上左聯連一個工農兵作家也沒有培養出來。茅盾當時對此「左」的傾向「直覺」地反對，但一時又弄不清楚理論上應如何對待。反之他在一定程度上也受了「左」的影響。此時他神經衰弱、胃病、眼病一起發作，因此更不參加左聯的這種活動了。正因為他冷眼旁觀，就逐漸認清了「左」傾思潮的本質。

茅盾從 1930 年夏起，埋頭故紙堆，研究秦國自商鞅變法以後的經濟發展及戰國的重要思潮、典章文物；為創作長篇歷史小說作準備。茅盾不寫現實題材，反寫歷史題材的原因，一是避開文禁，爭取發表，以借古諷今方式發揮戰鬥作用。二是改換自己一向習慣了的小資產階級題材，擴大創作領域。讀古書時讀書札記寫了不少，但愈研究發現問題愈多，估計寫此長篇非三兩年不可。茅盾這時賣文為主。家無存糧，只好寫完短篇《大澤鄉》後就了結此事。《大澤鄉》用「始皇帝死而地分」這句話，暗示蔣政權必敗，當時蘇區的中華蘇維埃政府必勝，農民將分得土地之意。此外的歷史題材小說還有取材《水滸》的《豹子頭林沖》、《石碣》。這一切都反映了此時茅盾對毛澤東的「以農村包圍城市」的農村武裝鬥爭開始關注了。1930 年 11 月起，茅盾創作了中篇《路》。它的政治背景一是此年夏蘇區的紅軍發展擴大，彭德懷一度還率部攻入長沙城；一是 9 月底黨的六屆三中全會批判了立三路線。兩者合一，使革命形勢有所發展。茅盾以大學生為題材，寫主人公火薪傳在地下黨指引下覺悟與成長的過程。此篇名取《莊子》「指窮於為薪，火傳也，不知其盡出」句，及其注「傳火於薪，後薪繼前薪，薪不盡，火也終不滅也」之意，暗示革命火種正蔓延，必呈燎原之勢。1931 年完成《路》後，又寫了以中學生成長道路為題材的中篇《三人行》。

這時共產國際為糾正立三路線，陸續派留在蘇聯的中共黨員回國。先是1930 年 8 月瞿秋白夫婦回國，和茅盾建立了親密聯繫。9 月份的六屆三中全會後，茅盾胞弟沈澤民也被派回國。他帶來共產國際的重要指示。他回國後在中共中央宣傳部工作。1931 年 4 月受中共中央委派赴鄂豫皖蘇區任書記。因戰爭形勢殘酷，他病累而死在鬥爭崗位上。

1930 年 11 月蔣介石發動對蘇區的第一次反革命「圍剿」。國統區也加劇了白色恐怖。他們大量逮捕、殺害包括「左聯五烈士」在內的作家。左聯的隊伍從 90 多人降到十多人。在這關鍵時刻，黨中央決定派馮雪峰來擔任左聯

的黨團書記。他非常尊重和注意充分發揮魯迅、茅盾的作用，努力改進左聯的工作。1931 年 5 月馮雪峰代表中共中央請茅盾擔任左聯的行政書記，藉以加強左聯的領導力量。不久，在中共中央六屆四中全會上受王明打擊被排擠出中央領導崗位的瞿秋白參與了左聯的領導工作。這時魯迅、瞿秋白、茅盾與馮雪峰合作，形成左聯領導工作的鼎盛期，他們著手糾正「左」傾偏向；著重發展和繁榮文學創作。他們開拓文藝陣地，一方面把魯迅、茅盾合編的《前哨》改名《文學導報》（《前哨》因出左聯五烈士專刊被禁），另辦一由丁玲任主編的專登創作的文學刊物《北斗》。也是爲了糾正「左」的文藝思潮，汲取「五四」以來的文學經驗，茅盾在任執行書記期間，接受了瞿秋白的建議，寫了《「五四」運動的檢討》和「關於創作」〔註 2〕兩篇長文。此外還有《中國蘇維埃革命與普羅文學之建設》、《「五四」與民族革命文學》、《我們所必須創造的文藝作品》〔註 3〕諸文，以及《徐志摩記》、《廬隱記》、《冰心記》等作家記。他分別從綜論與作家論的不同角度，圍繞著上述的中心題旨，展開自己的見解。這些文章雖爲「左聯」或在「左聯」時期所寫，其實是茅盾1929 年以來反思「五四」以來中國革命運動與文學運動的繼續，是他反思日趨深化的結果。

寫這些文章時，茅盾不像在日本寫《從牯嶺到東京》、《讀〈倪煥之〉》那樣，手頭缺乏足資參考的材料。在上海，資料是集中和豐富的。文章中涉及對從「五四」到「五卅」再到大革命前後的政治運動、文藝思潮發展的評價，需讀的作品與資料十分寬泛。茅盾大量翻閱了十多年的政治的文藝的報刊，也參考了有關馬列主義論著。《新青年》派、文學研究會、創造社、太陽社以及左聯成立前夕的「革命文學」論爭，左聯成立後一年半來左翼作家、理論批評家的創作與論文，他都大量翻閱。也重讀了當年跟蹤研究時所讀的；也補讀了他去國外以後，回國以來新發表的東西。他從浩若煙海的歷史資料、作品論著中提煉昇華，結合著自己親歷其中的感受體驗，在新的反思基礎上，作理論化規律性的總結與提升。正如茅盾自己後來自省時所承認的，他回國後雖對「左」傾思想有發覺、有距離，但也受其影響並身受其害。他這時期

〔註 2〕 分別刊於 1931 年 8 月 5 日《文學導報》第 1 卷第 5 期，和同年 9 月 20 日《北斗》創刊號。

〔註 3〕 分別刊於 1931 年 11 月 15 日《文學導報》第 1 卷第 8 期、1932 年 5 月 2 日《文藝新聞》53 號和 1932 年 5 月 20 日《北斗》第 2 卷第 2 號，收入《茅盾全集》第 19 卷。

的這批文章中也有「左」的觀點。

這些總論或綜論性的文章，集中談了三個大問題。首先是對「五四」運動的總結。他指出，所謂「五四」運動，包括從「火燒趙家樓」的前二三年到後二三年的發展全過程。作為政治運動，它經過了新文化運動「前哨戰」、反封建的攻堅戰、政治鬥爭的學生運動三個逐步擴展的階段。作為新文化運動與新文學運動，「五四」經歷了由反對舊文學、提倡白話新文學的文學戰線，擴大到反對舊禮教的文化戰線，再擴大到提倡民主運動的政治戰線並與「五四」政治運動合流這三個不斷擴展的階段。他認為「五卅」運動的因素，已在「五四」運動中發酵；「五卅」運動中，仍有「五四」殘留的因素存在。這是合乎實際的。茅盾當時受「左」的影響，對「五四」運動的性質，作出「由資產階級領導的民主運動」的誤認。這不僅導致對「五四」運動評價偏低，也導致把胡適當作「五四」領導力量與思想代表的誤斷；從而把胡適「少談主義，多研究問題」這一反馬克思主義傾向的政治逆轉現象，當作「五四」運動的延伸。他忽視了「五四」主潮及其領導思想是在十月革命影響下，無產階級通過率先覺悟起來的共產主義知識分子對馬克思主義的傳播；使之成為「五四」運動的領導思想；也忽略了共產主義知識分子的領導作用，與「六三」之後工人階級登上歷史舞台，這一劇變的意義。正是這兩者合一，構成「五四」運動中的社會主義因素。因此「五四」運動是在無產階級領導下的資產階級民主主義革命，屬於世界無產階級革命運動的一部分。茅盾當時認識不到這一點；這就把「五四」與「五卅」之間的有機聯繫割裂並截然分開了。這是當時普遍的認識與時代的侷限，不獨茅盾然。這個問題是 1940 年毛澤東在《新民主主義論》中徹底解決的。然而在新時期，某些「新潮派」學者仍持茅盾當年從「左」的影響出發所持的「五四」是資產階級領導下的民主革命的觀點。然而他們是從「告別革命」的「右」傾觀點出發的。這又和茅盾當年的出發點完全不同。

第二，茅盾對「五四」以來的文學運動與文學創作作了總結。由於對「五四」運動之性質作了誤斷；導致了對「五四」文學屬於資產階級文學範疇的誤斷。這必然導致對「五四」新文學評價偏低。他的解釋是：由於資產階級發育不健全，使「新文學始終沒有健全的發育」。這就把問題簡化了。這就必然忽略了「五四」新文學中包含著社會主義的因素；他實際是從他在日本時寫《從牯嶺到東京》特別是寫《讀〈倪煥之〉》時，所堅持的肯定小資產階級

及其文學具革命性質與進步作用的立場上後退了。看來人的思想很難不受環境所左右！

　　然而，茅盾對普羅文學現狀的評價也同樣不高。他認爲普羅文學「經過了幼稚的一時期，眼望著將來，腳力腕力都還不夠」。因爲還沒有產生無產階級本階級的作家；也因爲由別的階級轉變過來的作家，或者「舊意認尚未淘汰淨盡，或者生活經驗尚未充實到足夠產生成熟的作品」。他主張作家踢開過去「那些淺落疏漏的分析，單調薄弱的題材，以及閉門造車的描寫」，眞正開拓普羅文學新天地。

　　第三，他對今後的創作提出了總要求：「忠實地刻苦地來創作新時代的文學。」特別是面對剛剛發生的「九一八」事變的新形勢，茅盾對文學提出了新的要求。他從文學是「斧頭——創造生活」這一基點，發展到要求文學「藝術地表現出一般民眾反帝國主義鬥爭」，以「打破帝國主義共管中國的迷夢」，使作品「成爲工農大眾的教科書」。茅盾認爲，爲此要做到三點：一是「以辯證法爲武器」；二是「去到群眾中，從血淋淋的鬥爭中充實我們的生活，燃旺我們的感情」；三要「從活的動的實生活抽出我們創作的新技術」。從而使「正確的觀念，充實的生活和熟練的技術」能夠統一。他強調：三者中「最最主要的還是充實的生活」。這些要求無論當時還是今天，都是正確的。但在白色恐怖的當時，提出深入到工農與蘇區中去的要求，顯然是不切實際的。

　　茅盾這些觀點基本方面是對的；但也有明顯的「左」的誤認與誤斷。在後來的不長時間內，他逐漸擺脫了「左」的影響，端正了自己的立點和觀念。從而使他對文學創作的上述總要求與三點具體要求，能在正確的方向上發揮正面引導的作用。這從他參與制定，11 月由左聯執委會通過的《中國無產階級革命文學的任務》這一決議的內容中可以看出。此決議是對 1930 年 8 月那個決議的反撥。它除了正確地分析了形勢，明確了任務，對文藝大眾化、理論鬥爭與批評等作出正確論述外，還特別強調創作的重要性；就題材、方法、形式等作出詳細的論述，糾正了引導作家按遊行示威、飛行集合、貼標語等「不務正業」的「左」的偏。以它爲標誌，使「左聯」劃分爲具「左」的傾向的前期，和端正了方向，擺脫了「左」的影響，開始了蓬勃發展、四面出擊的成熟期。這是因爲瞿秋白、魯迅、茅盾、馮雪峰形成了堅定的糾正「左」傾錯誤的領導核心。他們的親密合作，發展、團結、擴大了左翼文學隊伍。於是造成一個奇特的現象：「在王明左傾路線在全黨佔統治的情況下，以上海

為中心的左翼文藝運動，卻高舉了馬列主義旗幟，在日益嚴重的白色恐怖下」，「開闢了無產階級革命文學道路，並取得了輝煌的成就！」〔註4〕瞿秋白此時對「左」的錯誤有充分的認識與切實的糾正。他在黨內威信很高。在糾正左聯中黨員的「左」傾，尊重與發揮魯迅的領導核心地位方面，都發揮了特別的作用。這對茅盾的影響也很大。他對「左」本有戒心，受影響也不深，糾正時比那些極「左」思潮的鼓動者、推行者當然要容易些。當然，任何思想的確立與改變，都有一個由漸變到突變的過程。在茅盾這一時期寫的「五四」時期的作家論中留下了明顯的漸變的軌跡。

　　茅盾繼《魯迅論》、《王魯彥論》之後，又相繼寫了《徐志摩論》、《廬隱論》、《冰心論》、《落華生論》。此外還有《王統照的〈山雨〉》等。這些長文都是從總結「五四」文學之發展的立足點，展示經驗與教訓及其規律性的。他的基本視角，仍然是從作家的世界觀及其創作與時代發展、革命運動之關係的高度作深層的宏觀的考察。實際上這是借斑窺豹，展示出「五四」到「左聯」的文學發展軌跡。

　　《廬隱論》〔註5〕概括了廬隱從「五四」到三十年代相繼出版的《海濱故人》、《曼麗》、《靈海潮汐》、《玫瑰的刺》等四個短篇集，和《歸雁》、《女人的心》兩部中篇。文章還提到其長篇創作，但沒有展開。茅盾採用縱向展開的方法，考察廬隱的作品與時代的關係，以展示她的世界觀人生觀的變化與停滯。茅盾特別強調了「廬隱與『五四』，有『血統』的關係」。認為「她是被『五四』的怒潮從封建的氛圍中掀起來的，覺醒了的一個女性」；「她是資產階級性的文化運動『五四』的產兒」。她「筆下的人物」也大都是「『五四』運動的產兒」。但是，「五四運動發展到某一階段，便停滯了，向後退了」；廬隱「的『發展』也是到了某一階段就停滯」。「五四」時期學生時代的廬隱「是滿身帶著『社會運動』的熱氣的」「活動分子」。儘管「廬隱的全部著作」「題材的範圍很仄狹；她給我們看的，只不過是她自己，她的愛人，她的朋友」；「她的作品帶著很濃厚的自敘傳的性質」。但《海濱故人》集中的前七篇，卻十分關注社會，這使廬隱成為「『五四』時期的女作家能夠注目在革命性的社會題材的」「第一人」。遺憾的是「跟著『五四』運動的落潮」，廬隱也改變了

〔註4〕　《我走過的道路》，《茅盾全集》第 34 卷第 476 頁。
〔註5〕　初刊於 1934 年 7 月 1 日《文學》第 3 卷第 1 號，見《茅盾全集》第 20 卷第 109～117 頁。

方向。她跟不上時代，「對於『現在』的認識很模糊」，她「猜不透人類的心」。
從《海濱故人》中的後七篇，到短篇集《曼麗》、《靈海潮汐》、《玫瑰的刺》，
再到中篇《歸雁》、《女人之心》及長篇等其他作品，在長達「十三四年之久」
的過程中，「時代是向前了」；「廬隱的停滯」，「客觀上就成爲『後退』。」她
「主觀上是掙扎著要向前『追求』的」。於是《曼麗》集中多數短篇「頗想脫
落那《成人的悲哀》以來那件幻想的 sentimentel 的花衫，而企圖重新估定人
生的價值」。「在《風雪欺虐》和《曼麗》中」甚至寫「戀愛失敗後轉入革命
的女子」，「以及大革命時代一個女子的幻想和失望」。顯示出「時代的暴風雨
的震蕩」使她「頗想從自己《海濱故人》的小屋子裡走出來」。然而廬隱只是
從「小屋子門口探頭一望，就又縮回去了。以後，她不曾再打定主意想要出
來，她至多不過在門縫裡張望一眼」，就又「俯首生活於不自然的規律下」，
限於焦灼、懺悔、苦悶中。茅盾總結廬隱的人生觀與創作道路，實際是「生
活在」「曾想像我是『英雄』的氣概」，但因「怯弱」故「總打不破小我的關
頭」，陷入了「這不可調解的矛盾中」。可貴的是，廬隱從「不掩飾自己的矛
盾」。這「又天眞又嚴肅的態度」，「叫人敬重。」廬隱身上體現的生活道路與
時代發展之間的反差，在「五四」潮中小資產階級革命者中間很帶普遍性。
它令人想起魯迅筆下的呂緯甫（《在酒樓上》）魏連役（《孤獨者》）。

　　但是茅盾認爲廬隱和冰心不同，她那執著現實的態度使她的心靈苦悶無
處躲藏。一開始就脫離現實的冰心卻躲在用「母愛」與「大海」建構的「愛
的哲學」裡。在《冰心論》〔註6〕中，茅盾概括了冰心的《超人》、《姑姑》、《最
後的安息》和《多兒姑娘》四部小說集，和《寄小讀者》、《往事》、《南歸》
三部散文集，《繁星》、《春水》兩部詩集（這些作品大都收入 1932 年由北新
書局出版的《冰心全集》中，含《冰心詩集》、《冰心小說集》、《冰心散文集》
三卷），茅盾依然以人生觀與文學道路的發展及其與時代之關係作爲考察視
角。茅盾提出了一個哲理性很強的讀書方法與研究作家作品的方法：「大凡一
種外來的思想決不是無緣無故就能夠在一個人的心靈上發生影響的。外來的
思想好比一粒種子，必須落在『適宜的土壤』上，才能夠生根發芽；而此所
謂『適宜的土壤』就是一個人的生活環境。」茅盾首先考察了直接影響冰心
的家庭環境；再考察時代環境爲影響，看二者如何作用於冰心的思想情感；

〔註6〕　初刊於 1934 年 8 月 1 日《文學》第 3 卷第 2 號，見《茅盾全集》第 20 卷第
　　　　146～167 頁。

這思想情感又怎樣外化爲作品。這樣就能全面準確地把握「客觀——主觀——外化爲客觀存在的作品」的進程。再透過作品的剖析，窺見其主觀以及此主觀緣何客觀生活環境而產生。這種讀書方法，其實是從創作規律與其過程中反向思維而形成的非常內行的方法。

冰心的思想情感，是在一個「生活優裕的做官人家」的「平安生活」中形成的以「愛」爲中心的意識與人生觀照。她對外在世界，特別是「都市的人生」及人際矛盾，本無了解。及至接觸社會，發現的是她的「愛的哲學」難以接受的由重重矛盾而形成的「憎」的哲學。她無法接受這殘酷現實，於是她只有「躲藏」，逃到「母愛」與「大海」的避風港中。這一切觀察、感受與行爲抉擇，都以「自我」爲中心。所以茅盾得出結論：「在『五四』作家中，冰心女士最最屬於她自己。」她的人生道路與文學道路有「三部曲」。第一部曲是「五四」壯潮使她「從現實出發」。從「民族思想，反封建運動」的現實人生觀出發，寫了一批「問題小說」：如寫「超人」哲學的《斯人獨憔悴》等。她本想用「愛的哲學」把「愛」與「憎」的二元論哲學統一於「愛」的哲學的一元論之中。但她無法回答這些社會問題。她的中庸思想使她「躲藏」、逃避。於是進入了她的「第二部曲」：帶濃厚的神秘主義色彩的，用「愛」與「憎」兩根線編織出她內心的簡單化世界：「愛」化解了「憎」，「二元論」趨於「一元論」。這種典型的唯心論立場，使她的內心趨於「統一」，但和不斷發展的社會與時代發生尖銳的矛盾。特別是 1927 年大革命的崛起又失敗，對她的衝擊很大。她不得不從「愛的哲學」避風港中重新走出來，面對客觀現實中存在的本無法漠視的重重矛盾。她只好放棄她的中庸思想，承認她主觀的「統一」的一元論的「虛妄」。從短篇小說《分》與《冬兒姑娘》開始，她終於明白：由於社會處境、階級地位的嚴重差異，人們的矛盾，及由此矛盾的不可調和性而產生的「憎」，使本來可能存在的「愛」，不以人的主觀意志爲轉移地而異化爲「憎」。冰心終於「知道這兩者『精神上、物質上的一切，都永遠分開了』」！她內心中在「愛的哲學」上的統一，終於被打破！冰心的人生道路創作道路終於產生了與時代重新統一的好兆頭！這就是茅盾概括出來的冰心的第三部曲。於是茅盾引冰心的詩寄託自己的厚望：「先驅者！／前途認定了／切莫回頭！／回頭——／靈魂裡潛藏的怯弱，／要你停留。」茅盾的《冰心論》所體現的犀利的哲學目光與熱切的時代呼喚，兩者不論哪方面，都令人怦然心動。茅盾堅持了高標準與嚴要求；同時又表現出十分寬闊的文學視

野與寬容的審美態度。一方面茅盾毫不留情地指出：冰心「以自我爲中心的宇宙觀人生觀」的唯心主義性質。另一方面他又指出：冰心「從自己小我生活的美滿，推想到人生之所以有醜惡全是爲的不知道互相愛；她從自己小我生活的和諧，推論到凡世間人都能夠互相愛。她這『天眞』，這『好心腸』，何嘗不美，何嘗不值得稱讚」。然而茅盾卻只能正視現實：用冰心這種「天眞」和「好心腸」去「解釋社會人生卻一無是處」！這一切表現出茅盾鮮活的審美思辨力；至今它仍有其現實性與指導作用。

因爲冰心創作量大，寫《冰心論》閱讀負擔就很重。但許地山不是多產作家，到茅盾寫《落華生論》〔註7〕時，他只出版了散文詩及散文集《空山靈雨》與短篇集《綴網勞蛛》。所以茅盾除此兩集外，還讀了近期發表後來收入《危巢墜簡》中的部分短篇如《春桃》等散篇。《落華生論》的文體也採用比較輕鬆的「主客觀話」體，論文的密度也不大。這決不影響其有相當的深度。

茅盾認爲許地山的世界觀與創作有統一性也有堅定性。許地山不像冰心那樣沉湎於愛與美的天國；也不像廬隱般苦悶焦灼。他比較能腳踏實地，「在『五四』初期的作家中，是頂不『回避現實』的一人。」在每一作品中他都放進「他所認爲合理的人生觀」。他不悲觀，不空想。他認定「人生好比蜘蛛織網」，破了再織，織了再破，「或完或缺，只能聽其自然罷了。」茅盾指出：這種人生觀的「積極的昂揚意識」與「消極的退攖的意識」，是「二重性的」；其作品的浪漫主義異域情調與寫實主義筆法，也是「二重性」的。這兩種「二重性」，都可以從作家的世界觀與時代之關係的角度作出回答：前者是「昂揚的積極的『五四』初期的市民意識產物」；後者則是「五四」落潮後「滿眼是平凡灰色的迷惘心理的產物」。〔註8〕兩者都和時代與作家世界觀具有機聯繫，當然茅盾也承認，這和許地山研究佛學也有一定的關係。

茅盾1932年12月25日寫《徐志摩論》〔註9〕時，徐志摩逝世剛過周年。〔註10〕因此這篇《徐志摩論》有條件「蓋棺論定」。茅盾縱覽了徐志摩的全部詩集：《志摩的詩》、《翡冷翠的一夜》、《猛虎集》；輔之以他的全部散文集：

〔註7〕 初刊於1934年10月1日《文學》第3卷第4號，「落華生」是許地山的筆名。

〔註8〕 《中國新文學大系・小說一集》導言，《茅盾全集》第20卷第483～484頁。

〔註9〕 初刊於1933年2月1日《現代》第2卷第4期，見《茅盾全集》第19卷第373～394頁。

〔註10〕 1931年11月19日徐志摩搭免費的郵機由南京飛往北平。因遇大霧，飛機在濟南市郊黨家莊附近撞在白馬山上，遇難時他年僅36歲！

《落葉》、《巴黎的鱗爪》、《自剖》和《秋》等，從而縱向地疏理徐志摩的人生追求、政治憧憬和文學道路。他認為徐志摩「是一個詩人，但是他的政治意識非常濃烈」。把握住這一特點，茅盾就有可能發揮他審美思維的特長：運用社會批評的目光，把徐志摩的世界觀、政治觀與創作，納入時代與歷史發展的環境中來考察：把詩作的欣賞品味，納入詩人創作心態中作細緻的審美剖析。茅盾承認論者所說的徐志摩思想的「雜」的特點。茅盾特別指出其「意識曾經進步開闊」到謳歌「代表人類史裡最偉大的一個時期」，「為人類立下了一個勇敢嘗試的榜樣」的十月革命的境地！但是徐志摩的真正的理想是「英美式的資產階級民主」模式。從這個世界觀政治觀出發，「他見了工農的民主政權是連影子都怕的。」他面對「暗慘到可怕」的軍閥統治下的中國現實，備感實現其政治理想十分「渺茫」。於是「一步一步走入懷疑悲觀頹唐」的「黏潮冷壁」的「甬道」。其詩情也就如他的自剖：「往瘦小裡耗！」終於「逐漸『枯窘』」了！於是茅盾得出結論：「志摩是中國布爾喬亞『開山』的同時又是『末代』的詩人。」他和他的階級同樣，「除了光華的外形和神秘縹緲的內容而外，不能再開出新的花來了！這悲哀不是志摩一個人的。」「因為他對於眼前的大變動不能了解且不願去了解！」一位連「見了工農的民主政權是連影子都怕的」人，「就只有『沉默』的一道了！」「這是一位作家和社會生活不調和的時候常有的現象。」茅盾對徐志摩的評價，和他在《子夜》中寫吳蓀甫的命運悲劇，宏觀地看，頗有相似之處。

但是茅盾並不因此而忽視了徐志摩詩歌的藝術審美上所作的貢獻。茅盾充分肯定徐志摩的詩「章法很整飭，音調是鏗鏘的」這一形式美特徵。也指出其詩充滿「回腸蕩氣的傷感的情緒」，「圓熟的外形，配著淡到幾乎沒有的內容」，「輕煙似的微哀，神秘的象徵的依戀喟嘆追求：這些都是發展到最後一個階段的現代布爾喬亞詩人的特色。」

《徐志摩論》是茅盾的作家作品論中美學批評色彩最濃的論著之一。文章從詩的藝術分析入手，切入其思想，但通篇都扣緊詩藝剖析。由具體到概括，並且昇華出具普遍性的詩學結論：「詩，和其他文藝作品一樣，是生活的產物。」但這「不是指作家個人的私生活，也包括社會生活在內。詩這東西，也不僅是作家個人情感的抒寫，而是社會生活通過了作家的感情意識之綜合的表現」。這裡講的是詩學，但也是美學。不過茅盾把詩學與美學帶到作家的生活體驗、世界觀情態與創作之關係中，作更宏觀、更具綜合性、整體性的

考察中去了。

《徐志摩論》是茅盾總結「五四」文學經驗教訓時觸摸到作家從一個極端走向另一個極端的最突出的一種規律性現象。徐志摩和許地山的穩定，冰心的躲避，廬隱的退縮都不同。他是時代進程中左右搖擺振幅最大的一個。不過無論振幅大小，搖擺性是這些作家不同程度地都具有的共性。許地山固然穩定，但進展的幅度也小。比起來倒是葉聖陶和王統照，總是邁著堅定的小步，隨著時代不斷前進著。

和在《讀〈倪煥之〉》一文中從時代性的高度，發現了葉聖陶不僅對自己的文學道路，而且對「五四」以來的文學發展也有新的突破，並因此而感到欣喜不已同樣，茅盾發現：1932 年王統照寫的長篇《山雨》，也具同樣的既超越自己，[註11] 也超越「五四」文學發展的新的大突破。由於他們分別寫了知識分子與普通農民，便具異曲同工、相映生輝的作用；是二三十年代難得的「雙璧」。於是茅盾寫了《王統照的〈山雨〉》。[註12] 用約八千字篇幅評論一部作品，在茅盾是罕見的，足見他的重視臻何等程度！

茅盾認為《山雨》最重要的貢獻，是通過主人公奚大有這個「最安分」，「只知赤背流汗幹莊稼活的農夫」，從「只是處處隨著鄉村中的集團生活去走，一步不差」，到終於認識到「農民怎樣的活不下去，以及怎樣的從『靠地吃飯』到『另打算』」的這種普通農民的典型性格塑造與性格發展的描寫，「寫出北方農村崩潰的幾種原因與現象，及農民的自覺。」可貴的是，作品寫出了這個典型在「帝國主義勢力控制下的一個北方都市」，獲得了新的經歷，使這個具「百分之百的農民意識的奚大有，怎樣漸漸因生活的轉變而取得了無產階級的意識」，從而完成了性格「發展的最後一階段」。這就使《山雨》達到了此前王統照本人，以及同為文學研究會的宿將與中堅，諸如前述的廬隱、冰心、許地山等，都未能達到的新境界：「從『昨日』聯結到今日，並且還企圖在『今日』之真實中暗示了『明日』的。」因此茅盾再次嘗到發現的喜悅的心境體驗！他高興地宣布：「到現在為止，我們還沒有看見過第二部這樣堅實的農村小說。」「這不是想像的概念的作品，這是血淋淋的生活的記錄。」

茅盾特別看重的是作品的生活依據和農村描寫的堅實：「在鄉村描寫的大

[註11] 王統照在「五四」初期，和冰心同樣以超現實的「愛」與「美」為最高審美追求。

[註12] 初刊於 1933 年 12 月 1 日《文學》第 1 卷第 6 號，《茅盾全集》第 19 卷第 559～569 頁。

半部中，到處可見北方農村的凸體的圖畫。」茅盾不滿意的，恰恰也在於後邊「小半部」寫「北方都市」生活中變化了的奚大有時，那「空泛的，概念的」缺陷。「全書最惹眼的『地方色彩』在那後半部中也沒有了。」茅盾遺憾地判斷：「這也許和作者的生活經驗有點關係。作者對於都市的工人生活不及他對於農村生活那樣熟悉。」其實這是當時許多作家的通病。

茅盾對「五四」作家及其發展的研究與論述，和他總結從「五四」到左聯中國文學發展史的工作，是互爲表裡、有機配合的。它實際上構成一部「散珠成串」式的斷代文學史的雛形。這是一項總體性歷史反思性的理論工程。1935 年他爲趙家璧所統編的《中國新文學大系》編《小說一集》時，所寫的長達兩萬幾千言的「導言」〔註13〕則集其大成，最充分地體現出這一特徵。

由於茅盾對「五四」運動性質的認識有失準確，當然影響到對作家作品的評價偏低；對其思想侷限的評判偏嚴；其史論就略嫌美中不足。然而茅盾沒有庸俗社會學傾向；他十分強調與重視審美批評。作思想剖析時他一向比較辯證；從不求全責備。例如他論徐志摩時，就不像有的文學史家那樣上綱上線批評其《秋蟲》、《窗口》等傾向錯誤的詩，甚至整篇作家論茅盾對此並未置一詞。

用《子夜》提供答案

1931 年 10 月，茅盾辭去左聯行政書記的職務，集中精力寫他構思成熟的《子夜》。他說：「這部小說的寫作意圖同當時頗爲熱鬧的中國社會性質論戰有關。」〔註14〕其實早在大革命前夕，茅盾聽說在共產國際，對中國社會與革命的性質問題，就有爭論：以托洛茨基、季諾維耶夫等爲代表的少數派認爲：中國已經是資本主義社會；中國革命應由資產階級來領導，以斯大林、布哈林爲代表的多數派認爲：中國是半封建半殖民地社會；因此中國革命是在無產階級領導下，反帝反封建的資產階級民主主義的革命運動。大革命失敗後，陳獨秀與國際托派合流，組成託陳取消派。1929 年 8 月 5 日陳獨秀在致中共中央的信中宣稱：大革命已使封建勢力成爲「殘餘的殘餘」，蔣介石的新政權標誌著中國已成爲「資本主義國家」。目前只能取消中國革命，進行以

〔註13〕 收入良友圖書印刷公司版《中國新文學大系・小說一集》，見《茅盾全集》第 19 卷。
〔註14〕 《再來補充幾句》，《茅盾全集》第 3 卷第 562 頁。

國民議會爲中心的合法鬥爭；將來再進行社會主義革命。這和 1928 年 6 至 7
月在莫斯科召開的中共第六次代表大會的決議精神是對立的。六大決議指
出：「中國革命現在階段的性質，是資產階級民主革命」。其中心任務是「用
武裝起義的革命方法，推翻帝國主義的統治和地主軍閥及資產階級國民黨政
權，建立在工人階級領導之下的蘇維埃的工農民主專政」。茅盾發現自己苦苦
反思之所得，與這一精神是一致的。因此他非常高興。這使他結束了「幻滅」
情緒，重新振作起來。也因此，茅盾對上述託陳取消派的謬誤有清醒的認識；
對 1929 年始中共大力開展的反對託陳取消派的鬥爭十分關注。

　　1930 年他回國後參加的「左聯」，與簡稱「社聯」的中國社會科學聯盟，
都是中共領導之下的「中國左翼文化總同盟」的下屬組織。他回國伊始，就
關注著在黨的領導下，以「社聯」爲主的革命的社會科學工作者批判托派的
這場鬥爭：中國社會性質大戰。「社聯」以 1929 年 11 月王學文等創辦的《新
思潮》雜誌爲主要陣地，被稱爲「新思潮派」，其代表人物和文章是：潘東周
〔註 15〕的《中國經濟發展中的根本問題》、《中國經濟的性質》、《中國國民經
濟的改造問題》，王學文〔註 16〕的《中國資本主義在中國經濟中的地位其發展
及其前途》等。托派以 1930 年 7 月創辦的《動力》雜誌爲陣地，被稱爲「動
力」派，其代表人物與文章是嚴靈峰的《中國是資本主義經濟，還是封建制
度的經濟？》、《再論中國經濟問題》、《我們的反批評》（以上三文結集成書）
《中國經濟問題研究》、《追擊與反攻》，任曙的專著《中國經濟研究緒論》，
劉鏡園〔註 17〕的論文《中國經濟的分析及前途之預測》、《評兩本論中國經濟
的著作》等。此外還有既非革命派也非托派的資產階級學者參戰。當時參與
論戰者發表的論文約 140 餘篇；出版的專著約 30 餘部；參與論戰的刊物約 50
餘家。〔註 18〕爭論的時間從 1928 年起直到抗戰爆發。最集中的是 1930 年至
1932 年。茅盾盡可能全面地研讀了這些論著。他把其存在的原則分歧概括如
下：一、認爲「中國社會依然是半封建半殖民的性質；打倒國民黨法西斯政
權（它是代表了帝國主義、大地主、官僚買辦資產階級的利益的），是當前革
命的任務；工人、農民是革命的主力；革命領導權必須掌握在共產黨手中，
這是革命派。二、以爲中國已經走上了資本主義道路，反帝、反封建的任務

〔註 15〕潘東周擔任過李立三的秘書，後爲敵人所殺。
〔註 16〕所用筆名是王昂。
〔註 17〕即劉仁靜。
〔註 18〕參看 1984 年人民出版社出版高軍編的《中國社會性質問題論戰》下冊的附錄。

應由中國資產階級來擔任。這是托派。三、認為中國的民族資產階級可以在既反對共產黨所領導的民族、民主革命運動，也反對官僚買辦資產階級的夾縫中取得生存與發展，從而建立歐美式的資產階級政權。這是當時一些自稱為進步的資產階級學者的論點。《子夜》通過吳蓀甫一伙終於買辦化，強烈地駁斥了後二派的謬論。在這一點上，《子夜》的寫作意圖和實踐，算是比較接近的」。〔註19〕《子夜》中的主人公吳蓀甫所持的觀點屬於第三派。

關於《子夜》的主題和寫作意圖，茅盾有一段自白：「我那時打算用小說的形式寫出以下的三個方面：（一）民族工業在帝國主義經濟侵略的壓迫下，在世界經濟恐慌的影響下，在農村破產的環境下，為要自保，使用更加殘酷的手段加緊對工人階級的剝削；（二）因此引起了工人階級的經濟的政治的鬥爭；（三）當時的南北大戰，農村經濟破產以及農民暴動又加深了民族工業的恐慌。這三者是互為因果的。我打算從這裡下手，給以形象的表現。這樣一部小說，當然提出了許多問題，但我所要回答的，只是一個問題，即是回答了托派：中國並沒有走向資本主義發展的道路，中國在帝國主義的壓迫下，是更加殖民地化了。中國民族資產階級中雖有些如法蘭西資產階級性格的人，但是因為一九三〇年半殖民地的中國不同於十八世紀的法國，因此中國資產階級的前途是非常黯淡的。在這樣的基礎上產生了中國民族資產階級的動搖性。當時，他們的『出路』是兩條：（一）投降帝國主義，走向買辦化；（二）與封建勢力妥協。他們終於走了這兩條路。」〔註20〕

《子夜》的這個寫作意圖及其實現後產生的價值，立即被著名的學者王淑明所發現。他在題為《子夜》的論文中說：「1932 年頭正是中國社會性質的論戰非常熱烈的時代」，但這問題「沒有得到確定的解決」。因為這「不是一個玄學的問題，不以觀念地或先驗的來解釋，而相反地，這卻是一個具體的現實問題，只有在具體的現實社會裡找材料，才能能著正確的解答。《子夜》裡所包含的內容之主題性，就是要想企圖解釋這樣的中國現代社會性質的」。茅盾「用著最大的努力」，「在《子夜》裡」把「這樣的中國的社會之謎，為許多人所苦惱著而又得不著正當解決的重大問題用了將近 30 萬字的篇幅將它毫無遺憾地給解決了。而這嘗試又是成了功的」。〔註21〕著名作家

〔註19〕《再補充幾句》，《茅盾全集》第 3 卷第 562～563 頁。
〔註20〕《〈子夜〉是怎樣寫成的》，《茅盾全集》第 22 卷第 53～54 頁。
〔註21〕1934 年 1 月 1 日《文學季刊》創刊號，《茅盾研究論集》第 203～205 頁。

朱自清也在題為《子夜》的文章中說：「這幾年我們的長篇小說漸漸多起來了，但真能表現時代的只有茅盾的《蝕》和《子夜》。」「能利用這種材料的不止茅君一個，可是相當地成功的只有他一個。他筆下是些有血有肉能說會做的人，不是些扁平的人形，模糊的影子。」朱自清詳細分析了吳蓀甫這個典型，紮紮實實地證明了他的上述論點。但他有個判斷：《蝕》是「經驗了人生而寫的，《子夜》是為了寫而去經驗人生的，聽說他的親戚頗多在交易所裡混的，他自己也去過交易所多次。他這本書是細心研究的結果，並非『寫意』的創作」。〔註22〕這話其實只是說對了一半。看來朱自清並不了解《子夜》的生活積累的全過程。不過朱自清僅只指出了《子夜》生活積累的特點，他並沒有否定《子夜》的審美表現成就；反之，他對《子夜》的形象性，特別是人物的典型性給予相當高的評價。近些年有個別年輕學者在「重寫文學史」的口號下，不僅標新立異，而且對文學史上的許多大家，都持全盤否定態度。有的人抓住茅盾所說《子夜》的創作意圖與中國社會性質大論戰有關的話大做文章；甚至有人全盤否定了《子夜》發揮形象思維創造性取得的藝術成就，把它說成是「主題先行」的概念化的作品；甚至說《子夜》是「一份高級形式的社會文件」。〔註23〕這就把《子夜》及其從生活到創作的形象思維過程的真面目搞模糊了。

《子夜》的寫作意圖之確立，的確與中國社會性質大論戰有關；寫作意圖確立之後，茅盾的確為彌補原始生活積累之不足而繼續深入生活；其中就包括朱自清所說的多次進交易所等等。這當然也可能說是「為了寫而去經驗人生」。但是它的寫作意圖確立之前，那長期的「經驗了人生」之後才產生了「立意」這一體驗認知過程，朱自清卻不了解，《子夜》的生活積累，包括產生立意（即寫作意圖）之前的長期的「原始積累」，其時間遠比《蝕》長。茅盾的《子夜》所調動的是原始生活積累，是他自童年時代乍諳世事起，到寫《子夜》為止，30多年的全部人生經歷與生活體驗。大體包括以下幾個方面：一、童少年與青年時代在故鄉烏鎮那地連城鄉、匯農桑絲織等等農工商三業，生產過程與流通過程兩階段的生活積累與體驗。茅盾對烏鎮連結上海、杭州與江浙農村這「農村與都市交響曲」的親歷、目睹、耳聞所得的生活體驗，

〔註22〕1934年1月1日《文學季刊》創刊號，《茅盾研究論集》第207～208頁。
〔註23〕藍棣之《一份高級形式的社會文件——重評〈子夜〉》，1989年《上海文論》第3期。

特別是如同交易所公債市場「多頭」「空頭」般的茶行、蠶行之「買空」「賣空」市場行為等諸般體驗認知，這一切比《子夜》所寫的「雙橋王國」與上海之關係要豐富得多。二、從茅盾 1926 年進商務印書館到寫《子夜》這 15 年時間，他對上海十里洋場的上、中、下各社會階層、各種階級關係，都有深切的了解。首先，他從事革命活動時深入到工人運動、婦女運動中去，他負責國民運動委員會工作時在官場、商界做統戰工作；又通過黨內外關係匯總了各階級、各階層錯綜複雜的矛盾糾葛。他還直接參加了「五卅」運動。這一切使他得到深切的階級鬥爭、階層矛盾的體驗與認知。第二，《子夜》所寫「新儒林外史」的知識分子階層，是茅盾在商務印書館各方面的親歷目睹之所得。第三，對買辦資產階級與民族資產階級的觀察機會，茅盾又得天獨厚。在上海，他的朋友、戰友、親戚中，有革命黨、自由派、軍官、政客；同鄉故舊中有企業家、金融家、投機家、商人、公務員。表叔盧鑒泉所集中了軍、政、工、商各界人士。茅盾和這些人更切近的接觸。茅盾回國後不久患了眼疾，不能看書。他就常在盧公館走動。這是非常集中的從事原始生活積累的機會。再加上他二叔沈永欽曾任新亨銀行、交通銀行高級職員；三叔沈永釗是交通銀行職員；四叔沈永鎧是中央銀行職員。茅盾在北京上學時，表叔盧鑒泉正擔任北洋軍閥政府的公債司長。曾引茅盾參加公債拍賣會。在上海時盧表叔又任交通銀行董事長。這正是吳蓀甫、趙伯韜、周仲偉等小說中人物的生活天地。三、吳蓀甫的主要原型之一是表叔盧鑒泉，茅盾和盧表叔相處，經歷了烏鎮時期、北京時期、特別是上海時期三個階段，為時長達 30 餘年。縱向看，他了解其人生道路；橫向看，他了解其社會關係，所從事的事業。吳蓀甫之所以成為朱自清給予高度評價的民族資產階級典型，通過這「四一二」反革命後投靠大資產階級，終於走上買辦化，並與封建勢力徹底妥協的社會悲劇道路，這和茅盾對盧表叔這類民族資本家 30 年多人生道路的跟蹤觀察研究是分不開的。

　　由此可見，茅盾寫《子夜》，具有遠較《蝕》為深廣的原始生活積累：在形成「大規模地反映中國社會」，並就中國社會性質問題回答托派的《子夜》寫作意圖（立意）之前，有約 30 餘年的「原始生活積累」。在「回答托派」的寫作意圖形成之後，又經歷了包括朱自清所說的「為了寫而經驗人生」在內的約一年多的「定向生活積累」。這兩個階段的關係是：「原始生活積累」是基礎；「定向生活積累」是「原始生活積累」的補充、提煉與昇華。而在中

國社會性質大論戰過程中，茅盾對革命派、托派與資產階級學者這三派論者的論文、論著的閱讀，對其作比較、鑒別的研究工作，既是茅盾理性思考的過程，又是借助閱讀所得，研究思考所得，去梳理他關於《子夜》的「原始生活積累」與「定向生活積累」的形象思維過程。從而提煉出主題思想、典型人物系列、故事情節體系；建構其藝術形式、藝術結構與線索的框架等等。在這個過程中，茅盾寫了又推翻，推翻後又重寫，總共草擬了三份寫作大綱。因為涉及面太廣太大，他把「都市──農村」交響曲的寫作計劃，縮小成為最後的《子夜》這部「都市交響曲」的格局。那些關於農村、小城鎮的生活積累，用來寫成了《春蠶》、《秋收》、《殘冬》（通稱《農村三部曲》）、《林家鋪子》、《小巫》、《多角關係》、《水藻行》等中、短名篇。這一切創作活動，是邏輯思維與形象思維相交織的過程。是「經驗了人生而後寫」的「托爾斯泰方式」和「為了寫而去經驗人生」的「左拉方式」的有機結合的，茅盾獨用的創作方法的形成過程，也是托爾斯泰方式與左拉方式相結合的運作過程。可見它匯「經驗了人生而後寫」與「為了寫而經驗人生」於一爐，但以前者、即「經驗了人生而後寫」的托爾斯泰方式為主。

在這全過程中，茅盾閱讀、研究中國社會性質大論戰的論著所獲的讀書心得，它起的作用，起碼包括以下五個方面：一是形成寫作意圖（立意）；二是幫助提煉與形成主題思想；三是幫助提煉與昇華形形色色的典型人物（開始時在第一份大綱中包括百多個人物，定稿時經過集中與淘汰，共寫了 90 多個人物）與各種錯綜複雜的人物關係；四是幫助構建其複雜的藝術結構與貫串此結構的公債市場、工廠鬥爭、農村鬥爭三條主線，以及「新儒林外史」等多條副線；還有蔣閻馮大戰、紅軍攻長沙等多重背景與襯景；五是促成全書故事情節的形成，並最大限度地使之活動起來，豐富起來；使人物有了行動的場景與活動的天地；使線索與結構生活化、實感化並且藝術化；使主題思想最終得以展現。可見，閱讀論戰文章及其所得，是《子夜》的複雜的形象思維過程與邏輯思維過程兩相結合的觸媒與催化劑。但它並未在作品中赤裸裸地宣泄出來，以至形成「經濟學講義」般的「概念化」作品。當然也不是什麼「高級形式的社會文件」。《子夜》的審美表現、藝術成就，幾十年來為廣大讀者和眾多文學史家及同行作家所公認：這是標誌著三十年代左翼文壇最高思想藝術成就的扛鼎之作。瞿秋白讀後立即發表《〈子夜〉與國貨年》一文。他斷言：「1933 年在將來的文學史上，沒有疑問的要記錄《子夜》的出

版。」〔註24〕

《子夜》當然也有不足，主要是農村這條線並未充分展開（實際是從寫作計劃中刪掉了；然而又有痕跡可尋），工廠鬥爭與地下黨描寫形象化立體化不夠。這都是因爲這一方面的生活積累，不如寫資產階級、小資產階級方面的生活積累充分所致。與「回答托派」的寫作意圖無關。

由此可見，茅盾關於中國社會性質大論戰的讀書活動，推動了《子夜》創作的形象思維活動。在這個方面，茅盾樹立了「托爾斯泰方式」與「左拉方式」相結合的文學創作楷模！

發現的喜悅　培植的苦心

茅盾寫完《子夜》之際，正是蔣介石對蘇區進行第四次反革命「圍剿」，在國統區實行白色恐怖、推行「新生活運動」與文化「圍剿」的高潮。形勢的緊迫再次把茅盾推上左聯行政書記的崗位。他後來回憶道：「1933 年的春天（2 月），我第二次擔任左聯書記，可是到同年 10 月，又因病辭去。在病的原因外，我覺得我不適宜於幹實際的組織工作（因爲那時左聯的主要工作是組織工作，而書記是負責左聯全部責任的，所以事務頗爲繁重）。在另一方面說來，左聯的工作應該是文學工作，但中國左聯自始就有一個毛病，即把左聯作爲『政黨』似的辦，因此它不能成爲廣泛的反帝反封建的文學團體；這一點，我在擔任書記時是感到的。可是我沒有能力把這毛病補救過來。〔註25〕

然而既然擔任了領導工作，茅盾就只能以敬業精神認眞對待。在茅盾任行政書記時，擔任黨團書記兼組織部長，並和他朝夕共事的陽翰笙（陽翰笙「五卅」運動時與茅盾相識，其夫人唐棣華是茅盾夫婦很熟的朋友）晚年回憶道：「我同茅盾同志接觸很多。我們經常到他家開小會，向他匯報，請他作決定；同時，黨團的決定有些問題，也要通過他提出來，再交『左聯』研究、討論。」「他爲人正直，胸懷坦蕩，對人誠懇，嚴於律己。」「我印象最深的是他在政治上對黨的忠誠和尊重，他把黨的事業當作自己的事業，不僅滿腔熱情，而且認眞負責。那時他雖然失去了黨的組織上的關係，但總是以黨員的標準來要求自己。〔註26〕他知道我是黨團的負責人，因而，我們和他談工

〔註24〕 《瞿秋白選集》第 280 頁。
〔註25〕 《關於「左聯」》，《左聯回憶錄》（上）第 149 頁。
〔註26〕 瞿秋白回國並參加左聯領導工作時，茅盾曾通過他向黨中央提出恢復黨籍的

作或問題的時候，他都是鄭重其事地聽，嚴肅認真地想。對，他就是接受；不對，他出於對左翼文藝事業的責任感，就提出意見，決不苟同。他對不同意的事，也不輕易大聲爭吵，而是點上菸，慢吞吞地想一想，心平氣和地再同你商量、討論。偶爾，他也有生氣的時候，用浙江口音高聲爭辯。這時候，我們就會笑著說：『好了，好了！您別發火了！』經這樣一說，他就笑了，就又跟我們商量起問題來。」「那時，我是二十多歲的青年，他已經是三十多歲很有名的作家了，從『左聯』工作來說，他又是領導，但是，他的民主作風很好，從不擺架子，從來不認為自己最高明，他經常通知我到他那裏去，跟我商量事情，徵求我的意見。」〔註 27〕這很能說明茅盾的人品作風與對黨的態度。也證明茅盾的確想努力糾正「左聯」存在的上述偏向。

茅盾擔任左聯書記時，更加注意培養新生力量與擴大左聯隊伍。因此他跟蹤研究文壇走向，通過閱報刊與新書，發現與扶植文學新人，為其寫序，為其寫評論，是茅盾年復一年的重要工作。他對翰笙的幫助，就能說明問題。

1932 年 4 月間，陽翰笙曾分別出版於 1928 年、1930 年和 1931 年的《地泉》三部曲要合集重版。陽翰笙約茅盾，也約瞿秋白和錢杏邨寫序。他知道對「革命文學」茅盾是持批評態度的，但他有雅量，恰恰是要茅盾來批評。因而茅盾就以「諍友」的態度，寫了《〈地泉〉讀後感》〔註 28〕以為序。陽翰笙把這三位所寫的觀點不同的序，一字不易收在篇首。一時傳為文壇佳話。《地泉》包括分別題名為《深入》、《轉換》、《復興》的三個中篇。表現的是農村革命的「深入」；小資產階級知識分子大革命失敗後幻滅頹廢情緒的「轉換」；和工人運動的「復興」。其題材與思路與茅盾的《幻滅》、《動搖》、《追求》有某些相近之處。不同的是《地泉》三部曲擁有共同的人物。《地泉》被公認是當時概念化傾向的「革命浪漫蒂克」小說的「標本」。

茅盾感於作者的謙虛與敢於以昨日之非為非的真誠態度，在評論文章中就坦誠直言，批評也很尖銳。但目的是為幫助作者糾正偏向，也為消除 1928 年倡導「革命文學」造成的不良後果。茅盾把評論的視野作了十分寬闊的定位：對在 1928 年「革命文學」倡導下產生的概念化、臉譜化傾向，作總體批

要求。當時中央為左傾路線控制，故未獲准。但茅盾仍時時以黨員自律。
〔註 27〕 《時過子夜燈猶明》，《憶茅公》第 24 頁。
〔註 28〕 初刊於 1932 年 7 月上海湖風書店重版的《地泉》一書，見《茅盾全集》第 19 卷第 331～335 頁，以下引文均出於此。

評。並且把當時被譽為「革命文學大師」的蔣光慈及其作品，和陽翰笙的《地泉》一起拿來，分別作為思想上「缺乏社會現象全面的非片面的認識」，和藝術上「缺乏感情地去影響讀者的藝術手腕」的共同代表。讀前者，重點批評了蔣光慈，談後者，重點批評了《地泉》。茅盾首先指出：在蔣光慈的許多作品中，其筆下許多不同身分的反面人物，都是一張面孔：「這是反革命者的『臉譜』」；既不能從其不同的意識形態加以區別，也不能從其不同的利害衝突構成的不同關係加以區別。其筆下的許多革命人物也都是一張面孔：「這是革命者的『臉譜』。」既不能寫出其「認識的深淺」，也不能寫出其所犯錯誤的不同。他們「不是『活』的革命者而是奉行命令的機械人。」茅盾還批評蔣光慈「常常把革命者和反革命者中間的界限劃分得非常機械，兩面的陣營中都不見動搖不定的分子」。茅盾感慨地說：這一切都「是多麼嚴重的拗曲現實」！茅盾認為產生這種「臉譜主義」的原因，就在於「缺乏社會現象全面的非片面的認識」。茅盾然後指出：陽翰笙的《地泉》「只是『深入』、『轉換』、『復興』等三個名詞的故事體的講解」，而不是「用精嚴而明快的形象的言詞來表現那『深入』『轉換』『復興』」。讀者讀後有所得，只是「理智地」得出而非感情上「被激動而鼓舞而潛移默化於不知不覺」。這就成了概念化的典型。茅盾指出：形成這種「概念化」的原因，就在「缺乏感情地去影響讀者的藝術手腕」。茅盾概括說：「臉譜主義」與「概念化」是 1928 年以來「革命文學」構成的主要文壇偏向。這「不但對於本書作者」陽翰笙，而且「對於文壇全體的進向」，都是「一個可寶貴的教訓」。

茅盾高屋建瓴，由此教訓提升出了一系列理論問題：廣大讀者對文學的需要，是「直訴於感情的東西。而文藝作品之所以異於標語傳單者，即在文藝作品首要的職務是在用形象的言詞從感情地去影響普通一般人，使他們熱情奮發，使他們認識了一些新的」東西。因此，一部作品在產生時必須具備兩個條件：「（一）社會現象全部的（非片面的）認識；（二）感情地去影響讀者的藝術手腕。兩者缺一，便不能成功一部有價值的作品，……往往還會發生相反的不好的影響。」於是茅盾指出他的「中心論點」：「一個作家不但對於社會科學〔註29〕應有全部的透徹的知識，並且真能夠懂得，並且運用那社會科學的生命素——唯物辯證法；並且以這辯證法為工具，去從繁複的社會現象中分析出它的動律和動向；並且最後，要用形象的言語、藝術的手腕來

〔註29〕 當時用「社會科學」一詞代替馬克思主義，否則在「文網禁錮」中難以發表。

表現社會現象的各個方面，從這些現象中指出未來的途徑。」

可見茅盾的《〈地泉〉讀後感》，遠遠超過一部小說閱讀所得的一般闡述，它實際上在借斑窺豹，對 1928 年以來倡導「革命文學」導致的負面作用，作出透徹的批評。並且著重復中引出有益的失敗教訓；把這些教訓作爲鏡子，提升爲指導左翼文壇正確取向的理論。這樣，他幫助的就不是陽翰笙一個人，而是引導著廣大青年作者與讀者。當然陽翰笙是受益最大者；他從此克服了自身的弱點，努力強化生活經驗、藝術素質，後來寫出了很多好作品。特別在歷史劇方面，是郭沫若之外最有成就者。

以理論批評舖路去發現和培養文學新人，是茅盾三十年代讀書生涯一個重要組成部分。左聯繼《前哨》（《文學導報》）和《北斗》之後，又於 1932 年 6 月創辦了一家新刊《文學月報》，從第三期起由周揚主編。他把掛名的編委變成名實相符的終審稿件者。茅盾作爲編委負責編審小說稿。從此他就從所閱的稿件中發現並扶植了許多新人。大多數稿子他審讀後簽署處理意見就退給編者。少數好的或他喜歡的，作者有培養前途的，他還單寫評論。沙汀和艾蕪 1931 年 11 月底聯名致信魯迅，並獲魯迅題爲《關於題材的通信》〔註30〕的答覆，遂明確了創作方向。故史家一向把魯迅作爲沙汀、艾蕪的文學道路引路人。卻不知茅盾對他們也有同樣的幫助；是他們前進路上又一個引路人。艾蕪的短篇《人生哲學的一課》，沙汀的短篇《碼頭上》和《野火》，就是經茅盾之手選篇發表的，不久茅盾看到沙汀的第一個短篇《法律外的航線》出版了。他非常高興，馬上讀過，立即寫了評論文章：《〈法律外的航線〉讀後感》。〔註31〕

茅盾開頭就下了結論：「無論如何，這是一本好書！」「作者大概不滿 30 歲，這是他的第一次收穫」，短篇集共收短篇小說 12 篇。茅盾特別肯定的是：「作者用了寫頭的手法，很精細地描寫出社會現象——眞實的生活的圖畫。」「他的『對話』部分，是活生生的四川土話，是活的農民和小商人的話」；「沒有別的作家硬捉來的那些知識分子所有的長篇大論以及按著邏輯排得很好很齊整的有訓練的辭句。」他的描寫能使讀者獲得實感，「如同你親身經歷過。」書中大部分短篇「不是蹈襲了那個舊公式，〔註32〕並且作者的手法也是他自

〔註30〕《魯迅全集》第 4 卷第 367～369 頁。

〔註31〕初刊於 1932 年 12 月 15 日《文學月報》第 1 卷第 5、6 期合刊，見《茅盾全集》第 19 卷第 344～348 頁。

〔註32〕按：「公式」是指「革命文學」導致的概念化公式化而言。

己的，這便是可喜的現象」。茅盾「盼望沙汀努力，再給我們一些」！唯其從愛護和期冀出發，茅盾也批評其中《碼頭上》的結尾，是為了表示那些書中的「流浪的無家的孩子」也具革命意識；而茅盾批評作品中「硬紮上去的『尾巴』」，一共有兩次：另一次是批評另一位年輕人何谷天的《雪地》，文章的題目就叫《〈雪地〉的尾巴》。〔註 33〕其毛病和沙汀類似。茅盾認為：這雖是局部缺點，仍說明前些年「革命文學」倡導中形成的「臉譜主義」和「概念化」的舊公式的遺毒尚未消盡。這一點和《地泉》的毛病相類似。

茅盾既「因為發現了這樣一位新進的，能遵循現實主義的傳統，又有自己的風格的青年作家而高興」，同時對「那『革命文學』公式的殘餘再予以敲打」。〔註 34〕他重申了《〈地泉〉讀後感》中的基本觀點和批評意見，並強調指出：「一切社會現象中都有革命意義，但作者的任務是從那些社會現象中去實地體驗出革命意義」，「然後從事描寫」；「而不是先立一革命的結論，從而『創造』社會現象（作品中的故事）。幾年前盛行的『革命文學』就因為是那樣『創造』的，所以文學自文學，革命自革命，實際上並未聯在一起。」〔註 35〕因此失卻了讀者。這是一個大教訓！

茅盾這些教誨，使沙汀明確了方向。沙汀直到晚年還這樣寫道：「是他，曾經啟發我，作家要寫自己所熟悉的生活」。我「因此開始拋棄」「但憑一些零碎的印象，以及從報紙通信中掇拾的素材拼製作品的簡便途徑，轉而將眼光投向四川，寫我比較熟悉的川西北偏遠城鎮的社會生活。」沙汀的名作《在其香居茶館裡》就是這樣寫成的。沙汀還回憶道：「是他，幫助我掌握寫作的新形式，」「他鼓勵我寫中篇。並對作品的結構和藝術處理作了不少指教。」「於是，約在兩年以後，我動手照他的建議，」寫了「一部自傳體的中篇」。「在四十年代，我卻又能鼓起勇氣進行創作長篇小說的嘗試。」〔註 36〕

和扶植沙汀、艾蕪相似，茅盾扶植青年詩人臧克家，也是出於這位詩人難得的堅持現實主義的創作態度，使詩作不落「革命文學」偏向和概念化的窠臼的文風。茅盾自臧克家登上詩壇起，就讀他陸陸續續發表的詩，覺得這些詩有一股清風撲面的新鮮氣息；「有他獨特的可喜的風格。」〔註 37〕及至

〔註 33〕　初刊於 1933 年 9 月《文學》第 1 卷第 3 號，見《茅盾全集》第 19 卷第 487 頁。
〔註 34〕　《我走過的道路》，《茅盾全集》第 34 卷第 569 頁。
〔註 35〕　《茅盾全集》第 19 卷第 348 頁。
〔註 36〕　《沉痛的悼念》，《憶茅公》第 46～47 頁。
〔註 37〕　《我走過的道路》，《茅盾全集》第 34 卷第 614 頁。

其第一個詩集《烙印》遭出版商的「白眼」，而不得不自費出版，茅盾就主動站出來說話了！除了扶植文壇新人外，對出版商排斥嚴肅的現實主義文學之舉，茅盾心中有一股不平之氣。所以他的題爲《一個青年詩人的「烙印」》〔註38〕的評論，一開頭就把《烙印》的命運作了鮮明對比：一方面是聞一多作序，王統照爲出版人；一方面是「書店老板的白眼」，「不得不由他個人出資刊印。」茅盾打抱不平道：「在這年頭兒，一位青年詩人的第一個詩集要找個書店承印出版，委實不容易啊！」茅盾筆下暗含譏諷地說：「在《烙印》，這困難一定是加倍的。因爲全部 22 首詩沒有一首詩描寫女人的『酥胸玉腿』，甚至沒有一首詩歌頌戀愛，甚至也沒有所謂『玄妙的哲理』以及什麼『珠圓玉潤』的詞藻！」「《烙印》」「只是用了素樸的字句寫出了平凡的老百姓的生活。」這樣的詩書店老板當然看不上眼。但茅盾引用臧克家《生活》一詩中說明詩人是這麼寫而不那麼寫的兩句詩：「這可不是混著好玩，這是生活。」茅盾還引用聞一多的評價：「克家的詩，沒有一首不具有一種極頂眞的生活的意義。沒有克家的經驗，便不知道生活的嚴重。」茅盾讚揚說：「作者的創作態度是夠嚴肅的。」因此他能「英勇地歡迎『磨難』，」「運用氣力去和它苦鬥。」他「活著帶一點倔強」，「時時在嚴肅地注視『現實』，時時準備擔負『現實』將要給予他的更多的痛苦，而不一皺眉毛；這樣的『生活態度』是可貴的。」因此茅盾相信：「在目今青年詩人中，《烙印》的作者也許是最優秀中間的一個了。」

但是茅盾也有不滿足處。因爲臧克家「對於現實還沒有確切的認識」，故「不敢確信自己的力量和自己的方向」。他觀察、描寫勞動者時，採取的是「超然的第三者的風度。因而他的詩缺乏一種『力』，一種熱情」。茅盾指出：「只是冷靜地『瞅著變』，只是勇敢地『忍受』，我們尙嫌不夠，時代所要求於詩人者，是『在生活上意義更重大的』積極的態度和明確的認識。」茅盾熱切期待著：「也許不久會有那麼一天，生活的煎熬，使他不再『像粒砂』，使他接受了前進的意識，使他立定了腳跟，那時候，在生活上眞正有重大意義的詩會在他筆下開了花罷。我們是這樣期待著！」這些意見對臧克家影響很大，他一直認爲「茅盾先生是我的師長。我這個 1933 年登上文壇的『青年詩人』，是由於他的獎掖」。〔註39〕

〔註38〕 初刊於 1933 年 11 月《文學》第 1 卷第 5 號，見《茅盾全集》第 19 卷第 540 頁。
〔註39〕 《往事憶來多》，《憶茅公》第 90 頁。

茅盾讀另一個文壇新人小說作者吳組緗時，也持大體相同的態度和意見；茅盾閱讀推薦的也是吳組緗的第一個短篇集《西柳集》。吳組緗「五四」前後受過茅盾的朋友惲代英的思想影響，聽過他的許多演講。到出版《西柳集》時吳組緗正在清華大學讀中文系。雖然剛登文壇不久，茅盾對他的近況似略有所知。這從他的題爲《西柳集》〔註40〕的評論文章結尾，談及他聽說吳組緗有個長達四部的長篇小說的寫作計劃及其細節中可以窺見。吳組緗比沙汀小四歲；茅盾大吳組緗 14 歲，但茅盾評吳組緗的文章，採用十分尊敬的對待平輩人的語氣。這與評沙汀的文章風格不同，顯得對吳組緗格外敬重。茅盾熟讀了《西柳集》中收的 10 個短篇。採用了考察作者的生活經驗、寫作態度和寫作方法以及三者之關係這一新視角。茅盾首先對比了「把農村帶到我們面前來」給我們看，和「帶我們到農村去看」，這兩種不同的寫作方法與態度。認爲前者「努力把他所有的『經驗』分析解剖，於是通過一定的人生觀，再現在作品中」。這是「用藝術手段再現出來的農村生活，這是把主要的動態顯示得很分明的農村」。因此這是主體性很強的作品。這麼寫必須防止「講演式」的毛病。但吳組緗屬於後者：他「把我們帶到農村裡去看」！茅盾認爲：「吳組緗先生是一位非常忠實的用嚴肅的眼光去看人生的作家；他沒有真實體驗到的人生，他不輕易落筆。」他把他所熟悉的「崩潰動蕩的農村，皖北的農村，分析給我們看」時，暴露出「他的生活經驗中」「缺少了熱惹惹的一方面」，對熟悉的生活這方面的「描寫格外出色」，但「卻下意識地多少佔著些兒純客觀的氣氛」。當他寫不熟悉的生活時，「他的『自我批評』精神又時時提醒他道：『寫的不眞，要小心。』」茅盾認爲吳組緗這時「受了生活經驗的限制，他一邊要留心寫得逼眞，要跨過『概念的泥淖』，一邊就不能把純客觀的態度擺脫淨盡」。於是茅盾得出結論：「因爲寫作態度的不同，所以產生了手法上的不同，而寫作態度之所以不同，又是受了生活經驗的限制使然」，這也就是說：生活經驗對寫作態度有制約作用，寫作態度對寫作手法有制約作用。這顯然是具創作經驗的理論家的內行話！

茅盾是很欣賞吳組緗那高超的寫作手法的：「他的文筆是既細膩而又明快，」寫人物能使「各人一個身分，各人是一個『典型』，不但各人的形容思想各如其人，連各人的『用語』也很富『典型』的色調。這是一幅看不厭的『百面圖』」。他不滿足於吳組緗的，是其純客觀的寫作態度，因爲這使其作

〔註40〕初刊於 1934 年 11 月《文學》第 3 卷 5 號，見《茅盾全集》第 20 卷第 267～278 頁。

品「推進時代的意義受了損失。」因此茅盾要求包括吳組緗在內的作家，充分發揮主體意識的作用，「不是『複印』而是『表現』；作家有權力『剪裁』客觀的現實，而且『注入』他的思想。」但這不是「改審客觀的現實」。他仍應該遵循生活眞實與藝術相統一的規律。

茅盾實際上通過吳組緗小說的解剖，把生活眞實性與藝術眞實性、思想傾向與創作方法之關係的個案考察，推到革命現實主義創作規律之整體把握的高層次。顯然，這樣的評論的指導作用，帶很大的普遍性。

在茅盾通過閱讀發現人才，通過評論扶植人才的工作中，其閱讀與評論的對象，並非都像評上述幾位初登文壇的新人的第一部作品結集那樣，是橫向展開進行考察的。比沙汀小三歲，比吳組緗大一歲的丁玲，由於其創作歷程雖然不算太長，卻呈現出明顯的階級性，因此茅盾評論丁玲時，採取的是通讀其全部作品以發現其取向的軌跡；然後縱向展開考察，作規律性把握。當然評論丁玲的動因，並非全在扶植獎掖，因爲丁玲在丈夫胡也頻作爲「左聯五烈士」之一慘蔣政權殺害之後，她也於 1933 年 5 月 14 日遭特務綁架。正當我們全力營救之際，又傳出了丁玲已被秘密殺害的消息。於是茅盾懷著悲憤，寫了《女作家丁玲》和《丁玲的〈母親〉》〔註41〕兩文，既茲紀念，又示抗議；後者還有反駁附《母親》的不公正批評之意。這樣，文章就帶有如前論的那批作家論的同樣的性質。

茅盾首先講丁玲的早期思想與時代的關係：「正當『五四』運動把青年們從封建思想的麻木喚醒了來，『父與子』的鬥爭」之爆發，使「一些反抗的青年女子從『大家庭』中跑出來，」「到『新思想』發源的大都市內求她們理想的生活來了」；丁玲就是在這特定時代與茅盾筆下的梅行素女士很相近的一位時代女性。茅盾講述了丁玲入平民女校和上海大學兩度受教（茅盾兩度作她的老師）時的思想特徵：對政治不感興趣，具「濃厚的無政府主義傾向」。她的心境也相當寂寞。

接著茅盾評論 1927 年丁玲開始創作時，其第二個短篇《莎菲女士日記》的時代性、典型性價值：丁玲在冰心沉默時「以一種新的姿態」登上文壇；她與冰心對「母愛和自然的頌贊」的「幽雅」情緒無關。丁玲「滿帶著『五四』以來時代的烙印」，推出了「心靈上負著時代苦悶的創傷」的莎菲女士這

〔註41〕分別初刊於 1933 年 6 月《中國論壇》第 2 卷第 7 期和同年 9 月《文學》第 1 卷 3 號，見《茅盾全集》第 19 卷第 432〜437 頁和第 490〜495 頁。

一典型。這是一個「個人主義、舊禮教的叛逆者」。是一位在性愛追求中「由被動的地位到主動的」大膽的思想解放的時代女性。丁玲這樣的描寫，「至少在中國那時的女性作家是大膽的。」

茅盾認為：長篇《韋護》與《一九三〇春上海》，是丁玲以「革命與戀愛的衝突」為基調的第二階段的代表作。她以「革命戰勝了戀愛」，展示出她對革命的追求。但是丁玲真正徹底走上革命與覺醒，則是丁玲的愛人胡也頻慘遭蔣政權殺害，成為「左聯五烈士」之一的時候。愛人與烈士的鮮血激發了丁玲並導致真正的覺醒。她參加了左聯，主編了當時左聯惟一的文學刊物《北斗》。

這正是丁玲創作的第三階段：以寫農民革命覺醒的短篇《水》與《奔》為代表作。特別是《水》，成功地寫農民經過與洪水、飢餓奮鬥，與官吏紳士奮鬥，與自身的動搖思想奮鬥這心靈激蕩的「三部曲」，而走上革命化道路。《奔》中的農民也不能再忍受地主的剝削而奮起抗爭。茅盾指出：從丁玲的奮起抗爭，到她筆下農民形象的奮起抗爭，這是丁玲由個人主義和無政府主義到集體主義和共產主義的一個突進。這是十分有深度的。「五四」作家大都經歷了這樣的過程。茅盾是較早較快的先驅者。丁玲則和魯迅同樣，他們的轉變是以大革命前後為界。和從介入文學時間看屬於其前輩，但未能完成這一超越的冰心、盧隱等女作家和徐志摩、胡適等轉化為「五四」之反面的男作家比，丁玲顯然是超越「五四」時代提前進入革命行列中的大勇者。從這個意義看茅盾評丁玲的文章，它不僅是一篇反映新文學發展史的作家論，而且也是指引讀者與作者通過閱讀丁玲作品從而尋找正確人生道路、創作道路的路標與指針。

茅盾還集中評論了丁玲的近作《母親》。他批評了論者犬馬的《母親》是「刻意模仿《紅樓夢》」說，和把《母親》收入良友文藝叢書時的《編者言》的《母親》「不能創造出辛亥革命的『史詩』」說。茅盾認為：前者不實；後者過苛；都是隔靴搔癢的皮相之見。兩者都未能把握《母親》之真諦。在茅盾看來，「《母親》的獨特的美點」，「是以曼真為代表的我們『前一代女性』怎樣掙扎著從封建思想和封建勢力的重圍中闖出來，怎樣憧憬著光明的未來。」茅盾認為在這方面《母親》是座「紀念碑」。這是《紅樓夢》所沒有的；《母親》並未給自己提出「創造出辛亥革命的『史詩』」的要求。我們也不該額外去苛求。

茅盾帶著遺憾和義憤評論《母親》：指出蔣政權綁架了丁玲，使《母親》差萬把字沒能寫完！茅盾說：「丁玲女士的被綁，就表示統治階級維持殘喘的最卑猥的手段！」這使「全中國的革命青年一定知道對於白色恐怖的有力的回答就是踏著被害者的血跡向前！丁玲女士自己就是這樣反抗白色恐怖的鬥爭者！」〔註42〕

我們今天回顧茅盾從大革命失敗到左聯時期，系統閱讀從「五四」到左聯時期的作品，對「五四」文學前驅的左聯新進作家這兩代作家的人生道路與文學歷程作系統考察。其總結的經驗與教訓，如果集中在一點，就可以用他評論丁玲的文章所體現的內容來概括：既指示著做人的方向；也指示著為文的路徑。這兩條根本規律所宣示的人生哲理，對作者、對讀者，都有同樣的啟迪。茅盾從「五四」到左聯，扶植了兩代文學新人；通過扶植這兩代作家，使其創作同樣啟迪了「五四」與左聯時期的兩代廣大讀者群。從這個角度看茅盾的閱讀與閱讀有感所寫的評論，可以發現，實際上這是「生活──創作──閱讀──接受──再創造」這總的連貫動作與運動軌跡中非常重要的一環。

評雜誌　辦雜誌　談「雜誌辦人」

對左翼文壇主將茅盾說來，面對白色恐怖、懍懍文網，從戰鬥需要和體現人民意願出發，培養新生力量與擴大人民文學陣地，是一紙兩面的當務之急。他一向是知行統一、理論實踐統一的人。很看不慣光說不練的「口頭把勢」。他批評當時流行的兩種「口頭禪」：有人常喊「文壇太寂寞了」；「但是新作或新的定期刊出世後很難引起『文壇上』的注意。」還有人常喊「推薦青年作家」；但是「青年作家」的作品出版後也很少有人批評。這種批評家「大都不屑躬親小事，他們喜歡找大目標來作批評的對象」。他們大都不肯把新出期刊「一一讀過」，「何況一一批評。」〔註43〕但是茅盾寧肯少寫《子夜》般的大作品，卻把生命用在「博覽每日出版的大大小小面目不一的文藝性定期刊」。他每周「劃出一定的時間來多讀多種定期刊」；〔註44〕經常寫評

〔註42〕《茅盾全集》第19卷第437頁。
〔註43〕《幾種純文藝的刊物》，1933年9月1日《文學》第1卷第3號，《茅盾全集》第19卷第496～497頁。
〔註44〕《給一個未會面的朋友》，1935年3月10日《讀書生活》第1卷第9期，《茅盾全集》第20卷第418頁。

刊文章，旨在「給這千奇百怪的『文壇』畫出一幅『卡通』來。算是『社會
生活反映之反映』」，藉以幫助編者和讀者提高水平與見識。這是他爭奪與開
拓陣地、培養新生力量工作的重要的一環。「對於讀者未始不是有益的。」
〔註45〕從 1933 年 7 月到 1935 年底，他發表綜合批論刊物和評論具體刊物的
文章近 30 篇；評論各種刊物近 40 種，約 60 期，涉及刊物上發表的各類作
品約 350 餘篇。有位青年作家因爲「無名」，其作品遭出版商拒絕；遂悒悒
而死。朋友們爲紀念他，組成「無名」文藝社，出版了《無名文藝月刊》。
茅盾很受感動，也頗抱不平；他著文列出該刊創刊號的五篇小說並一一剖
析，給予鼓勵。茅盾說：「《無名文藝月刊》的一群青年作家有很大的前途，
我們虔誠地盼望他們繼續努力。」〔註46〕茅盾所評的作品中包括葉紫的《豐
收》；《豐收》恰恰是葉紫的成名作與代表作，葉紫恰恰是靠這個「無名」的
前進文藝青年開拓的新陣地成長爲左聯的新生力量和年輕的無產階級作
家。茅盾所作的預言與熱忱的祝福，不能不說是慧眼識人。

　　茅盾評刊，首先著眼於辦刊方針的宏觀考察與評價。因此他常常著力考
察刊物的創刊號。他稱讚《文學季刊》創刊號一開始就確立了「以忠實懇摯
的態度爲新文學的建設而努力」的辦刊方針，〔註47〕認爲這嚴肅認眞全力以
之的努力「傻態可掬」。茅盾竟然一天發表兩篇文章，甘願爲它作「義務廣告」。
〔註48〕他稱讚《〈清華周刊〉文藝專號》「描寫現實，認識現實，企求改變現
實」的「一貫態度」；祝頌它「是新時代降生的哭聲，是未來的創造之神——
創造之人的呼聲。」〔註49〕這兩家刊物登了吳組緗的《卍字金銀花》、《一千
八百擔》，茅盾的三篇文章三次給其以很高評價。《文學季刊》登了冰心生病
康復之後所寫的《冬兒姑娘》；茅盾敏銳地指出：它「的出世或者會在冰心的
創作記錄上開始了一個新方向罷，這是我們十分盼望著的」。

　　茅盾十分看重刊物編輯部的辦刊態度與爲其意識形態屬性所決定的風格
取向。他十分欣賞《水星》創刊號「樸實嚴肅，是一些在文藝園地裡潛心工

〔註45〕 《幾種純文藝的刊物》，《茅盾全集》第 20 卷第 497 頁。
〔註46〕 《幾種純文藝的刊物》，《茅盾全集》第 20 卷第 497～500 頁。
〔註47〕 《讀〈文學季刊〉創刊號》，1934 年 2 月 1 日《文學》第 2 卷第 2 期，《茅盾
　　　　全集》第 20 卷第 5 頁。
〔註48〕 《讀〈文學季刊〉創刊號》，1934 年 2 月 1 日《申報·自由讀》，《茅盾全集》
　　　　第 20 卷第 11 頁。
〔註49〕 《〈清華周刊〉文藝創作專號》，1934 年 1 月 1 日《文學》第 2 卷第 1 號，《茅
　　　　盾全集》第 20 卷第 3 頁。

作的朋友們說他們要說的話」。所刊登的「幾篇小說，又使我們知道真正埋頭創作的作家是在努力朝『充實內容』這條路上走」。在「以『低級趣味』來吸引徘徊半路的讀者」「日見其多」的環境中，「像《水星》那樣老老實實不賣『野人頭』，正正經經在這乾枯的文藝小河裡盡它『加一瓢水』的工作的，實在彌覺可貴。」〔註 50〕茅盾還對比了《東流》和《學文》這兩家雜誌。認為「《東流》雖是個『小型』刊物」，但辦刊態度「嚴肅而又慎重」。「是個小型的然而具有前進意識的刊物。」給人以「向上生長的幼芽」、「活潑可愛」但「有點『幼稚』」的印象。茅盾認為：「『幼稚』不是『病』，什麼都是從『幼稚』成長的。」《學文》倒是不「幼稚」，它給人的印象「是它們那圓熟的技巧」，其後「卻是果子熟爛時那股酸霉氣——人生的空虛」。茅盾感慨道：「生活條件和社會階層的從屬關係決定了人們的意識，——這一原則，在這裡也可以拿來應用一下的。」〔註 51〕

茅盾認為刊物的追求目標與取向，應該以其積極向上的社會作用正確引導讀者，在這裡應該正確處理編者、作者、讀者之間的關係。和魯迅同樣，茅盾對林語堂等人為倡導小品文所辦的專登小品文的《人間世》之取向，一再提出批評。茅盾說：「在下並不反對『小品文』，尤不反對專登『小品文』的定期刊；也不主張『小品文』一定非有『世道人心』的大議論不可。」不過「把『閒適』『自我中心』之類給『小品文』定起惟一的規範來」，卻是一種誤導。〔註 52〕茅盾把「閒適」這個論題拉開，回到「五四」時反對「文學目的是『消遣』」的老問題上來，他宏觀地指出：「軟性讀物並不一定是消閒品。不過頹廢的醉生夢死的小市民所要求的軟性讀物卻常常是奢侈性質的消閒品。」〔註 53〕這些東西的製造者：編者與作者，正是迎合「貪逸惡勞」的小市民讀者的口味。這些讀者「永遠的被拘禁於《彭公案》、《濟公活佛》」等「低級趣味的小說圈子裡，不想擺脫。也正和作者們的貪逸惡勞的念頭一樣」。「他們根本上便以『文學』為消遣品；略略要加思索的讀物，他們便不

〔註 50〕 《〈水星〉及其它》，1934 年 12 月 1 日《文學》第 3 卷第 6 號，《茅盾全集》第 20 卷第 310 頁。

〔註 51〕 《〈東流〉及其它》，1934 年 10 月 1 日《文學》第 3 卷第 4 號，《茅盾全集》第 20 卷第 237～240 頁。

〔註 52〕 《小品文半月刊〈人間世〉》，1934 年 7 月 1 日《文學》第 3 卷第 1 號，《茅盾全集》第 20 卷第 99 頁。

〔註 53〕 《奢侈的消閒的文藝刊物》，1935 年 3 月 1 日《文學》第 4 卷第 3 號，《茅盾全集》第 20 卷第 412～414 頁。

願過問。」〔註54〕以「消閑」爲目的，以「閒適」爲內容的《人間世》般的小品文刊物，正是滿足這些讀者的。

茅盾批評《小說月刊》一、二兩期是「爲小市民的消閒的點心」。茅盾認爲「專給小市民吃的點心，只要有益衛生」，「也非常需要」。但是「無論如何不可端出消閑品」。「小市民是最善於『醉生夢死』度日子的人們，而中國的小市民尤甚。」因此不能「太順了他們的脾胃了。我們應當給他們一些刺激。我們給他們的點心不能不加點辣椒」！〔註55〕「加些補血的鐵質，加些補腦的磷質。」〔註56〕

爲糾正這些偏向，茅盾呼籲端正刊風和文風，茅盾主張刊物及其作者要接受批評家和讀者雙重的正確的輿論監督。作家「不但需要批評家的批評，而且也需要讀者的批評。愈多聽到讀者的意見，則作家的受益愈多」。「讀者與作家之間應該建立更好的關係，不但能使讀者和作家的意見得溝通，並且使讀者和讀者之間的意見亦得互相交換。」〔註57〕刊物在調劑這種關係方面，能起很大的作用。茅盾還就創作狀態與閱讀狀態及其連動關係問題，提出「入迷」這一必要條件。他認爲「讀小說或觀劇，一定得有幾分『入迷』——就是走入作品中，和書中人　·同笑一同哭」。這才是最好的審美效果。爲使讀者產生「入迷」的審美效果，「作家寫作品的時候，也非『入迷』不可。」作家想獲得這種技巧，就得「咀嚼消化」大作家的「傑作」；「毫無雜念」地「走進書去，笑時就笑，哭時就哭」，如此這般地「幾次『入迷』」，「始能學得技巧」，這時他所學到手的技巧，已「成爲他自己的力量了」。〔註58〕

1934 年是當時公認的「雜誌年」：「全中國約有各種性質的定期刊三百餘種。」〔註59〕茅盾認爲可以把它看作「文化動向之忠實的記錄」。茅盾先後多

〔註54〕《對於「翻譯年」的希望》，1935 年 2 月 1 日《文學》第 4 卷第 2 號，《茅盾全集》第 20 卷第 384 頁。

〔註55〕《小市民文藝讀物有歧路》，1934 年 8 月 1 日《文學》第 3 卷第 2 號，《茅盾全集》第 20 卷第 178 頁。

〔註56〕《奢侈的消閑的文藝刊物》，《茅盾全集》第 20 卷第 413 頁。

〔註57〕《一個小小的提議》，1936 年 5 月 1 日《文學》第 6 卷第 5 號，《茅盾全集》第 21 卷第 122～123 頁。

〔註58〕《論「入迷」》，1934 年 8 月 1 日《文學》第 3 卷第 2 號，《茅盾全集》第 20 卷第 144～145 頁。

〔註59〕《所謂「雜誌年」》，1934 年 8 月 1 日《文學》第 3 卷 2 號，《茅盾全集》第 20 卷第 132 頁。

次著文作剖析。從讀者市場看，他認為這顯係「為了解決個人與社會的幸福問題」，「加緊找尋指示自己與社會前途的簡明讀物」〔註60〕這一社會需求的產物。茅盾認為，在正常情況下，「出版家是跟著『讀者的需要走』」；這是一條規律，但中國的讀者良莠不齊，引發的結果也是對應的：一部分讀者「因為胃弱只喜歡吃『零食』，大魚大肉是消化不了的」。好胃口的讀者又被「幾家老廚房搬來搬去只是些腐魚臭肉」「弄壞了胃口」，「也只好拿『零食』充點飢」。於是造成「出版家拖著讀者走」的違反規律的特異現象！

「不幸」的是，這卻是「我們的『特別國情』」。〔註61〕於是茅盾慨嘆道：「在我們這社會內，每一文化現象之發生，往往是有『正』必有『負』。開頭是基於社會的需要而發生了『正』，接著就有一般蛀蟲們或為他們自己的需要，或為偷天換日計而來一個『負』。然而這『正』『負』並不對銷，而在相決相盪，以達到最後的『清算』。」〔註62〕茅盾評刊，正是從時代使命感與歷史責任心出發，自覺從事扶「正」卻「負」的大事業。

為了給讀者創造健康的閱讀環境，提供新鮮有益的精神食糧，茅盾還花大力氣自己參與辦刊，同時也花大力氣幫助別人辦刊。他「不但幫著守住了原有的陣線」，還努力「推動陣線向前」！使他非常欣慰的是：「一年來文壇加入了一大批的生力軍，南方北方，新的青年作家不斷地在新刊的態度嚴肅的雜誌上出現。」茅盾做的是加強與開拓工作，目的是為其提供陣地。他自己也不斷設法衝破文網，用新作品占領陣地，為讀者提供精神食糧。首先他和魯迅合作，從周瘦鵑等舊文人手中把《申報·自由談》奪回來。他們支持新任主編黎烈文，把此陣地改造成進步文化陣地。這馬上引起反動當局的注意。其御用工具《社會新聞》立即造輿論：「魯迅與沈雁冰現已成了《自由談》兩大台柱。」「考其用意」，是「新文藝對舊文藝的一次進攻」的「政治行動」。〔註63〕這話倒也符合實際。茅盾在《自由談》的前期發表文章29篇。由於反對當局以扣「宣傳赤化」的政治帽子方式向《申報》老板施加壓力，主編黎烈文迫不得已發表懇請作者從此「多談風月，少發牢騷」的呼籲；從此開始

〔註60〕 《雜誌年與文化動向》，1935年5月1日《文學》第4卷5號，《茅盾全集》第20卷第435頁。

〔註61〕 《所謂「雜誌年」》，1934年8月1日《文學》第3卷2號，《茅盾全集》第20卷第134頁。

〔註62〕 《雜誌「潮」裡翻浪花》，1935年5月1日《文學》第4卷5號，《茅盾全集》第20卷第440～441頁。

〔註63〕 轉引自唐弢：《側面》一文，見《憶茅公》第143頁。

了《自由談》的後期。於是茅盾改用「曲筆」，發表了文章 33 篇。總計自 1932
年 12 月奪回此陣地到 1934 年 5 月黎烈文辭去主編職務止，茅盾在這期間的
《自由談》上共發表文章 62 篇，每月平均 4 篇左右。茅盾和魯迅的這些文章，
是射向反動者的投槍！

　　茅盾和魯迅相配合，支持 1934 年 8 月創刊，由陳望道主編的小品文專
刊《太白》。以《太白》爲陣地，和林語堂所辦的小品文專刊《論語》、《人
間世》唱對台戲。魯迅說林語堂提倡的以「幽默」與「閒適」爲內容的小品
文，是「將屠戶的凶殘化爲一笑，收場大吉」的「幫凶文字」。茅盾則提醒
讀者：「中國民族性裡缺乏『幽默』，然而『油腔』向來就發達。」我們萬勿
「被『油腔』蒙混了去撞騙招搖」。他反對把小品文「規範」在「閒適」、「自
我中心」上；他主張小品文「成爲新時代的工具」，成爲標槍和匕首，「使這
社會的要求趨於光明。」「使得小品文發展到光明燦爛的大路。」〔註 64〕茅
盾用他的小品文名作《黃昏》、《沙灘上的腳印》、《天窗》、《大旱》、《戽水》，
短篇小說《阿四的故事》，短論《關於小品文》、《小品文半月刊〈人間世〉》、
《所謂「雜誌年」》、《不關宇宙或蒼蠅》等力作來支持《太白》，大大強化了
《太白》的社會影響。

　　茅盾鼎力支持左聯 1932 年 6 月創刊的《文學月報》。此刊頭兩期由姚蓬
子主編。第 3 期起由周揚主編。如前所說，從此期開始茅盾爲其選編與終審
小說稿，藉此機會扶植了沙汀、艾蕪等一大批革命青年的作家。但茅盾最致
力的是創辦了對左翼文壇像「五四」時期的《小說月報》那樣舉足輕重的《文
學》月刊。此刊由 1933 年 7 月創刊，1937 年底因抗戰爆發與其他刊物合辦《吶
喊》時終刊，共出刊了 9 卷 50 期。茅盾和鄭振鐸雖並列主編，但鄭振鐸遠在
北京，實際上主編是茅盾獨立承擔。爲給《文學》加上「保護色」，就請其兄
是江蘇省教育廳長、本人有「轉盤賭」怪癖的傅東華具名爲另一主編。茅盾
不但要審定全部創作稿，還要包寫「社談」欄文章與大部分作品評論。如 1
至 3 卷「書報評論」檔共刊文 43 篇，茅盾寫了其中的 28 篇。1933 年底國民
黨市黨部對《文學》連連採取迫害限禁措施，其內部報告《查禁〈文學〉經
過》中說：「《文學》本係文總刊物。態度惡化已極。名爲傅東華與茅盾兩人
主編，實際則由茅盾主幹。」於是茅盾退居幕後，《文學》也暫避鋒芒，推出

〔註 64〕　《關於小品文》，1934 年 7 月 1 日《文學》第 3 卷 1 號，《茅盾全集》第 20
　　　　卷第 107～108 頁。

－175－

創作、弱小民族文學、翻譯與中國文學研究專號，這時茅盾被列入秘密暗殺的黑名單。社會上已有茅盾被捕的流言。魯迅不得不請在北平的端木蕻良化名「辛人」發表闢謠文章。1934 年夏形勢稍有好轉，茅盾就又去到台前，他不斷更換筆名，發表了大批匕首般的雜文。《文學》此時由王統照接替傅東華任主編。茅盾仍審全部創作稿。直到抗戰爆發時《文學》終刊。

茅盾有篇總結辦刊經驗與苦楚的文章，題爲《「雜誌辦人」》。〔註65〕文章開頭日：「常聽得老辦雜誌的人訴苦說：開頭是人辦雜誌，後來是雜誌辦人。」茅盾認爲，通常情況下，「人辦雜誌的時候是有話要說，雜誌辦人的時候是沒有話也得勉強說。」「因爲普通雜誌大概沒有一定的目標，」然而「有了一定目標去辦雜誌」「困難依然存在」。「第一難處是：有些話不准說。」這是反動當局禁止作者說不同政見，故意設置政治禁錮所致。「第二是：有些話難說。」這是照顧多種社會關係不能直言所致。「第三是：有些話不知從哪兒說起好。」這是因爲讀者水平低，編者說深了不是，說淺了也不是之所致。「第四是：有些話沒工夫講。」這是編者人手少無暇顧及「這些技術問題或調查工作」所致。茅盾當然主張：第一打破政治禁錮；第二打破情面，該說啥就說啥，不必顧及各種社會人情關係；第三要通過改進編輯工作去提高讀者的水平。但是當時的環境所限，茅盾這三點主張並不容易兌現。倒是許多雜誌往往「講一些寬皮胖肉的裝門面的大話，公式話」來敷衍塞責。這是茅盾極力反對的。他說：「我以爲與其硬著頭皮盡講一些寬皮胖肉的裝門面的大話，公式話，倒不如老老實實多登些『技術問題』的討論，和『調查工作』的消息罷！」

讀書、編書、譯書　論「譯書方法」

左聯時期茅盾的讀書生涯雖仍保持「以任務帶動讀書」的特點，但因離開了商務印書館，就從讀書結合編「書」轉向讀書結合編「刊」了。不過他還是編了幾本影響很大的書，以應編輯、出版社、讀者之所需。

第一本是《草鞋腳》。這是應美國進步青年報刊工作者伊羅生的要求和魯迅合作進行的。茅盾和魯迅的宗旨是「把『左聯』成立以後湧現出來的一批有才華而國外尚無人知曉的青年作家的作品介紹」出去尋找國外讀者。魯迅

〔註65〕1933 年 7 月 31 日《文學雜誌》第 3、4 期合刊；《茅盾全集》第 19 卷第 455 ～457 頁。

負責寫序；茅盾負責選編。在《〈草鞋腳〉初選篇目》中他選編了包括吳組緗、張天翼、草明、葛琴、沙汀、艾蕪、東平、魏金枝等 23 位作家的 26 篇作品；並爲部分作家作品寫了簡介。他還在《中國左翼文藝定期刊編目》中介紹了 21 種左翼期刊。〔註 66〕遺憾的是由於認識和技術方面的原因，伊羅生大量改動了上述選目。此書也拖到 1974 年才在美國出版。中文版 1981 年才面世，但是魯迅與茅盾聯名，由茅盾執筆，先後給伊羅生寫了好幾封信。此事也廣爲文藝界所知。故與其說此書影響很大，不如說此事影響很大更爲確切。因爲它體現出魯迅、茅盾對左翼文藝全力以赴的推動。

　　第二本書是 1934 年至 1935 年幫趙家璧編他主編的《中國新文學大系》。這是回顧「五四」以來新文學的「聲勢浩大」的工程。茅盾提出了以 1927 年爲界「斷代」，小說按文學研究會創造社及以《語絲》社、未名社爲中心共編三集等建議，均被趙家璧採納。茅盾主編小說一集；即文學研究會的專集。他在《〈中國新文學大系・小說一集〉選編感想》中論：「新文學發展的過程是長長的一條路，這條路的起點以及許多早起者所留下的足跡，有重大的歷史價值。」〔註 67〕茅盾還寫了近 3 萬字的《中國新文學大系・小說一集・導言》這篇長文。茅盾所選共 29 位作家的 58 篇中短篇小說。除文學研究會會員外，傾向相近的作家作品也適當選入。其中包括冰心、王統照、許地山、朱自清、廬隱、徐志摩、鄭振鐸等「五四」時代的著名作家；也包括不幸早夭的徐玉諾、羅黑芷、彭家煌等和彗星一現的如利民、王思玷、朴園、李渺世等無名作者或年輕作家。他寫的導言用了四節的篇幅評作家作品。第一節首先評「無名作家」，足見茅盾對新人的重視。《導言》還論述了新文學運動前十年小說創作的發展途徑；也論述了所留下的經驗與教訓。這是茅盾總結「五四」新文學發展史工作的繼續，此「大系」影響很大。新時期又有人續編，其時限直編到建國。

　　第三本書是替開明書店編的「潔本」《紅樓夢》。茅盾很欣賞陳獨秀的下述意見：「我嘗以爲如有名手將《石頭記》瑣屑的故事盡量刪削，單留下善寫人情的部分，可以算中國近代語的文學作品中代表著作。」〔註 68〕茅盾曾想一試。開明書店擬出版《三國演義》、《水滸》、《紅樓夢》的節本，邀茅盾承擔《紅樓夢》編輯刪削工作；茅盾就趁機實現了這個宿願。他定了三條刪削

<hr>

〔註 66〕以上三文據手稿編入《茅盾全集》第 20 卷第 84～95 頁。
〔註 67〕《茅盾全集》第 20 卷第 426 頁。
〔註 68〕亞東版《紅樓夢》陳獨秀序。

的原則：一、關於「通靈寶玉」、「木石姻緣」、「警幻仙境」之類的虛擬「神話」。二、結社吟詩打燈謎等「風雅故事」。三、無關大節的情節如「王熙鳳毒設相思局」、「賈政外放、門子舞弊之類大段冗長文學。刪去的這三類文字，約占全書的五分之二，但並不影響作品之主幹與主題。因為刪削，遂重訂了章回，共得 24 回，並改題了回目。茅盾寫了共達五節的長篇序言。依次講了作者、版本、主題、寫法和上述三條刪節原則。今天看來，這部潔本仍不失為一部很好的普及本。茅盾的刪節工作，以其對《紅樓夢》的熟讀與深刻研究為基礎。否則很容易刪得亂七八糟。著名畫家與封面設計家錢君匋說：「茅公能背出 120 回《紅樓夢》來，鄭振鐸不信。有一次大家聚在一起，章錫琛請茅公背《紅樓夢》，並指定一回，茅公果然滔滔不絕地背出來，大家都十分驚訝。可見茅公深厚的古典文學造詣！」〔註 69〕草明說：她聽到一件趣事：茅盾進商務印館時，「老板提出許多難題考他，他都對答如流。老板便又問他讀過四書、五經沒有，他不慌不忙地背誦起四書、五經來。」〔註 70〕這傳聞未經茅盾的《我走過的道路》的描寫所證實。但錢君匋是為魯迅、茅盾設計過封面的茅盾的同鄉摯友，茅盾背誦《紅樓夢》時他在場；所說應當可信。這真是段文壇佳話！

　　左聯時期，茅盾仍以評介與翻譯方式，幫助讀者讀外國文學。不過他更注重為年輕讀者考慮。1935 年在《中學生》雜誌連載的《世界文學名著講話》〔註 71〕和應亞細亞書局之請寫的《漢譯西洋文學名著》〔註 72〕這兩部論著就是。除去荷馬、但丁、薄伽丘三人互見於兩書的重複部分之外，兩書總計評介了 36 位名家的 37 部名著，從古希臘史詩到文藝復興時期的英、意、西班牙諸國文學，到十九世紀的積極浪漫主義、批判現實主義作家作品，幾乎都有代表，《世界文學名著講話》精雕細刻，學術性強；《漢譯西洋文學名著》炭筆勾勒、通俗易讀。為便於閱讀，所評均限於有中譯本者。茅盾讓書店搜集了包括重譯本在內的全部譯本。他「看書的時間卻三四倍於寫作的時間」。茅盾主張重譯，故每本之後，專有一段介紹重譯本的文字。他希望通過比較提高譯文質量。茅盾認為：「中國移譯、介紹外國文學名著，就是經過多次複

〔註 69〕錢君匋：《深厚的鄉情與友誼》，1981 年 5 月《桐鄉文藝》「紀念茅盾專輯」第 28 頁。

〔註 70〕《誨人不倦的導師》，《茅盾全集》第 59 頁。

〔註 71〕共七講，連載後由開明書店 1936 年初版。

〔註 72〕共介紹了 32 位名家的 32 部名著。

譯，然後漸趨完美的。」〔註73〕在茅盾看來，評介與翻譯都利於提高作者和讀者水平。

　　因此左聯時期茅盾仍忙裡偷閒擠時間從事翻譯工作。他譯了蘇聯作家丹青科的長篇《文憑》，〔註74〕寫了多達 8 章的《關於作者》的長文。他還編譯出版了包括土耳其、荷蘭、匈牙利、克羅地亞、羅馬尼亞、希臘、波蘭、斯羅伐克、秘魯、阿爾及爾等 9 國的 15 位作家 15 篇作品的短篇集《桃園》。〔註75〕茅盾也寫了前言。此外他還編譯出版了包括挪威、波蘭、德國、比利時、俄羅斯、意大利 6 國的 7 位作家 7 篇作品的散文集《回憶·書簡·雜記》。〔註76〕

　　長期的翻譯經歷也形成了茅盾的具獨到見解的包括譯書方法論在內的翻譯理論，概括起來，大體是以下幾點。

　　一、譯書的目的：他一向堅持的是「洋」為「中」用。這從屬於「五四」以來茅盾「為人生並且改良這人生的文學」之總目的。他認為文學除「給人欣賞」之審美作用外，還因其「含有永存的人性」而具「抗議或糾正」「時代缺陷與腐敗」的社會功利作用。因此他主張從「深惡自身所居的社會的腐敗，人心的死寂」的動因出發，「藉外國文學作品來抗議，來刺激將死的人心。」〔註77〕此外他還認為譯作「對於新的民族文學的崛起」，「有間接的助力」；〔註78〕它能促進文學的革新。他主張「要醫中國文學上的『沉疴』須從翻譯外國文學入手」，並且「注重該文學作品內所含的思想」。〔註79〕不能單注重藝術。

　　二、譯文的標準：他一向堅持「信、達、雅」。他接受「嚴復翻譯哲學、社會科學」時提出的這要求，用於文學翻譯，並作了以下解釋：「信即忠於原文；這即譯文能使人看懂；雅即譯文要有文采。」〔註80〕因為是從嚴復那裡借過來的，就不能生搬硬套。茅盾就自己的譯著經歷與體驗，作出總結，也

〔註73〕　《我走過的道路》，《茅盾全集》第 35 卷第 9 頁。

〔註74〕　1932 年現代書局出版。

〔註75〕　1935 年文化生活出版社出版。

〔註76〕　1936 年生活書店出版。

〔註77〕　《介紹外國文學作品的目的》，1922 年 8 月 1 日《時事新報·文學旬刊》第 45 期，《茅盾全集》第 18 卷第 249 頁。

〔註78〕　《譯詩的一些意見》，1922 年 10 月 10 日《時事新報·文學旬刊》第 52 期，《茅盾全集》第 18 卷第 290 頁。

〔註79〕　1922 年 1 月 10 日《致陳靜觀》，《茅盾全集》第 36 卷第 40 頁。

〔註80〕　《茅盾譯文集·序》，《茅盾全集》第 27 卷第 429 頁。

以別人的經驗作借鑒；在理論上有昇華也有發展。其最主要的，是他關於正確處理「形貌」與「神韻」，「直譯」與「意譯」（以及「死譯」「歪譯」）之關係的理論。

　　三、譯書的方法：茅盾主張直譯和意譯均可，看對象而異，但堅決反對「順譯」、「死譯」和「歪譯」。茅盾指出：「『直譯』這名詞，在『五四』以後方成權威。這是反抗林琴南氏的『歪譯』而起的。」林琴南不懂外文，他的譯法是找懂外文者口譯，他據以用文字表達。口譯時就打了折扣；他的表達又因其不懂外文，隨意增刪和注入「衛道」觀念等又打「三重」折扣：是為「歪譯」。所謂「順譯」是主張：「與其忠實而使人看不懂，毋寧不很忠實而看得懂」，這也是茅盾所不取的。但茅盾主張的直譯，「倒並非一定是『字對字』，一個不多，一個不少。因為中西文字組織的不同」，「『字對字』譯了出來也看得懂，然而未必就能恰好表達了原作的精神。」因此茅盾認為：只要「原作的精神卻八九尚在」，即使「並非『字對字』」也足可稱為「直譯」。「這樣才是『直譯』的正解。」〔註81〕茅盾認為：「『字對字』翻譯是最忠實的方法，這原則我們應當承認。」問題在如何既「字對字」「又能使譯文流利通暢，」以解決「『信』而且『達』的問題」。〔註82〕這絕非「『硬譯』『死譯』等等咒罵所能奏效」。〔註83〕茅盾視野開闊地提出了解決辦法：一是了解作家的生平，其全部作品及其特色，其作品所寫的時代的位置。二是準確把握「作家的風格」，運用「適合於原作風格的文學語言，把原作的內容與形式正確無遺地再現出來。除信、達外，還要有文采」。「文采」則屬「雅」的要求了。因此茅盾說：「譯詩，我贊成意譯；這是指對於死譯而言的意譯，不是任意刪改原作的意譯；換句話說，就是主要在於保留原作神韻的譯法。」〔註84〕

　　四、譯文學書的審美要求：茅盾堅持「神韻」與「形貌」相統一。他認為「文學的功用在感人（如使人同情使人慰樂），而感人的力量恐怕還是寓於『神韻』的多而寄在『形貌』的少」；如果真處有形、神難以兼備的「兩難」境地，茅盾主張「與其失『神韻』而留『形貌』，還不如『形貌』上有些差異而保留了『神韻』」。當然茅盾也提出了「兩全」之法。因為「『形貌』和『神

〔註81〕　《直譯‧順譯‧歪譯》，1934年3月1日《文學》第3卷3號，《茅盾全集》第20卷第39～41頁。
〔註82〕　《讀〈小婦人〉》，1935年9月1日《文學》5卷3號，《茅盾全集》第20卷第529～530頁。
〔註83〕　《〈茅盾譯文選集〉序》，《茅盾全集》第27卷第430～431頁。
〔註84〕　《〈茅盾譯文選集〉序》，《茅盾全集》第27卷第430～431頁。

韻』卻又是相反而相成的」；兩者的構成因素都是「『單字』『句調』兩大端」。所以譯書必須做到「（一）單字的翻譯正確。（二）句調的精神相仿」。茅盾還提出了臻此要求的一系列具體方法。〔註 85〕此外他又對文學書譯者提出「是研究文學的人」，「是了解新思想的人」和「有些創作天才的人」這三項高求。〔註 86〕

　　五、歡迎重譯：茅盾主張「用嚴肅的態度」對待重譯。重譯有「無意」撞車所致，和「不滿於那譯本」，或據原文、據譯文轉譯等多種成因。茅盾的基本態度是寬容和歡迎。〔註 87〕他「認為真正的名著應該提倡重譯。要是兩個本子都好，我們可以比較研究他們的翻譯方法，對於提高翻譯質量很有好處」。〔註 88〕

　　茅盾從二十年代到三十年代，不僅自己譯書和代別人校譯，還評論別人的譯作，以總結經驗。他評論過郭沫若的譯著《戰爭與和平》和伍光建的譯著《俠隱記》、《浮華世界》（參看郭譯《戰爭與和平》、伍譯的《俠隱記》和《浮華世界》）兩文，見（《茅盾全集》20 卷）以及董紹明、蔡詠裳夫婦所譯的《士敏土》（參看《關於〈士敏土〉》一文，見《茅盾全集》20 卷）等等。他都詳細舉例一一分析討論得失。為此他還參與過兩次關於翻譯問題及「『翻譯』與『媒婆』」等問題的論爭。

　　茅盾譯書和評論別人的譯著等工作，溝通了他和中國讀者、譯者與外國作家作品之關係；正如他讀書讀刊、著書辦刊與評書評刊的工作，溝通了他和中國讀者、作家與編輯相同，實際上正是茅盾的這些活動，在包括他本人在內的中外讀者、編者與作家作品之間，架起了溝通心靈交流文化的一座宏偉的橋樑。

民族性、階段性的探奧揭櫫

　　在左聯時期茅盾的讀書生涯中，相當一部分時間是用來研究論敵的論著或創作，著文參加論戰給予批評或批判的。這些論戰或大或小將近十次。由

〔註 85〕《譯文學書方法的討論》，1921 年 4 月 10 日《小說月報》第 12 卷 4 號，《茅盾全集》第 18 卷第 87～92 頁。
〔註 86〕《譯文學書方法的討論》，《茅盾全集》第 18 卷第 93 頁。
〔註 87〕「翻譯」和「批評」翻譯，1935 年 3 月 1 日《文學》第 4 卷 3 號，《茅盾全集》第 20 卷第 408 頁。
〔註 88〕《〈茅盾譯文選集〉序》，《茅盾全集》第 27 卷第 432 頁。

於 1930 年至 1937 年中國面臨著的國內外諸多矛盾，處在民族矛盾取代階級
矛盾上升爲佔支配地位的主要矛盾的漸變過程中，這些論爭以民族性與階級
性、民族立場與階級立場及其相互關係爲中心的就有兩次。

　　一次是在敵對營壘之間展開了。

　　1929 年 6 月國民黨中宣部通過了「三民主義文藝政策決議案」，撥款辦起
了許多刊物作爲陣地，發動「打倒革命文學和無產階級文學」攻勢。1930 年
國民黨組織部系統發動了「民族主義文藝運動」。由國民黨上海市區黨部委員
朱應鵬、淞滬警備司令部偵緝隊長兼軍法處長范爭波、中央軍校教導團軍官
黃震遐等反動官吏在上海出版了《前鋒周報》與《前鋒月刊》，發表了《民族
主義文藝運動宣言》，把這一攻勢推向高潮。

　　茅盾立即敏感地識破了蔣政權鼓吹的這「民族主義文學」，不過是借「民
族意識」掩蓋「國家意識」及其反動的「階級意識」以推行法西斯獨裁的手
段。所以他跟蹤觀察，系統研究了其理論上的代表作：如《民族主義運動宣
言》、《從三民主義的立場觀察民族主義的文藝運動》、〔註89〕《民族主義文藝
運動的使命》、《以民族意識爲中心的文藝運動》、《中國文藝的沒落》、《最近
中國文藝界的檢討》等；以及創作上的代表作：如長詩《黃人之血》（黃震遐）、
長篇散文《隴海線上》（黃震遐）、《國門之戰》（萬國安）等。茅盾充分把握
了其反動本質與策略，連續發表了《「民族主義文藝」的現形》、《〈黃人之血〉
及其他》、〔註90〕《評所謂「文藝救國」的新現象》三篇長文。在理論與創作
兩個方面，都給這一反動文藝思潮以沉重的打擊與徹底的揭露。

　　茅盾的著重點，一是揭露其本質：「國民黨維持其反動政權的手段」，向
來是「殘酷的白色恐怖與無恥的麻醉欺騙」。「所謂『民族主義文藝運動』便
是國民黨對於普羅文藝運動的白色恐怖以外的欺騙麻醉的方策。」它戴起「抨
擊中國舊傳統」的「『革命』的假面目」，在「階級鬥爭日益尖銳化的今日」，
以「民族主義」掩蓋階級壓迫，實現其「法西斯蒂化」的反革命目的。二是
批判其從西方「主子」那裡抄來的「四色原料」的「雜拌兒」：「被西歐學者
駁得體無完膚的藝術理論的一部分」，「18 世紀歐洲商業資本主義」發展與各
民族國家形成的歷史，「19 世紀後期起直至現代的被壓迫民族的革命運動的故
事」和第一次世界大戰後西方「各種新奇主義」「如表現主義未來主義等等的

〔註89〕作者潘公展是 CC 派特務頭目，當時的上海市執委會委員、教育局長。
〔註90〕此兩文發表在魯迅的《「民族主義文學」的任務與命運》一文之前。

曲解」。茅盾條分縷析，對這「四色原料」的「雜拌兒」，一一批判駁斥。他特別著重批駁了他們盜用泰納的「種族、環境和時機」這「三要素」的理論作爲外衣，認爲這是以超階級的民族共同性掩蓋其階級統治、階級壓迫、階級鬥爭的不可調和的對抗性；爲國民黨的白色恐怖、法西斯鎮壓暴行所鋪的一塊遮羞布！茅盾趁機也對自己早年所受泰納學說的消極影響，作了自我清理。茅盾預言：作爲「國民黨的白色的文藝政策」御用工具的「民族主主義文學」，定會「方生方滅」，決「不會有長久的命運」。〔註91〕因爲他們「對於侵略中國的英、美、日、法帝國主義們」，「是連屁也不敢放一個的；那時候，他們就不是民族主義，而成了『奴族主義』！」〔註92〕

果然，「九一八」事變後，這些由 CC 派特務頭子、國民黨棍及反動警察頭子、反動軍官打扮成的「民族主義文學家」們，又成了蔣介石賣國投降、光「安內」不「攘外」的賣國反共的急先鋒。其「民族主義文學」的遮羞布，也被他們拋到九霄雲外了！

另一次關於民族立場與階級立場關係問題的論爭，是在左翼文壇內部，圍繞著「兩個口號」的論爭展開的。

日本侵略中國戰爭形勢的加劇，迫使中國人民和中國共產黨調整政策策略，以便與國際上以蘇聯爲首的反法西斯統一戰線同步，在國內團結一切可以團結的抗日力量，建立最廣泛的抗日民族統一戰線。1935 年 12 月 25 日中共中央政治局在瓦窯堡召開擴大會議，通過了毛澤東在《論反對日本帝國主義的策略》報告中提出的以堅持中國共產黨和無產階級在統一戰線中的領導權爲前提，建立最廣泛的抗日民族統一戰線的決議。此前 8 月間共產國際負責人季米特洛夫在共產國際第七次代表大會上所作報告中也提出了建立共產國際領導下的國際反帝統一戰線的問題。然而駐共產國際的中共代表王明、康生卻另立「政策」。王明在《論反帝統一戰線問題》一文中提出「組織全中國統一的國際政府和全中國統一的抗日聯軍」的主張，卻隻字不提中國共產黨與無產階級的領導權和堅持獨立自主方針的問題。王明、康生強迫蕭三給左聯寫信，要求立即解散左聯；建立更廣泛的抗日文藝統一戰線。

當時控制左聯領導權的是以周揚爲首，包括夏衍在內的宗派主義小圈

〔註91〕　《「民族主義文藝」的現形》，1931 年 9 月 13 日《文學導報》第 1 卷第 4 期，
　　　　　《茅盾全集》第 19 卷第 249～261 頁。
〔註92〕　《〈黃人之血〉及其他》，1931 年 9 月 28 日《文學導報》第 1 卷第 5 期，《茅盾全集》第 19 卷第 298 頁。

子。他們和在陝北的黨中央失去了組織聯繫，卻仍以黨在文藝界的領導者自居。接到蕭三的信，他們奉爲圭臬，立即著手解散左聯；雖遭魯迅反對，卻仍一意孤行，連魯迅堅持的「先發一個宣言然後再解散」，否則即爲「潰散」的建議也置之不理。他們終於解散了左聯。但不僅沒建成更廣泛的統一戰線，而且還導致文藝隊伍的大分裂！他們從一向「左」傾的立場一下子轉向右傾立場，在不了解黨中央瓦窯堡會議精神的情況下，僅憑從一家外國書店買到的英文版共產國際的刊物《國際通訊》和中共駐莫斯科代表團辦的《報國報》上所刊登的王明在共產國際七大上的發言及上述文章中關於「國防政府」的提法，就擅自提出了「國防文學」的口號。並主張以此口號爲標幟建立抗日文藝統一戰線。因爲這個口號仍然不能體現中國共產黨和無產階級對文藝統一戰線的領導權問題，立即遭到魯迅和以中共中央特派員身份來上海恢復與中共中央失去聯繫的黨組織，傳達瓦窯堡會議精神，兼管文藝界地下黨的馮雪峰的反對。由馮雪峰建議，徵得魯迅同意後，由胡風著文提出了明確堅持黨對統一戰線領導權、具有鮮明的階級內容的「民族革命戰爭的大眾文學」的口號。於是爆發了爲時經年的「兩個口號」的論爭。

茅盾既同意魯迅的反對解散左聯的主張，也贊成魯迅對「兩個口號」之關係的下述解釋：一、兩個口號可以並存；二、「民族革命戰爭的大眾文學」是總口號，「國防文學」是針對時勢重點繁榮抗戰文學的具體口號。不過，「國防文學」口號具「不明了性」，需作正確解釋，充分說明民族立場與階級立場的統一性與相互關係。但鑒於雙方在解散左聯、與「兩個口號」論爭問題上情緒對立，而茅盾是當時惟一與雙方都能保持友好關係、可以居間調停的人，他就充分發揮這特殊地位的作用，盡一切努力，加強團結，協調矛盾，避免分裂。他認眞閱讀，跟蹤研究雙方發表的一切論爭文章。但又控制著《文學》雜誌的同仁，暫不表態介入論爭。他於 1936 年 3 月 1 日和 4 月 1 日連續發表《作家們聯合起來》、《向新階段邁進》兩篇文章，努力呼籲團結對敵。他和馮雪峰努力作協調工作，並且既在周揚爲首的「國防文學」派組織的中國文藝家協會宣言上簽名，也在「民族革命戰爭的大眾文學」派的由魯迅領銜，63 人簽名的《中國文藝工作者宣言》上簽名。藉以消泯兩派對立的印象。直到連茅盾協調「兩個口號」之關係，呼籲雙方加強團結、共同對敵的文章《關於〈論現在我們的文學運動〉》與《關於引起糾紛的兩個口號》兩文，也遭到周揚首次亮相所發表的《與茅盾先生論國防文學口號》一文的嚴厲批判後，

茅盾才不得不著文反駁。

直到魯迅帶病著文，發表了《答徐懋庸並關於抗日統一戰線問題》長文，對周揚等作了尖銳批評與揭露之後，周揚已無法在上海立足，這場論爭才告結束。在馮雪峰與茅盾的協調下，雙方的代表人物共同簽名發表了《文藝界同人為團結禦侮與言論自由宣言》，標誌著文藝界抗日統一戰線組成。

這時魯迅已經病重！茅盾和宋慶齡、馮雪峰等多次對魯迅赴蘇聯養病，魯迅不肯。不久病情稍緩。茅盾於 10 月上旬返鄉探母，不料失眠與痔瘡同時發作。恰在這時，孔德沚發來魯迅病危速返上海的電報。但茅盾臥床難起。稍好後返回上海，只能到萬國公墓魯迅的新塚前憑弔這位多年來並肩戰鬥的老戰友了！

魯迅逝世後，茅盾眾望所歸，成為進步作家的核心。他只能「鐵肩擔道義」用「月曜日聚餐會」方式，組織進步作家與編輯一起，以文藝為武器，從事抗日與動員民眾的工作。直到日寇攻陷上海，茅盾被迫離滬，從此開始了長達八年堅持抗戰的顛沛流離的戰鬥生涯！